U0024436

有華人的地方就有

龍人的作品

笑破蒼穹

4 十面埋伏

龍人 策劃／易刀 著

故事背景

大荒紀年。天鵬王朝。

大鵬王死後不到三年，古蘭叛亂。後五年，大荒群賊蜂起。天泰帝繼位後，勵精圖治，平定大荒局勢。後來繼位數帝，窮奢極欲，民怨載道。景河繼位，雖欲中興天鵬，但帝國積弱已久，又逢天災連連，盜王陳不風登高一呼，大荒亂賊四起。

大荒三六六一年，天鵬瑞吉十年，陳不風率奇兵攻破大都，天鵬帝國宣告滅亡。

次日，河東慕容無雙起兵，誓言復鵬，天下群雄紛起響應。

大荒史上，一個延綿兩百多年的戰國亂世就此拉開了序幕。

笑傲小辭典

＊吸星大法——異界妖術的一種。施術者藉由經脈控制被施者的意志與元氣精血，使其魂飛魄散，天心地心立告失守。

＊天地洪爐——鵬神殿前的一池溟火。此火能煉盡天地間一切五行之物，對天地間一切物體都有吸引之力，故被稱爲天地洪爐。

＊天機——蕭國的情報網路系統，無孔不入。

＊回光奇鏡——古銅鏡，造型奇特，禪林寺的鎮寺五寶之一，能夠將曾經在鏡子面前出現過的景物記錄下來，之後一定時間內可以反覆觀看。

＊滅世大陣——全稱十殿閻王滅世大陣，與天魔門的天魔解體陣和無情門的情絲鎖魂大陣並稱爲魔門三大極陣。

＊十二天士——組成十面埋伏的十二名少年男女。葉秋兒爲其首領。

＊偶失龍頭望——昔年蘇慕白《鶴沖天》內功心法中的一種，傳說此種內功可破龍系法術，無論是任何種類的召喚龍撞到這種內功，施法者必遭反噬。

＊十面埋伏——源自兩百年前，當時的四大宗門之主並稱爲大荒四奇，爲對付魔族第一高手燕狂人合創了這個困魔大陣。此陣已達天衣無縫之境，即使是武聖金仙也休想逃出。全名爲「十面埋伏九州聚氣八荒六合五行四相三才陰陽歸一必殺誅魔大陣」！

人物簡介

◎驚世帝王榜

＊大鵬王忽必烈——

天鵬王朝開國之君。駕崩後，帝國即陷入動盪不安的局勢。

＊景河——

天鵬王朝亡國之君。本欲東山再起，卻時不我予，只能抱憾以終。

＊陳不風——

人稱「盜王」，義軍首領。亦爲造成天鵬王朝亡國之人。具有木水二性的金風玉露神功，打遍天下無敵手；與「大荒四奇」齊名。

＊慕容無雙——

風州王。天鵬瑞吉十年，陳不風率奇兵攻破大都，天鵬帝國宣告滅亡，慕容無雙起兵復鵬，率八十萬大軍與陳不風決戰於天河。

＊楚問——

新楚國當今皇帝，號稱「龍帝」。對李無憂青眼有加，屢屢賜封李無憂爵位及各種恩賞。

＊蕭如故——

蕭國皇帝。統領煙雲十八州。弱冠之年即削平叛亂，一統蕭國。絕世用兵天才。

＊蕭沖天——

蕭如故之父，上一任的蕭帝。

＊李鏡——

平羅國王。文采蓋世，但非治國之才。

人物簡介

◎異界英雄榜

＊李無憂——如彗星般崛起的傳奇人物，五行齊備的千年奇才。號稱「大荒雷神」。原是市井無賴，絕處逢生時誤食五彩龍鯉，更得隱世高人傳藝，從此使他脫胎換骨，逐漸步上至尊之路。

＊龍吟霄——禪林寺弟子。武術雙修，小仙級法術高手。正氣譜十大高手中排名第九。

＊柳隨風——江南四大淫俠之首。身具江湖第一神偷柳逸塵的獨門絕技「如柳隨風」。與寒山碧爲生平摯友。

＊蘇慕白——昔年江湖第一風流才俊。十二歲就做到新楚宰相。著有膾炙人口、傳頌一時的《淫賊論》。

＊古長天——

百年前一統魔門的魔皇，燕狂人的傳人。為魔道第一高手，曾經一日夜間盡屠十萬楚軍，讓黑白兩道聞名喪膽。當時唯一能與他抗衡的只有正道第一高手蘇慕白。

＊文治——

正氣盟盟主文九淵的獨子，年僅十九，官居平羅國的正氣侯。正氣譜排名第十九位。與李無憂比武後，甘願拜李為師。

＊謝驚鴻——

人稱「劍神」。天下公認當世第一高手，胸懷俠義，重然諾，輕錢財。

＊慕容軒——

當世四大世家之一慕容世家的家主，慕容幽蘭之父。大荒三仙之一。十大高手排名第六。屬大仙級的法師。

＊司馬青衫——

新楚國右丞相，最大特點是好色如命。看似毫無鋒芒、才能平庸，卻被柳隨風認為是心中第一英雄。

＊獨孤羽——

人物簡介

＊任獨行——
「邪羽」之稱，地獄門弟子。名列妖魔榜第十。冥神獨孤千秋的嫡傳弟子。

＊獨孤千秋——
擁有「劍魔」之稱。天魔門弟子。名列妖魔榜第十一。

三大魔門之一地獄門的門主，有「冥神」之稱。其兄獨孤百年為蕭國國師。

＊冷鋒——
神秘殺手，傳說中從未失過手。不達目的絕不甘休。

＊宋子瞻——
妖魔榜排名第一的神秘人物。

＊吳明鏡——
有「大荒第一刀」之稱。

＊厲笑天——
有「刀狂」之稱。與劍神謝驚鴻齊名。正氣譜排名第二。

＊任冷——
人稱「天魔」，與冥神獨孤千秋，妖蝶柳青青並稱為三大魔門宗主。

＊古圓——

文殊洞住持，人稱「封狼小活佛」。

＊阿俊——

大鵬神的孫子。後跟隨李無憂等人同闖江湖。

＊夜夢書——

與王定、喬陽、寒士倫共稱「無憂四傑」。

＊王維——

軍神王天的孫子。年僅十六，但膽略非凡，隱有一代名將風采。王天逝後，由其繼任統兵大任。

＊司徒松——

昔爲楚國通天監博士。與古長天同爲魔門中人。

＊賀蘭缺——

賀蘭凝霜之父。

＊蕭天機——

蕭國的情報網路「天機」的領導人。

◎絕色美人榜

＊寒山碧——

風華絕代、國色天香。武術雙修，人稱「長髮流雲，白裙飄雪」。邪羅刹上官三娘的弟子，行事極爲狠辣。江湖十大美女中排名第三。妖魔榜排名第九。

＊程素衣——

菊齋傳人。人稱「素衣竹簫，仙子凌波」，江湖十大美女中排名第一。正氣譜排名第十。

＊諸葛小嫣——

玄宗門掌門諸葛瞻的獨女。人稱「一笑嫣然，萬花羞落」，江湖十大美女中排名第二。身懷玄宗法術之外，更自創獨門法術「彈指紅顏」。正氣譜上排名十五。

＊師蝶舞——

人稱「蝶舞翩翩，落霞秋水」，江湖十大美女中排名第五；正氣譜上排名第二十。一身「落霞秋水」劍法極是了得。

＊師蝶翼——

師蝶舞的妹妹，師家的三小姐。貌美無雙，傳言比師蝶舞還要美艷動人。素有「冰玉女」之稱。

＊慕容幽蘭——

十大美女排名第六。胭脂馬和火雲裳爲其獨門標誌。其父即正氣譜十大高手排名第六的慕容軒，法術獲其父真傳。與李無憂一見鍾情。

＊唐思——

大荒四大刺客組織之一「金風雨露樓」排名第一的刺客，從無失手的記錄。妖魔榜排名第十四。與慕容幽蘭互爲表姐妹。

＊朱盼盼——

人稱「羽衣煙霞，顧盼留香」；十大美女排名第七。

＊劉冰蓮——

柳隨風對其曾有救命之恩，因之與柳展開一段情緣。

＊芸紫——

天鷹國的三公主，有「天鷹第一才女」之稱。性喜遊歷，常年輾轉於大荒諸國，豔名

人物簡介

亦播於四海。

＊賀蘭凝霜——

西琦國女王。

＊柳青青——

妖魔榜排名第四。無情門門主。有「妖蝶」之稱。

＊石依依——

超萌正妹，石枯榮之妹。爲了行動方便，在無憂軍團中變身成粗聲粗氣的壯漢謝石。

＊秦江月——

絕世美女。憑欄關外庫巢的守將，有「玉燕子」之稱。

＊若蝶——

異界妖女，原被封印於溟池之中，意外被李無憂打開封印而出。前世與莊夢蝶有過一段驚天動地的孽緣。

＊陸可人——

四大宗門年輕一代最傑出的四人之一。與龍吟霄、諸葛小嫣、文治齊名。行蹤神秘，極少露面。

＊蘇容——
「捉月樓」頭牌美女，亦爲金風樓主的二弟子。

＊朱如——
金風玉露樓樓主。亦是朱盼盼的母親。

＊上官三娘——
妖魔榜排名第五的邪羅刹；學究天人，武術雙修。寒山碧的師父。

＊葉三娘——
馬大刀的老婆。雅州王王妃。

＊秦清兒——
一代奇女子。對夜夢書情有獨鍾。

＊清姬——
獨孤千秋的寵妾。

人物簡介

◎超級仙人榜

＊諸葛浮雲——

道號青虛子。玄宗創始人。已兩百多歲。與禪僧菩葉、真儒文載道、倩女紅袖並稱「大荒四奇」，李無憂的結拜大哥。水滴石穿爲其獨門法術。

＊菩葉——

異界禪門的得道高僧。李無憂的結拜二哥。

＊文載道——

正氣門的創始人。也是李無憂的結拜三哥。獨門武功爲天雷神掌。

＊紅袖——

貌美無雙，聰慧過人。李無憂的結拜四姐。

＊莊夢蝶——

曾一人獨對三千高手，折劍而還，毫髮無損；與若蝶有過一段塵緣。留有《夢蝶心法》一書。

＊大鵬神——

掌管異界溟池之神。原形爲修煉千年的大鵬。

＊雲海、雲淺——

禪林寺高僧。

人物簡介

◎奇人異士榜

＊王天——

憑欄關守關元帥。用兵如神。人稱「軍神」。

＊張龍、趙虎——

楚國斷州城大將。後為李無憂吸收，納為手下。

＊段冶——

善於製鐵的奇人，後追隨李無憂，忠心不貳。

＊朱富——

既無資歷又不懂兵法、不會武功卻被李無憂任為航州參將。

＊秦鳳雛——

楚軍梧州六品游擊將軍，卻幫助李無憂將百里溪殺死。

＊張承宗——

楚國斷州軍團最高統帥。

＊韓天貓——
盤龍寨山寨老大，法力高強。妖魔榜上排名第九十三。

＊石枯榮——
潼關總督。其妹石依依為絕色美女。

＊耿雲天——
楚國太師。以小氣出名，實則城府極深，為靈王人馬。

＊王戰、王猛、王紳、王定——
結義兄弟，王門四大戰將。軍神王天手下。

＊馬大刀——
土匪頭子。以「除奸黨，靖敵寇」的旗號揭竿而起，起義暴動。

＊馬大力——
馬大刀之弟。

＊劉劍——
石枯榮的手下大將。

＊蕭龍——

煙雲十八騎的青騎將軍。

＊宋義——楚國大將軍。

＊姬鳳——楚國火鳳軍總統領。

＊虛若無——平亂王馬大刀的軍師。

＊張思竹——馬大刀隨身侍衛。

＊蕭承、蕭未、哈赤——蕭國鎮守庫巢城頭的大將。

＊張儀——雅州才子，三歲即能吟詩作對。

＊王博——軍方除開馬大力外，排名第二的實權人物。

＊章函——
馬大刀軍中大將。

＊周棟——
馬營的謀士，在謀士團中地位僅次於虛若無。

＊文笑——
正氣盟的高手。

＊墨機——
負責看押寒士倫的小兵。

＊梁世傑——
正氣盟弟子，亦爲十二天士之一。

＊柳逸塵——
號稱「空空神偷」。爲空空一派的高人。

＊唐鬼——
之前在崑崙山上將李無憂逼入懸崖、被李無憂暗自命名爲「天下第一醜」的男子。

＊玉蝴蝶、冷蝴蝶、青蝴蝶——
淫賊公會眾成員。對李無憂佩服的五體投地。

目錄

第一章　雙神對決

藍毒瘟疫曾爆發過三次，每一次都引起滅族絕種的慘禍，是以荒人都是聞其名而色變。原來蕭如故派王戰前來，並非是爲了裏應外合，而是爲了釋放病毒，以求不戰而勝。

「哈哈！我還以爲什麼大不了的！不就是藍毒瘟疫嗎？老子十歲的時候就已天天當飲料喝了。不信我試給你看！」李無憂哈哈大笑，當真就打開瓶塞，咕咚咕咚灌了下去。

「元帥……天天當飲料喝的是你，幹嘛要灌給我啊？」被他一爪抓過來的親兵，哭喪的臉霎時變作了藍紫色。

「哎呀！我說好了要和兄弟們有福同享的，這種好東西，怎麼能一個人獨享呢？」李無憂厚顏無恥道。

眾弓箭手巨寒，忙又暴退三尺，深怕雷神大人要與自己一起享福。

「哈哈！就是該這樣，你多找些死鬼給你陪葬吧！」王戰得意大笑。

藍毒若不是從食物中感染，可以支持十日，從口入的話，不過三日時光便會死得精光。那名親兵吞下如此多數量的藍毒，片刻間全身的皮膚都已變藍，呼吸急促起來，顯然已是命在頃刻間。

「元帥救我啊！」那親兵慘叫起來。

「哎呀！真是的，大好的補品你都不要，真是沒品味！」李無憂嘆息一聲，一爪虛虛抓在他頭頂，隨即，一片藍色的光華從那親兵的頭上飛到了李無憂手中。

片刻後，藍光斂去，那親兵的膚色又已恢復如初，李無憂手心卻多了一塊藍色的水晶石。

「什麼！」王戰和所有的人都不可置信地睜大了眼睛。

「你……你竟然將他身體裏的藍毒都化作一塊石頭！這……這莫非就是傳說中的化石大法！」一直未作聲的任獨行忽然失聲叫了出來。

李無憂也不否認：「呵呵！小弟也是剛剛練成，學藝不精，讓任兄見笑了！」回頭對王戰正色道：「區區藍毒就想顛覆我潼關，蕭如故也未免太兒戲了些吧？王戰將軍，李某之所以大費周章地和你玩這個貓捉老鼠的遊戲，並非是存心戲弄你，不過是看你是個人才，希望將軍莫要一錯再錯，及時回頭，與我合作以將功贖罪。這番苦心，希望將軍能夠諒解！」

王戰面如死灰，道：「李元帥果是神人，王戰自愧不如。只是王戰已經對不起王元帥在先，斷不能再對不起主上。元帥好意我心領了吧！麻煩元帥告訴三弟，二哥對不起他，希望他別怪我，要怪就怪爲何他是楚人我是蕭人吧！」

語聲未落，他身上忽然放出一陣刺眼的黑光，綁在身上的麻繩頓時根根寸斷，同時雙臂一揚，抓住他臂膀的兩名親兵也被震出一丈之外，張手吸起地上大刀，人刀合一，猛撲向李無憂。

他斷繩、揚臂、吸刀、出刀，一連串動作如行雲流水，毫無拖滯，彷彿已演練過千萬次，一切只在電光火石間完成，但李無憂卻無奈地發出了一聲嘆息——這一招看來雖然凌厲，但劍中卻一絲殺氣也無，根本不是困獸之鬥而是自殺了。

兩人相距三丈，李無憂剛叫了聲住手，王戰已飛出丈外，同時四周已是箭如雨下。千鈞一髮之際，一柄長劍幻起一片劍幕，每一劍都正正地擊中一支勁箭的箭頭，數百支長箭頓時四散飛逸。

「你爲什麼要救我？」王戰長嘆，眼神中卻盡是迷惘。

「因爲你寧死也不肯投降，有自己的個性。我任獨行沒別的好處，就欣賞敢特立獨行的人！」說完這句話，任獨行長劍再次舞動，朝四周射出數百道劍氣，將王戰夾在肋下，飛身上房，迅疾消失在夜幕裏。

空氣中傳來一個聲音：「李無憂，我很快會回來的！」

李無憂抬眼望去，卻見那些軍中的神箭手們，竟全部被任獨行的劍氣封住了穴道，一動也不能動彈，不禁長嘆：「如此氣度，萬水千山，君可獨行矣！」

下一刻，長嘆卻變作了唏噓：「王戰竟然是蕭人，臥底在王天身邊幾達十年，蕭如故的心機啊……你們這幫渾球，都是飯桶嗎？那麼大個活人混進城來竟然一點知覺都沒有？」

眾人噤若寒蟬，面面相覷。

次日清晨，方五更時候，便有石枯榮興奮地來報，說蕭如故終於來襲。

李無憂恨恨地將這個會挑時間的蕭國君主的祖宗十八代熱情地問候了一遍，帶上慕容幽蘭，召集眾將齊聚城頭。

見李無憂的兩萬守軍半點出擊的意思都欠奉，蕭軍自然不客氣，很快將軍隊開到了潼關城下一千三百步外。

然後，李無憂就看見了久違的蕭如故。後者除開坐騎從白鶴換作了白馬外，風采依舊，一襲淡淡黃衫，一如故舊的微笑，言語間更是溫文爾雅如故：

「李兄和慕容小姐來潼關已非一日，早該登門正式拜訪，惜近來瑣事煩身，未能成行，如故真是慚愧。」

若非早聽說他坑埋四萬降卒的豐功偉績，慕容幽蘭幾乎將他當做一個謙謙君子了。但既然知道眼前這位仁兄，就是談笑間即能冷靜將千萬人送上斷頭臺的殺人魔王，小丫頭自然半點好氣都沒有：「也沒什麼好慚愧的，前幾日，我們將你十萬大軍殺得丟盔棄甲，你也夾著尾巴才逃掉，我們才好生慚愧。」

李無憂卻弄不清蕭如故葫蘆裏賣的什麼藥，這傢伙上次被自己打敗後，忍了好幾天，本以爲他是要守住地利，遏制楚軍對庫巢的增援，現在怎麼忽然沉不住氣，以四萬敗卒強攻有兩萬楚軍鎮守的雄關呢？

聽到小丫頭的回答，他不禁暗自好笑，表面卻呵斥道：「小蘭不得無禮！難得蕭兄這麼客氣，我大楚堂堂禮儀之邦，怎可在化外生番面前失了禮數？蕭兄，小丫頭不懂事，你千萬別見怪！」

蕭國在大荒的至北，向稱塞外，國人多豪邁不羈，但卻被南方人視作沒有禮數，爲化外之民，蔑稱生番，李無憂如此說，卻是將蕭如故罵得慘了，慕容幽蘭一愣後，隨即撲哧一下笑出聲來。

四萬蕭軍同時臉上有了怒色，兩人一組將手中刀槍相擊，發出一陣震天的銳響，整個天地似乎也為之一寒。

蕭如故揮手，萬千響聲同時停止。

他淡淡一笑，道：「無妨，無妨，禮數那些繁文縟節，只有孱弱的人才在意，根本不能用來束縛我們蕭國的勇士。勇士們，你們說是不是？」最後一句話，卻是回頭對蕭軍說的。

「對！勇者無禮！」人群中，有人高呼了一聲。緊接著，全體蕭軍齊聲高呼「勇者無禮！」聲震雲霄，只似要將面前的千年雄關震塌一般。

李無憂朗聲大笑：「是誰在放狗屁？」

這一句話初開口時也不甚大，但他每說一字聲音便高了一分，說到「放」字時，已是全場每個人都聽得清清楚楚，而到「屁」字時，聲音在四萬蕭軍的高呼聲中已是清清楚楚。

更奇的是，話音出口後，並不消失，而是在空氣中迴旋，彷彿千萬人同時高呼「是誰在放屁……誰在……放放屁……」四萬蕭軍的熱血高呼竟被他一人的回音給壓了下去！

蕭軍士兵同時住了嘴，畢竟誰也不願意承認自己在放屁。蕭如故苦心營造的殺氣便這麼被李無憂破得乾乾淨淨。

「想不到禪林的梵音佛唱配合獅子吼，竟然能有如此威力！」剛才最先說話那人忽然高聲道。

他這一聲也不大，但出口之後，只如站在北溟南峰上向下砸了一座須彌山，雄渾慷慨，李無憂的回音立時被這一聲壓了下去，場中難得的一片安靜。

「是哪隻縮頭烏龜在冒泡？」李無憂知道來了高手，使出激將法。

「李大俠最近春風得意，果然是貴人多忘事啊！連我這個老朋友都不記得了呢！想當日在西子湖上，月明風輕，你我凌波御風，比劍鬥法，何等愜意，怎生如此快就淡忘了？」

蕭軍兵馬忽然兩邊一分，一人走出陣來。

卻是獨孤千秋！

雖然早在北溟的時候，李無憂就聽獨孤羽說冥神沒死，回來後隨即將菊齋的歸去來兮劍法飛鴿傳書給柳隨風，讓他找個女子學來冒充程素衣，以防不測，但這不過是以防萬一，他內心深處，並不相信竟有人被自己刺中心臟還能不死。不想獨孤千秋還真的就沒死，最後也還真是被石依依給嚇走，才保住了庫巢不失。

事後柳隨風大讚其爲神來之筆，但李無憂自己卻只有苦笑，這樣的神來之筆要是再多來幾次，老子非崩潰不可。

老傢伙竟然又跑到這來了，他不是答應石依依不以江湖手段解決這場爭鬥的嗎？現在這算什麼？

「哎呀，這不是冥神獨孤前輩嗎？多日不見，真是想死無憂了。這大熱天的，您老不在西湖底乘涼，大老遠的跑到潼關來看望晚輩，風吹日曬的，一把老骨頭給散了怎麼辦啊？」李無憂雖然滿腹疑竇，卻一臉熱情地噓寒問暖。

他搞笑的話語惹得楚軍全場大笑，冥神千辛萬苦營造的肅殺氣氛隨即消失無蹤。

「哼！卑鄙小人，要不是你趁我和慕容老兒比武的時候趁機偷襲，本神又怎麼會被迫在西湖底詐死了一月之久，直到最近才復原過來？」獨孤千秋冷冷一笑，語驚全場。

當日李無憂和慕容軒合力才刺殺了獨孤千秋，自然是見不得光的，李無憂只好一人背了這個黑鍋。這雖然讓他的名聲如日中天，但卻埋下了巨大的隱患。

他所料不到的是，隱患爆發竟是獨孤千秋的死而復生，到兩軍陣前來打擊自己的名聲和威望。雖然在鄙視仁義的戰場，道德名聲無異於脫了褲子放屁，但只要自己稍微應對失當，獨孤千秋未死這個事實卻能讓自己樹立的無敵形象摧毀，而聲望也將跌至谷底，三軍必然士氣被奪，自己再被獨孤千秋纏住或者殺掉，潼關很可能就此守不住了。

只是，嘿嘿，你們想的未免也太簡單了吧？

兩軍同時譁然，蕭軍自是罵李無憂這個卑鄙小人暗箭傷人不說，還欺世盜名；楚軍則罵獨孤千秋厚顏無恥，血口噴人，只不過獨孤千秋活人就在眼前，他們的罵聲有些底氣不足罷了。

聽他辱及父親和老公，慕容幽蘭不禁氣極：「獨孤老賊，你胡說八道！就你那點微末道行，我爹和老公隨便一個人伸伸指頭就將你碾成粉了，哪裏還需要兩人聯手偷襲？」

此言一出，楚軍立時士氣大振，紛紛鼓噪起來，畢竟誰也不願意相信自己心中的神是個無恥小人，他們情緒上更願意相信慕容幽蘭的話。

歡呼聲中，卻響起了李無憂的呵斥：「小蘭，休得胡言亂語！」

眾人一愣之際，他卻又已大聲道：「殺獨孤千秋這樣的無恥小人，用手指豈不是會髒了岳父大人和我的手嗎？想岳父大人這樣的方正君子，身有正氣，獨孤千秋這樣的卑鄙之徒見了他，還不立刻羞愧而死嗎？」

楚軍大聲叫好，獨孤千秋聽他指鹿為馬，肆意顛倒黑白，不禁氣得臉色鐵青，而李無憂下一句話更差點沒將他慗死：

「獨孤老賊，當日我一口唾沫就要將你淹死，你跪在我面前，幫我舔鞋底，苦苦哀求了我三天三夜，我害怕你把鞋底舔穿，才答應饒你一命，給你一個自新的機會，對外宣布了你的死訊。沒想到你非但不在西湖懺悔，反而跑來這裏詆毀我和岳父的名節，試問你這樣毫無信義、人格卑劣的無恥小人，怎麼配做一派之主？怎麼配活在天地之間？我若是你，早買塊豆腐撞死算了，哪裏還有臉在此胡言亂語？」

楚軍大笑，又是一陣叫好聲。蕭軍中也有多人失聲笑了出來。

獨孤千秋臉色越發變冷，他為人雖然陰狠，對這詭辯胡言之道卻並不擅長。

李無憂對身旁的慕容幽蘭和王定諸人囑咐一句，長笑一聲，御風飛下十餘丈高的潼關城牆，落到蕭軍面前五丈處。

楚軍為他絕頂輕功歡聲雷動，蕭軍卻疑這是挑釁，不禁大譁，就要上前衝殺，蕭如故猛一揚手，千軍萬馬齊刷刷退回原地，紋絲不動。

蕭如故下了馬，在離李無憂丈處站定，正視後者，朗聲道：「李元帥，你雖然巧舌如簧，但在事實面前，強辯又有何益？人所共知，四大宗門武術各成一派，且絕對不會收別派弟子為徒，你一人竟然能精通四大宗門的武功法術，明明就是易容化妝，潛入各派偷學所致，此爲人所共知，還能抵賴嗎？大家所不知道的是，你爲了獲得此戰勝利，竟然在前天晚上潛入我軍營中釋放藍毒瘟疫，幸好被家師謝驚鴻所阻。諸位請看，這就是裝藍毒瘟疫的小瓶，上面還纏有當日他留下的衣角！試問這樣一個爲達目的而不擇手段的卑鄙之徒，又有什麼齷齪的事情是他做不出來的？」

謝驚鴻是白道神話，如果蕭如故竟是他的弟子，那他所說的話可信度就相當的高了。見到蕭如故手中的藍色小瓶和上面的藍色衣袂，兩軍將士都是譁然一片，都以畏懼神情望向李無憂。

李無憂只道他今日有備而來，定會有當日自己不小心留下的證據，卻不想他竟然劍走偏鋒，轉而從門派出身和自己行刺失手的事上打擊自己，並將昨夜的事反打一耙，暗呼厲害，卻知道強辯定是無用，也只有擊其軟肋，當即大笑道：

「真是好笑！如故兄，你隨便拿一個你老媽裝尿的小瓶就說是藍毒，隨便在某個垃圾堆裏揀一塊破布，就說是我衣角，未免太兒戲了吧？」

蕭如故微笑道：「早聽說李元帥未成名前不過是個無賴潑皮，今日算是見識了！只是可惜，天網恢恢，疏而不漏。那夜你潛入我軍中放毒時，沒有留意到我帥帳之外掛有回光奇鏡吧！」

他邊說邊將藍毒收起，從懷中摸出一面造型奇特的古銅鏡來，「今日就讓我用這面鏡子投影到潼關城牆上，揭穿你這欺世盜名的卑鄙小人的真面目吧！」

啊！兩方將士齊齊吃了一驚。

傳說中，回光奇鏡是禪林寺的鎮寺五寶之一，能夠將曾經在鏡子面前出現過的景物記錄下來，之後一定時間內可以反覆觀看。沒想到蕭如故竟然借到了這個法寶！

李無憂暗自懊悔自己當時沒有注意，知道他定是放出那天晚上的片斷，然後斷章取義，牽強附會一番，自己就百口難辯了。不行，必須先發制人！心念電轉間，已有了計較，當即大笑道：

「回光奇鏡為禪林至寶，向不外傳！如故兄，你說這是回光奇鏡，我安知是真是假？不如借我一觀再說！」

說時小虛空挪移展動，憑空跨過一丈，直取蕭如故手中奇鏡。

後者似乎早料到他有此一招，微笑拔劍，卻不刺李無憂身形本身，而是直指他下一刻身形出沒所在。不料李無憂本是前衝的身形陡然一頓，隨即如一條遊龍般自劍尖滑過，同時右手呈拈花之態直取閃電般的劍光。

「想用拈花指夾我劍尖！」蕭如故被他這個大膽的舉動嚇了一跳，忙改刺為削，彷彿片片雪花飛舞，劍勢已變成驚鴻劍法中的雪泥鴻爪。

「哈哈！如故兄，你上當了！」李無憂大笑聲中，拈花指忽然斂去，蕭如故立時感到一陣清風，透過滿天的雪花撲面而來，直逼自己咽喉。

「這是……落英劍法！他不是要搶回光鏡，而是想殺我！」蕭如故心念一動，驚鴻過眼身法施出，在間不容髮之際避過了李無憂這招落英憑誰，但空氣中卻有無數道冷冷的暗勁卻已流到左側。

他本是右手出劍，左手持鏡，此時長劍去勢已老，不及收回，而那暗勁卻是尖銳如針，如漫天花雨，避無可避，本能地出鏡去擋。

「啪～啦！」一陣碎響過後，那面古銅鏡已被穿了無數細密小孔，上面的符文也已變得模糊不清，什麼上古神器，霎時變作了上古廢銅。

二人這幾招交手只如羚羊掛角，無跡可尋，又快如電轉，獨孤千秋剛想插手，交手卻已停止，李無憂也已遠遁到兩丈之外，收劍還鞘，哈哈大笑道：「如故兄，你怎麼如此小氣？我不過是借來一觀，又不是不還，你竟是毀了也不肯給嗎？」

蕭如故微笑道：「明明是你做賊心虛，懼怕我將你醜事公諸天下，毀壞神器，現在又含血噴人，這天下的惡事都被你做了，還一副大義凜然模樣，說聲卑鄙無恥，算是抬舉你了！」

好傢伙！果然是故意引我出手！但你怎知老子也不是故意的呢？

李無憂哈哈大笑道：「你說那塊破銅是神器，誰又知曉？蕭帝若是拿塊破布就說是我探營留下的鐵證，那我手中拿的還是你昨天在捉月樓嫖娼留下的褲子呢！」

他開口時，雙手還是空空，話音落時，右手卻從背後憑空拽出一條繡龍的黃色真絲底褲。

蕭如故正覺得那條褲子好生眼熟，下身卻陣陣發涼，低頭看時，金甲依然在，甲下的底褲卻已不翼而飛，一時又驚又怒，又羞又恨，縱身退回本陣。

兩軍將士目瞪口呆。

忽聽石枯榮高聲道：「打個鳥的仗哦，蕭狗，你先滾回家去買條褲子再來吧！」

楚軍隨聲附和，發出震天的大笑，而蕭軍人人面上無光，不是垂頭喪氣，就是目眥俱裂。此時事實的真相已經不重要了，重要的是蕭如故於兩軍陣前，竟然被李無憂一招間取下底褲而不自知，對後者聲望的打擊，實比丟失數座城池還要更甚。

「隔空取物！」獨孤千秋不禁打了個冷戰。他知道蕭如故身懷謝驚鴻的照影神功，不懼任何暗法術暗算，這才敢放心讓他接近李無憂，卻沒想到後者的武功竟也練至如此極境，剛才過招之際竟然暗自用隔空取物的手法取下蕭如故的褲子，而後者全不自知！

李無憂高舉著那條底褲，大笑道：「各位，難道這就是天下第一高手謝驚鴻前輩傳人的身手嗎？」

兩萬楚軍哈哈大笑，齊聲道：「不是！」

慕容幽蘭大聲道：「謝驚鴻的傳人當然不是，光屁股豬的傳人倒很有可能！」

楚軍更是笑得東倒西歪，蕭軍人人羞慚。

一名蕭軍萬夫長脫下自己披風，雙手捧給蕭如故道：「陛下，你先裹上吧！」

蕭如故臉色一寒，揮劍斬下那人頭顱，怒喝道：「主辱臣死！朕今日受此大辱，唯有用血才能洗刷，豈是披上一件披風就能遮掩的？」

下一刻，他將披風朝李無憂狠狠一擲，用力一揮手，下達了進攻的命令，「兒郎們，給我衝！誰殺了李無憂，我賞他黃金百萬兩，封平楚王！」

四萬蕭軍同時發一聲喊，赤紅了眼，當先一萬輕騎同時取出背上白色羽箭，同時拈箭引弓。

下一刻，萬箭齊發，遮天蔽日，周圍先是一黯，隨即大亮，每支羽箭的箭尾都帶上了耀眼的白光，天空彷彿下了一場華麗的流星雨。

「流星箭陣！」同一刹那，潼關城頭的諸將同時驚呼了一聲。

慕容幽蘭更是花容失色，正要飛掠而下，卻覺腰間一麻，王定沉穩的聲音響起：「元帥剛才吩咐過，無論他發生任何危險，諸將都不得下城，違令者軍法處置！」

「你個大木頭……」慕容幽蘭剛罵了一半，王定甚至連她啞穴也封了。

石枯榮拔刀怒道：「王將軍，你這是做什麼？」

王定右臂高舉，厲聲道：「石將軍，元帥剛才吩咐得清清楚楚，難道你也想抗令嗎？」

石枯榮見他手中拿的正是剛才李無憂下去前交給他的金牌令箭，而李無憂也有「若有不測，一切交給王定指揮」之語，頹然嘆了口氣，道：「末將不敢！」

城頭騷亂平定時，城下卻已風雲突變。

「你不要我要！」李無憂哈哈大笑，用禪林小擒拿手穩穩接過蕭如故擲來帶著含有內勁的披風，道聲「長風萬里」，隨即將那披風猛地擲出。

天空忽刮起了一陣狂風，將漫天星雨吹得一陣渙散，但那箭羽速度雖減，卻去勢不止，依舊迅快射來。

「梅嶺孤香，正氣沖霄漢」李無憂大喝一聲，雙掌一合隨即推出，一蓬丈許方圓的巨大七彩光華自他右手掌心飛出。

漫天箭雨本是分散，但近他丈外，隨即成圓錐形彙集到他身上來，正好撞上那蓬七彩光華，卻再不能前進分毫。箭和光，同時停止了動靜！

蕭國名震天下的流星箭雨陣，就這麼被他以一己之力給頂住。場中所有的人都停止了呼吸，傻傻呆呆，渾忘記了說話。

「浩然正氣竟然可以這樣用！」獨孤千秋的聲音已經分不出是夢囈還是唏噓。

蕭如故微微一愣，隨即大喝道：「再射！」

又是萬箭齊發，遮天蔽日。

這一次，一萬支箭不再是齊齊直射，而是射到李無憂身邊時，忽然轉向，有的自頭頂射下，有的從足下射來，還有的取他的背部。

「萬流歸宗，來！」李無憂喝了一聲，漫天箭雨再次成規則形狀，彙集到了李無憂身前的七彩光華中。

「再射，再射！」蕭如故大駭。

蕭軍連射九次，九萬支箭彙聚在李無憂身前，卻被那層光華頂住，不能前進分毫。只是卻少有人發現，李無憂的雙足已深深陷入地上堅硬的花崗石中。

終於，李無憂大喝道：「移花接木，去！」雙臂劃了個圓，最後挪移向身側，那九萬支箭聽話地順勢飛去，再次分散成流星雨態，射到潼關城牆旁邊的單于山青岡石壁上，箭身全數沒入，唯有白羽如雪，散了滿壁。

此時紅日高照，清風徐徐，李無憂背負雙手，意態悠閒，藍衫飄飛，一如神人，而那滿壁的白色，如天上白雲舒捲，說不出的好看。

兩軍將士愣了半晌，忽有人大喊了一聲：「楚！」

眾人凝目看去，那石壁上參差的白羽正好組成了一個大大的「楚」字，看來古樸平拙，但卻不怒自威，王氣縱橫，大有睥睨天下之態。

「莽莽大荒，天河湯湯。百戰百勝，唯我楚邦……」楚軍將士熱血沸騰，高唱起新楚軍歌。歌詞樸實，旋律也非常簡單，但歌聲卻豪邁雄壯，震得波哥達峰和單于山似也在顫抖，蕭軍聞之色變。

蕭如故癡癡呆呆了半晌，猛然想起李無憂剛才這一招雖然威猛，卻定然是耗費了巨大的真元，此時不殺他更待何時，當即大喝道：「李無憂已是強弩之末，蕭國的兒郎們，難道你們四萬人還敵不過他一人嗎？」

蕭軍如夢初醒，弓騎退後，手持斬馬刀的輕騎和帶長槍的重騎兵爭先恐後地撲了上來。

潼關城上，王定解開慕容幽蘭的穴道，大喝道：「開城門，兄弟們殺下去，保護元帥！」

李無憂大笑一聲，手中一道刺眼的白光飛出，伴隨著龍吟之聲，水龍吟再次發出。衝在最前面的蕭軍發出一聲慘呼，但後來者依舊悍不畏死地衝了上來。

白龍游入蕭軍陣營，隨即分散成千萬條小龍，四散亂飛。下一刻，衝在最前面的五百蕭軍連人帶馬全部躺在地上，慘相勾起了蕭軍數天前慘敗的回憶，一時雖然不至於逃跑，但上前的步伐明顯一緩，再不敢上前。

「他……他的功力難道永無窮盡的嗎？」蕭如故手足冰涼，又驚又怒，卻知道軍心不可失，下令暫停攻擊，目光射向了獨孤千秋。

此時，慕容幽蘭和王定、石枯榮已落下城頭，迎了上來，小丫頭撲上來著急道：「老公，你沒事吧？」

李無憂朝三人揮了揮手，示意三人退到五丈之外，對著蕭如故大笑道：「才一百萬兩黃金，封平楚王，如故兄，你看不起你的士兵不要緊，但你不能看不起老子啊！」

獨孤千秋右手虛抓，正將一道黃色的劍形光芒漸漸凝聚成型，聞言冷笑道：「那你以爲自己值多少？」

兩軍將士都是好奇，雷神大人第一次說出自己的身價，這可是本年度最轟動的新聞了，人人屏住了呼吸。

「怎麼……怎麼也得再加一兩，一百萬零一兩吧?官職，也要隨便加點啊!至少也得是平楚王他大爺吧!」李無憂期期艾艾，很不肯定道。

所有的人同時捏了一把冷汗：「天下竟然有這樣的人……」

「少現寶了!臭小子!」獨孤千秋大喝一聲，手中的玄黃劍直劈過來。

劍光方一劈出，凌空忽然暴長至一丈。

「喂，千秋老兒，怎麼招呼都不打，就偷襲過來?我說你們魔門的人卑鄙無恥吧?你還不承認!」李無憂嬉皮笑臉地罵了一聲，展開龍鶴步間不容髮地避了過去，方才站立之處，卻被劈出了條尺深的裂縫，氣浪帶起的泥沙濺了他一褲腳，不禁大怒：「老不死的，你不知道俺老婆洗衣服很辛苦的嗎?」

一旁的慕容幽蘭奇道：「老公，每次都是你給我洗衣服，我怎麼辛苦了?」

眾人：「原來……」

李無憂只差沒找個洞鑽進去。

但獨孤千秋卻不給他機會，將玄黃劍收成三尺長，朗聲道：「李無憂，當日你與慕容老賊以卑鄙手段將我重創，害得我不得不詐死西湖，你卻傳言江湖，說我是違反禁武令而被你一劍殺死！今日我以蕭國國師的身分向你挑戰，當著兩國將士六萬人的面，和你公平決鬥一次，你敢是不敢？」

「公平決鬥！」

「國師必勝！」

蕭軍立時齊聲呼喊起來。他們雖然勇悍，但並非不知進退，兩次被李無憂打敗後，都是聞其名而喪膽，剛才又見李無憂大展神威，更是心膽俱寒，疑爲天神，若非蕭如故英明天子的形象深入人心，冥神在一旁助陣，這些人早就丟盔棄甲，逃之夭夭了。畢竟大荒最有名的勇士，也不能和神作戰吧？現在有冥神親自向他挑戰，不啻最後一根稻草，哪裏還不高聲附和？

「雷神大人，宰了獨孤老兒！」

「神啊，滅了蕭如故！」

此時已有萬餘楚軍衝出關來，城頭城下同時高呼著雷神之名，他們此時只覺得李無憂簡直是無所不能，滅了獨孤千秋和蕭如故只是片刻間的事，渾不知剛才的幾招耗費掉了李無憂無數的元氣，現已是強弩之末。

但誰也不知道，李無憂正在深深的懊悔當中：

「媽的！老子雖然千算萬算，卻怎麼把老烏龜的另一個身分給忘了？自五十年前天巫門宣布退出蕭國朝野是非之後，從天柱山搬到天鷹後，地獄門就儼然以國教身分入主蕭國皇室，如今地獄門在蕭國的地位實是等同於禪林之於新楚，正氣盟之於平羅，玄宗之於陳國，天巫之於天鷹，而獨孤千秋也在四十八年前被加封為國師。獨孤千秋敢不顧聖地菊齋的壓力，到兩軍陣前來向自己叫陣，正是因為他現在的身分已經不是江湖中人。早知道，老子就讓柳隨風說淡如菊的意思是希望老兒退出這場爭鬥，老烏龜舊情難了，必然答應，唉，失算，失算……呵呵，不過若是那樣的話，三哥大概會出山來砍我吧？」

他一面心念電轉，一面揮手示意眾人安靜下來，笑道：「獨孤老兒，你也一百好幾十歲了吧？老大不小的了，怎麼還是那麼衝動，一點都不知道愛惜自己的小命。雖然『老而不死謂之賊』，但天下有誰敢罵你老賊呢？你要知道，老子已經殺過你一次，再殺你一次也不過是舉手之勞，又有什麼敢不敢的？只不過……」

「李無憂，你廢話怎麼那麼多？若不敢和我比武，也不必找藉口推託！只要你從我襠下鑽過去，我們的恩怨就一筆勾銷，你看如何？」獨孤千秋硬生生截斷了他的話。

「雷神必勝」、「雷神無敵」、「雷神，把獨孤老兒的小雞雞給割下來」、「雷神宰了獨孤老賊，抓他女兒來作小妾吧」、「嘿，兄弟，獨孤老賊無兒無女的」、「那就抓他奶奶」，楚軍求戰聲此起彼伏。

「懦夫」、「膽小鬼」、「狗屁的雷神，回家吃屎吧」，蕭軍也是群情激憤。

「李無憂，你若是個孬種，就儘管推掉好了，我不會鄙視你的！」蕭如故趁熱打鐵道。

「孬種」、「孬種！」蕭軍齊聲高呼。

「我老公剛剛才大戰……」慕容幽蘭的話說了一半，卻被李無憂一個眼神制止了。

下一刻，大荒雷神拔出無憂劍，比北溟冰雪還寒冷的眼神掃視前方，四萬蕭軍齊齊住了口，長劍指天，冷笑道：「獨孤老兒，你以爲趁我大耗法力之際，就能戰勝我嗎？好，今日當著六萬勇士的面，我就只用一招，就能將你打倒！」

殺氣沖天，天地一白！

狂言驚天。場中一片死靜，唯有熱風吹沙，戰馬悶嘶。

獨孤千秋微微一愣後，大笑道：「哈哈，好，好，果然是英雄出少年！那我們就以一招爲限……對了，你要是一招不能將我打倒，又當如何？」

兩軍將士同時冷汗直流，堂堂地獄門主，妖魔榜排名第三的一代宗師，居然厚顏無恥地用話擠兌一個晚輩，實在是……

卻見李無憂一副理所當然的神情道：「打不倒就用第二招了，不行就第三第四招了，你以為怎樣？難道還要老子自廢武功？」

眾人再次狂汗。

「對啊，對啊！我剛想這麼說呢！」

獨孤千秋大喜的表情，清楚地告訴大家他確實沒說假話。

眾人徹底無言。

「靠！早知道你這老小子卑鄙下流，但沒想到竟是這麼下作！」

「操！老子也早知道你就是說說而已，剛才不過是試探你一下，沒想到竟然真的被我猜中！老子果然是英明神武！」

「算了吧你，想占老子便宜就直說嘛，幹嘛搞得那麼下作？」

「操！你又不是大美女，有什麼便宜好占的？」

「難說你這老烏龜不是玻璃！」

「咦，這個驚天大秘密你是怎麼知道的，莫非閣下也是同道中人……」

名震天下的雷神和冥神兩大絕頂高手，胡攪蠻纏了半天，架沒打起來，卻罵了個不亦樂乎。

兩軍戰士先是面面相覷，隨即幫著各自的偶像罵了起來。一時間，潼關城下，唾沫飛濺，操娘罵爹聲不絕，直讓風雲變色，天慚地愧。

兩人背後，慕容幽蘭和蕭如故不約而同地抹了一把汗，同時想：「天下最無恥的兩個人怎麼集中到一起了？」

這場被後世史家戲稱爲「水漫潼關」的口水戰，直從日正當中罵到了日影西斜，依然沒有絲毫休戰的意思，直將雙方負責供水的後勤部隊累得一個個口吐白沫，無數蕭國的寶馬良駒沒有死在戰場上，反而死在了運水途中。

最後，兩軍的士兵們終於堅持不住，一個個東倒西歪，唇乾舌燥。但李無憂和獨孤千秋這兩個挑起事端的惡棍，依然沒有甘休的意思。

二人都是「飽學之士」，這一通惡罵自是上下古今典故、天南地北俚語的一陣旁徵博引，不時更有創新發明，異彩紛呈，二人罵了整整一個下午，新鮮的詞語依然如滾滾天河水永無斷絕，兩軍將士都是大開耳界，狂呼過癮。

蕭如故更是搖頭長嘆道：「國師長年穿著一襲黑袍，難得哼出幾個字，我原以爲他除開耍酷，別無所長，倒沒想到在罵人上竟有國手級的造詣！」

但很快，二人開始從血肉橫飛的潑婦罵街，開始向高層罵技昇華，到得後來，場中諸人卻越聽越如在聽天書，渾不知所云。

終於，忍耐不住的蕭如故喝道：「李元帥，國師，你們到底打不打？不打我們就鳴金收兵了！」

獨孤千秋這才回過神來，大叫失算：「臭小子，你果然陰險！假裝和我罵架，暗自卻在恢復功力！」

「老王八，你少給老子裝傻充愣了！」李無憂不屑罵了一聲，手指向地，「別以為我不知道你剛才借罵架之際，爪子指指點點的，其實是在布你魔門中最陰險最惡毒的滅雞大陣。」

兩軍將士同時明白過來。原來這二人方才表面雖然是不顧身分的罵架，暗自卻一個是在恢復功力，另一個看似罵得手舞足蹈，其實是在布置陣法。

大荒四仙，果然都非善類。

「你……你是怎麼知道滅世大陣的？」獨孤千秋大驚。

滅世大陣，全稱十殿閻王滅世大陣，與天魔門的天魔解體陣和無情門的情絲鎖魂大陣並稱為魔門三大極陣，但近百年來，江湖中人卻是只聞其名，卻無人見過這三大陣的施展情形，而獨孤千秋也是此次死而復生後，才完全領悟此陣，卻不想李無憂竟然早就一眼看穿！

李無憂卻暗自好笑，沒見過豬上樹，老子還沒吃過豬肉嗎？三位大哥和四姐都是兩百年前即名動天下的超卓人物，更與魔門一代奇才陳不風交手多次，對魔門陣法再熟悉不過，這個見識自己當然是繼承了過來，再加上天眼的幫助，察形觀色，想不猜出也難啊！

慕容幽蘭是大仙慕容軒的寶貝女兒，家學淵源，對此陣自然也是知之甚深，聞言，柳眉倒豎道：「老獨孤，你真不要臉，竟然敢用這禁忌陣法，難道就不怕五行大神震怒嗎？」

李無憂笑道：「小蘭別怕。他這鳥陣，滅雞還差不多，滅世就是做夢了！」隨即大聲道：「你和所有人都退回城中去，沒有我的命令，無論發生何事，誰都不准下來！」

小丫頭急道：「這怎麼可以，老公我們有難同當的！」說時前衝，卻立時撞到一個無形結界，黑光一閃，被震得倒飛回去。

「慕容丫頭！你既然知道滅世大陣之名，就該知道此時李無憂身周五丈之內都已是閻羅結界籠罩範圍，再過片刻，結界將達十丈，在結界中，我們交手所產生的餘波，你是抵擋不住的，還是先躲到一邊去吧！」

獨孤千秋這個時候終於顯示出了一代宗師的氣度，主動替李無憂去除包袱。

李無憂道：「小蘭，老公我的本事你還不相信嗎？你先上城樓去，看我怎麼收拾這老傢伙！王將軍，石將軍，帶慕容將軍和將士們先回去！」

王定道：「慕容將軍，請！」

慕容幽蘭想了想，深深望了李無憂一眼，展顏笑道：「老公，我相信你！」轉身掠上城頭。

「元帥珍重！」王定和石枯榮向李無憂行了一禮，帶隊回城。

另一方，蕭如故也下令蕭軍退出二十丈外，霎時間，空空蕩蕩的潼關城下就只剩下李無憂與獨孤千秋這兩個最強者和那五百具蕭軍屍體。

獨孤千秋卻並沒有立時動手的意思：「呵呵！小子，你可真是好膽色，明知道滅世大陣爲亙古以來魔門最兇殘的大陣之一，你竟然還敢以身相試！今日你即便是敗在我手上，也足以自豪了！」

「拜託，老大你廢話有完沒完啊！你不累，看的人卻都快瘋了！」李無憂無奈地嘆了口氣，「你倒是快點出招，三兩下打完，兄弟們也好收工回家抱老婆啊！」

獨孤千秋臉色一白，冷哼道：「你那麼急著死，本神這就成全你！」雙手怒張，十縷黑色光華直射向李無憂。

第二章　五行生剋

李無憂側身讓過，那十縷光華落地之後，騰地冒起一陣黑煙，煙霧散去，十尊手持判官筆的兇神惡煞現出形狀，將李無憂團團圍住。

「啊！」旁觀的兩國軍隊見那十尊凶神，個個面目可憎，除開雙眼緊閉外，果然與傳說中掌控人間生死輪迴的十殿閻羅一模一樣，同時驚叫了一聲。

「這就是傳說中的十殿閻羅？我看和泥胎也並沒什麼分別嘛！」李無憂瞥了那十人一眼，拔出無憂劍挽了幾個劍花，不屑道。

獨孤千秋卻不理他，念咒道：「十殿閻羅，誅神滅佛！去！」右手食中二指，指向兩名閻羅，後者雙眼睜開，放出綠幽幽的光芒，舞動判官筆朝李無憂撲上。

李無憂右手持劍，左手背負，擺了個酷酷的姿勢，見那兩名閻羅行動奇慢，當即悠閒地剔了剔眉後，曲指彈劍。

無憂劍剛發出一聲龍吟，那兩名閻羅身法卻忽地快如鬼魅，眨眼間，兩枝判官筆離他咽喉已不過兩寸，而另外的兩隻手卻如電般探向他襠下！

「瞬間轉移！獨孤老兒你真卑鄙……天，原來閻羅也會猴子偷桃這樣陰險的招數啊！」李無憂嚇出一身冷汗，再顧不得保持瀟灑的形象，一個拙劣姿勢側身讓過下面兩爪，同時無憂劍一化爲二，分別迎上那兩名閻羅的判官筆。

「噹」「噹」，灌注有禪林伏魔罡氣的無憂劍先判官筆擊中兩名閻羅的胸部，但卻如中金石，而一股反激的巨力和膨大的陰寒氣勁順著長劍猛地傳了過來，同一時刻，判官筆也已近他咽喉不過半寸，巨大的殺氣竟讓他呼吸一滯。

千鈞一髮之際，他意念閃動，使出化石大法，將那兩枝判官筆石化，同時在咽喉前結下文殊洞空色法印。

「乓！」石筆與空色法印相交，激起一團金光，李無憂卻被震出丈外，陰寒氣勁已經攻入心脈，忙運轉浩然正氣，下一刻，他吐出一小口鮮血，陰寒窒息的難受感覺才消失一空。

兩枝石化的判官筆迅疾恢復原狀，十名閻羅也如影隨形般跟了上來。

李無憂低頭看見握劍的右手上竟結了一陣冰霜，不由驚駭道：「有沒有搞錯？他們不過是十殿閻羅的化身靈體，怎麼會有如此實力……老王八蛋，你是不是用了處女初夜血修煉？」

傳說處女初夜血是天下最聖潔但也是最陰寒之物，修煉魔功的人若是長期吸食，可以練成不死金身，雖然是以訛傳訛，但李無憂卻知道處女血對靈體的增強的確是確有其事的。

「好見識！這也被你發現了！」獨孤千秋沒一點否認的意思。

「可惡啊！那麼多清純少女，就被你這惡魔給糟蹋了！你……你怎麼……怎麼……」李無憂怒髮衝冠，氣得幾乎說不出話來。

楚軍將士見到雷神義憤填膺的樣子，不禁肅然起敬，雷神大人果然是正氣凜然啊，不愧是我等偶像。蕭軍卻一陣慚愧，唉，我們的國師作出如此勾當，比之身懷正氣的雷神大人，真是……

「你……你怎麼修煉的時候不叫我呢？老王八蛋，你真是太不夠意思了！」李無憂石破天驚般續道。

兩軍狂倒！

「下次吧！你來蕭國，我請客！」獨孤千秋微微一愣，隨即展顏笑道，同時手指揮點，指揮那兩名閻羅撲上，「如果你還有命的話！」

「不許耍賴哦！」李無憂大喜，無憂劍劍尖「嗤」地射出一道黃色的浩然正氣，正巧刺在一名閻羅的左臂上，手臂應聲而落。

「浩然正氣專破天下法術，果然是名不虛傳！此子年紀輕輕，修為竟已達如此境界，今日若不趁他虛弱時將其除掉，來日怕再無機會！」

獨孤千秋心中滔天巨浪，表面卻不動聲色，十指連點，那剩餘的八名閻羅同時睜開綠幽幽的眼睛，鬼叫一聲，齊齊攻上！

李無憂展開無憂劍，將浩然氣劍使了出來。

這套劍法以浩然正氣為魂，正氣盟的至高除魔劍法乾坤八劍為魄，使動間帶出的浩然正氣，終於將閻羅們兵刃上的陰寒氣勁給克制住。

但這十殿閻羅似乎人人功力不凡，而且還精擅合擊之術，在滅世結界的配合下，瞬間移動快極，只如人人都會小虛空挪移一般，端的是神出鬼沒。

雖然李無憂身具天眼，能「看」清楚他們的移動軌跡，但依然覺得他們的速度如同鬼魅，只好一邊大面積使用維持時間並不是很長的石化大法，一邊放出遲緩結界，去降低他們的移動速度。

饒是如此，十殿閻羅的行動，依然奇快無比，而反應也是超人一等，彷彿真有智慧一般，李無憂只覺得自己不是和靈體交手，而是和江湖中十個身具絕頂輕功的武學好手作戰。

無奈下使出幻術惑敵，但平時百試不爽的李代桃僵等幻術，在滅世結界下，很快就無所遁形，不由大悔：早知道，說什麼老子也不輕易試陣了。不過此時後悔已是不及，好在十殿閻羅也畏懼他的浩然正氣，不敢靠得太近，才暫時勉強維持了個不勝不敗之局。

城頭的楚軍都是緊張得大氣都不敢出，而蕭軍卻是歡呼聲此起彼伏。

「嘿嘿，臭小子，我看你還能撐多久？」獨孤千秋忽然怪笑一聲，十指再次顫動，又有十個閻羅破土而出，不過這次手裏拿的卻是生死簿。

「獨孤老兒，你耍賴！明明說好是十殿閻羅，你怎麼又叫了十個來？」李無憂大駭，忙大聲抗議。

「閻羅難道沒有副職的嗎？」獨孤千秋駁回了他的抗議，揮動手指，新來的十殿閻羅睜開血紅的眼睛，飛撲上來。

「老烏龜！爛屁眼的老不死，你怎麼這麼沒信用啊？」立時險象環生的李無憂不禁破口大罵。

獨孤千秋不怒反笑：「呵呵，我還忘了告訴你，閻羅還有候補的！」十指再招，又招出十個手持陰陽鎖而眼放黑光的閻羅。

李無憂這次是沒時間罵了，龍鶴身法、御風術和小虛空挪移同時施展不說，還要使用轉瞬即告無用的幻術躲避，時而滴水穿石，時而化朱成碧，時而李代桃僵，險險地在三十個陰氣森森的閻羅之間穿來穿去。

終於，一個閻羅的判官筆不小心劃在了他的臀部上，褲子上立時多了一道長長的口子，性感的屁股露了出來。

「娘西皮，老子這件衣服好貴的！」李無憂痛心疾首地抱怨了一句，忽然拔地而起，如龍遊九霄般飛上十丈高空，那三十個閻羅像索命冤魂一般如影隨形地追了上來。

「奶奶的，你們就那麼想做老子跟班啊？」李無憂懸於高空，狠狠罵了一句，忽地俯身下衝，於剎那間刺出三十劍。

觀戰的兩軍戰士，忽然發現天空大亮，七彩光芒大盛，慘叫聲不絕於耳，接著就只發現一陣黑煙飄散。

光芒散去時，天空只剩下李無憂一人，那三十個閻羅已煙消雲散。

獨孤千秋噴出一口鮮血，踉蹌退了兩步，露出不可思議的表情：「好小子，原來你剛才一直在示弱，求的就是現在的一擊必殺？」

「廢話！不然你以為老子真的拿他們沒辦法啊！」李無憂撇了撇嘴，輕盈地飛身落下。

楚軍歡聲雷動，提到嗓子眼的心終於隨著李無憂的落地而輕輕放下，甚至連王定這樣的沉穩人物也不禁擊掌叫好，只有慕容幽蘭撇撇小嘴，一臉不屑，心道：「我老公連修煉了兩千多年的金翅大鵬神都打敗過呢！現在不過是宰了幾個小鬼的頭，又有什麼值得高興的？」

結界之中，獨孤千秋冷酷地笑了笑，擦去嘴角的血跡，淡淡道：「一切，終於開始有點意思了！」雙手一合，結了個古怪的印式，忽地大喝一聲：「地獄不空，我不成佛。天地不仁，閻羅重生」，噴出一口血霧。

李無憂反射動作般後退，卻發現那血霧並不是噴向自己，卻落在地上那五百具蕭國士兵的屍體上。

「地藏重生法！」李無憂嚇了一跳，「獨孤老兒，你用這樣的邪法，難道就不怕遭天譴嗎？」

獨孤千秋冷笑道：「邪法？什麼是邪，什麼是正？勝者為王，敗者為寇，我今日能殺了你，我就是正。天譴？天在哪裏？蕭國今日若能踏平潼關，來日一統天下，如故就是天子，我們今日所爲就是弔民伐罪，就是奉天承運，我們就是天！」

「這個……」李無憂呆了一呆，仿如醍醐灌頂般恍然大悟。

「哼，接受不了嗎？你們這些自命名門正派的人，滿口仁義道德，一肚子男盜女娼，說什麼是非公理，說什麼蒼生黎民，不過是滿足自己私欲的藉口，憑什麼和我說天講地的？」

「那個……」李無憂想說什麼，但立時被蕭如故給打斷，「仁義不過是強者對弱者的藉口，只有勝利者才有權力說正義……」

「住口！媽的你有完沒完啊？」李無憂終於忍耐不住，「老子想說的是，你剛說的這些平常都是我的臺詞，你搶了我風頭，怎麼一點愧疚都沒有？」

「要個屁的愧疚啊！」冥神獨孤千秋再噴出一口血霧，放聲大笑，「哈哈，我剛才之所以那麼做，就是要吸引你的注意力，好讓地藏重生法轉化完全成功……」

他話音剛落，那五百個死去士兵的屍體已完全腐爛，變作五百具血淋淋的白骨，立了起來。

陰風森森，寒氣逼人，戰場忽然變成了修羅場。兩軍將士被這忽然的變故，嚇傻了眼。

場中，獨孤千秋卻依舊滔滔不絕：「說起來，我們見解這麼接近，正是臭味，哦，不，是意氣相投，可謂同道中人，不做師徒實在是可惜了，不如你投到我門下，我們一起將魔門大法發揚光大，共創一個新世界……」

「哇靠！你他媽有完沒完啊！」李無憂從來沒有想到一個平時沉默寡言的人，三八起來竟然可以雞婆到這個程度，「老大，我都讓你讓到這個地步了，你有什麼陰招損招怪招毒招，倒是快點一起使出來，大家一次解決了吧……我很趕時間的！」

「你先把這些白骨閻羅解決了再說吧！」獨孤千秋雙手一揚，五百骷髏兵空洞的眼窩中忽然放出一千道黑光，隔了五丈之遙，齊齊射向李無憂。

變生肘腋，後者剛剛想避，那黑光卻已全射在了他無形的浩然正氣護體罩上，霎時身周七彩光華大作，與黑光激烈的抗衡起來，卻誰也贏不了誰，成膠著狀態，罩內的李無憂卻也動彈不得。

五百骷髏兵手中忽然多了一把黃色的怪劍，踏著整齊的步伐，在獨孤千秋操控下慢慢逼近。

李無憂知道這種用本命真元血復甦出來的血骷髏，兇悍異常，即便是將其肢解，殘肢依然會兇猛撲上，唯一的方法就是用火將其完全燒成灰，但由於獨孤千秋本身是用處女初夜血練功，他的土系魔法中更有一種陰寒氣息，用大火燒未必能燒得起來。這可如何是好？

「小子，我這血骷髏本是打算用來對付謝驚鴻的驚鴻劍的，你武功雖然不錯，但比之謝驚鴻還差得遠吧？我勸你還是趕快投降，到我蕭國來，高官厚祿，美女珠寶，還不是予取予求？」獨孤千秋展開了心理攻勢。

「獨孤老兒，你是不是認爲我真的破不了你的血骷髏？」李無憂氣聚雙臂，打算不惜暴露自己武功已經晉升聖人級的事實，強行以聖人級武功與之一戰，或者能夠成功。

「哈哈！難道你以爲你能夠？這方圓二十丈，都是我滅世結界的範圍。結界之內，無火無水無木無金，只有一地的土，你雖然精通四宗法術，但根本無法施展高級法術，憑什麼破我的魔法？」獨孤千秋一面攻心，一面堅定不移地指揮骷髏閻羅上前。

李無憂這才明白自己剛才施展的幻術爲何只能維持刹那光陰，原來施展法術所得的元素都只來自於空氣中的微小儲藏，自然是無法持久，而獨孤千秋的魔法五行屬性本來就是土，自然是威力劇增。

正思忖間，眼角餘光忽然瞟到地上一處不起眼的岩石夾縫，忽然大喜道：「獨孤老兒，看老子怎麼破你的鬼把戲！」

下一刻，空氣中無數微小的水元素粒子開始在他掌心凝聚，漸漸成了兩條藍色的水柱。

「凝水法？哈哈！你認為空氣中那只夠塞牙縫的水，能將我的骷髏兵沖走還是淹死？」獨孤千秋哈哈大笑。

「別看你現在笑得得意，一會兒老子就要你死得翹翻翻！」李無憂嘿嘿冷笑，一面加強浩然正氣抵禦黑光和因骷髏兵逼近所產生的無形壓力，一面繼續凝聚起水柱，很快，兩條水柱都達到了丈長。

「去！」李無憂大喝一聲，兩條水柱激射向地面。

包括獨孤千秋在內的所有人都傻了眼，他不攻敵，反而攻地，這算哪門子的破敵之計？

但他們很快傻了眼。那兩根水柱沒入地表之處，一點新綠忽然破土而出。下一刻，那棵幼苗迅疾長大，很快變作一棵高達十丈的大柳樹。

「揠苗助長！」獨孤千秋大驚之餘，猛然想起傳說中玄宗門早已失傳的一個高級法術。

李無憂屈指連彈十八下，十八根柳枝從柳樹上飛出，成規則八卦形狀地插在那五百骷髏兵的身周，緊接著，他雙手結印，再次凝聚一段小小的水柱，大喝一聲「一衣帶水」，手指連彈。隨即，空中即出現一個藍色的錐形蜘蛛網，錐網的頂點正是那株柳樹，而最底層則是那十八根柳枝。

此時，那五百骷髏閻王已逼近那些柳枝不過三尺。下一刻，李無憂暗叫一聲：「同氣連枝、揠苗助長」，地上那些柳枝立時似活了過來，迅疾茁壯成長爲十八棵大柳樹。

五百骷髏似乎預感到了不妙，一個個咯吱亂叫，不安地看著周圍。樹上的柳枝卻同時動了起來，彷彿是藤條一般，從地上，從空中，將它們緊緊纏繞住。

柳枝瘋狂的長粗長長，霎時已是成千上萬，緊鎖著李無憂的黑光終於斂去，那五百骷髏兵則全部被枝條包裹起來。遠遠望去，彷彿一片綠色的海洋中，偶爾有幾塊白色的浪花在浮沉，伴隨著的是骨節的斷響和彷似淒厲慘叫的磨牙聲。

柳枝與白骨相接的地方，綠光遊走，那些白骨上的血跡則迅速被吸光。被吸光了血的白骨則很快化成幻影，最後歸於泥土。眨眼之間，五百骷髏已去其大半。

獨孤千秋狂噴了幾口鮮血，倒在了地上，但巨大的不甘，讓他單手支地，頑強地站了起來，但他能做的只是傻傻地睜大了眼睛，不敢相信自己所見的一切：竟然有人能在滅世結界中施展出了正氣盟木系法術陣萬木歸塵，以木剋土，讓自己的骷髏閻羅陣沒有任何發揮就歸於塵土。

「不！」他驚叫了一聲，不可能的，沒有人能做到的，不，我不相信！這是假的！

猛然間，越來越清晰的劇痛，和無數的念頭在他心頭轉過，經脈中的靈氣忽然開始逆行，巨大的膨脹力只欲將他撐破一般。

下一刻，他重重地倒在地上，七竅中都流出了鮮血，面目猙獰之極。

筋疲力盡的李無憂鬆了口氣，一屁股坐到地上，嘆道：「唉，死就死吧，非要搞得那麼恐怖，嚇壞了小朋友怎麼辦啊？即便不嚇到小朋友，嚇到花花草草也不好嘛……」

他忽然住了口，因爲獨孤千秋忽然全身放出一陣金光，人也跟著殭屍般立了起來，狂喜著大喊：「哈哈，我明白了，我明白了！」

「你終於明白你是個老王八了？」李無憂口上不忘打擊，心頭卻是嚇了一大跳，老烏龜，你怎麼死都不肯安心，還想再玩什麼花樣嗎？

「甦醒吧！死神！」獨孤千秋忽然莫名其妙地吟唱了一聲。

李無憂正感不妙，胸口已是一片劇痛，緊接著巨大的壓迫感捲襲過來，逼得他幾乎站立不住，猛然將無憂劍插入地下，張口吐出一口鮮血，人才沒有摔倒。強忍著痛楚，大口喘著氣，再抬起頭時，他立刻看到了一片不可思議的景象。

剛剛還在痛苦掙扎的骷髏兵們，忽然身上像似被鍍了一層金粉，一個個竟變作了黃金骷髏！他們手中的土黃色的劍也同時化作了金色，閃閃發光。金光吞吐間，身周緊密纏繞著的柳枝已一一被斬斷。

因爲施展出的法術都與自身有或多或少的靈氣關聯，某些頂尖的法術施展開來，甚至可以說是施法者自身的延續，一損俱損，一榮俱榮，獨孤千秋剛剛施展的召喚地獄閻羅的靈體，以鮮血爲聯繫，一旦被破，立時就受了極重的內傷，狂吐鮮血，而李無憂施展的一衣帶水和萬木歸塵，也與施法者本身有些密切的靈氣聯繫，此時法術被破，也立遭反噬，同樣受了不輕的內傷，而金屬性的骷髏們對木屬性的柳條天生的巨大的壓迫感，也同時傳遞了過來，讓他胸口如壓萬斤巨石，艱於呼吸。

「這是……物極必反，以土生金！」比起肉體上的痛楚，李無憂對獨孤千秋的轉變更覺頭大，「老烏龜竟然臨陣悟通了五行相生之道……」

史上又一個通曉土金兩性法術的法師終於誕生！

五行相生相剋，自古已然。只是相剋容易理解，物極必反的相生之道卻幾乎無人能做到，甚至很多法師窮盡一生也搞不清楚何爲相生。李無憂雖然得食五彩龍鯉，早已是五行兼備，但對此卻也是在萬氣歸元時才得以領悟，不想獨孤千秋怒氣攻心之下，竟也與李無憂當日心境異曲同工，這才豁然大悟，此時他已可將體內的土性靈氣轉化爲金性靈氣。

柳樹眨眼間已被屠戮乾淨，場中僅剩下一堆斷枝。夕陽下，唯有一百名手持金劍的黃金骷髏，金光閃閃，殺氣騰騰。無形的陰風充斥著整個結界，獨孤千秋張著雙臂，寬大的黑袍在風中獵獵作響，藍衫染血的李無憂單劍支地，大口大口地喘息著，彷彿隨時都會倒下。

片刻間，勝負似已易手。觀戰的兩國軍隊的心也同時緊了一緊。

潼關城頭，慕容幽蘭從來沒有一刻像現在這樣緊張，她剛動了一下腳，腰間又已是一麻，不用回頭，她也知道是誰了，耳邊果然傳來王定蒼蠅一般的討厭聲音：

「慕容將軍，軍人的天職就是服從命令！並且他們兩個大仙高手的決鬥，旁人插不上手，你下去也於戰局於事無補，反而會連累元帥爲你擔心。如果連你都對元帥沒信心，又怎能奢望其餘的將士不亂陣腳？」

「王將軍所言有理，慕容將軍請少安毋躁！」石枯榮也勸道。

「閉嘴！誰說要下去了？我只是想去叫人搬面大鼓來給老公助威而已！」慕容幽蘭氣急敗壞。

王定大汗，忙解了小丫頭的穴道，吩咐劉劍找人去搬鼓。

「哼！等他們搬來，黃花菜都涼了……本將軍親自去！」慕容幽蘭撇撇嘴，掠下城頭，直奔軍器庫。

王定和石枯榮相對苦笑，斜陽下，像極了兩隻夾著尾巴的黃狗。

另一方的蕭如故，已經暗自下令：如果國師獲勝，立即趁機全線進攻，反之，立即撤軍，片刻不能耽擱。

眾目睽睽，獨孤千秋的嘴角泛起了一絲冷酷的笑意，眼中露出睥睨眾人的神光，在此刻，彷彿他就是世間的主宰。

李無憂依然在喘氣，剛才的激戰和連續施展那幾個高難度暗法術，似乎已耗透了他的元氣。一百名黃金骷髏，一步緊一步地逼近了李無憂。

三丈……兩丈……一丈……

「住手！」同一時間，兩個聲音分別自東西方向響起。

同一時刻，從波哥達峰和單于山的山上林中，各有一道白色人影御風掠出，直撲中場。

「放箭！」蕭如故冷冷下令道。

兩組流星箭雨撲了過去，從四面八方封住了二人的下落。

箭雨陣中，左邊那人忽地憑空消失，萬千箭雨穿越了虛空，沒入了林木當中，下一刻，他已憑空穿越了十丈之距，破入滅世結界之內，離李無憂和獨孤千秋已不過三丈。右邊那人卻是連續數次的憑空挪移，射向他身上的箭卻已不過兩成，手中兩道光華舞動，將近身箭支撥開，其前進速度非但絲毫未慢，反而呈幾何速度遞增，也是片刻間即衝入結界之內。

「你們叫住手，我就住手，豈不是很沒面子？」獨孤千秋冷哼道：「李無憂，去死吧！」說時指尖印法連結，百名骷髏或上衝，或斜飛、或貼地掠起，鋪天蓋地一般朝李無憂猛撲過去。

金光暴射，結界中一片肅殺！此時那兩道白衣人影卻都還在三丈開外。

「你叫我死，我就死，豈不是更沒面子？」李無憂忽地大笑，長劍撐地反彈，人拔地沖霄而起，空中的骷髏立時舉劍撲了上來，但他們驚訝地發現李無憂忽地憑空消失了！

正自一愣間，一條飛舞的藍色長龍，已自他們身邊穿過，身體迅疾地化成無數金粉，飄飄悠悠地灑落下來。

「難道……他竟還能施展御劍飛仙？這小子的內力竟如此深厚？」獨孤千秋失聲道，他這一愣，殘存的三十六名骷髏立時失去靈氣牽引，眼中黑光斂去，停在地面。

劍法至高境界的御劍術，當然並非只能用於飛行，更可以御劍殺敵，殺敵時人劍合一，靈動性比尋常劍法強了不止千萬倍之外，更能讓使劍者本身的功力瞬間暴增一倍。但要施展這招殺法，卻非有極強的真氣不可。

獨孤千秋想不通的是李無憂剛才明明已受了重傷，並且筋疲力盡，何以竟還能施展這樣極耗內力的招式？他卻不知李無憂萬氣歸元後，功力暴增三倍，比他還強了些許，剛才不過是假裝力盡誘敵而已。

李無憂意態悠閒地站在無憂劍上，朝下觀看，彷彿俯視眾生的天神。那兩個白衣人見此也不禁放下心，定在三丈外旁觀，眾人這才看清二人竟然都是女子！

王定和石枯榮看得清楚，左邊那女子正是幾日前偶爾在李無憂身邊出現過一次的侍婢若蝶，聽慕容幽蘭吹噓說此女法力之強比李無憂也不多讓，而右邊那女子白紗罩面，不清楚是誰，但也似是友非敵，立刻放下心來。

獨孤千秋一愣後，叫了聲好，忽地雙手變印為掌，一掌快似一掌地拍在殘存骷髏身上，瞬息間連拍了七十二掌。

李無憂見他每拍一次，那些骷髏就變大一些，眼中黑光就強了一分，覺得這種手法似曾相識，猛然記起當日西湖一戰，獨孤千秋曾使過這一招，不禁駭了一跳：「是胡笳十八拍！」話才一出口，十八名殘存骷髏每人都比剛才大了近三倍不止，齊齊一飛沖天，猛撲過來。

「老王八，你還真是賊心不死啊！」李無憂嘆息了一聲，御劍上衝，同時雙掌下擊，罡風凜冽，十八骷髏被逼得速度為之一緩，而殘存的柳枝漫天飛起。

獨孤千秋剛叫不好，異變已生。那些柳枝騰空之後，很快追上十八骷髏，並且將其緊緊纏繞起來，李無憂道聲「疾」，十指連點，空中立時多了無數羽毛一樣的火光，飛向那些柳條。柳條騰地燒了起來，十八骷髏咯吱咯吱亂叫，不顧一切地向李無憂撲來，後者御劍疾衝，帶著骷髏們兜圈子。

「劈里啪啦」一陣脆響後，緊接著是一陣驚天動地的炸響——那十八骷髏竟然全數爆炸開來。

金光四濺，空氣中瀰漫著一股難聞的惡臭。

「獨孤老兒！還想再試嗎？」李無憂嘻嘻笑道。

「以火剋金，好一招朱雀火羽！不過……」獨孤千秋嘿嘿怪笑，眼神中露出一絲不可捉摸的詭詐。

殘存的最後十八名黃金骷髏再次沖天上撲，李無憂嘴角剛剛泛起一絲冷笑，正要再次借助空氣中最後的柳條施展朱雀火羽，全身經脈內已是一陣劇痛，體內元氣忽然一滯，足下已是長劍一鬆，急速下墜，大駭下忙使個千斤墜急追，在一名骷髏金劍掃過足尖前，雙足一合，夾住無憂劍，憑空強換了一口氣，身形一折，脫出骷髏兵範圍，正要朝若蝶飛去，經脈內劇痛暴增，丹田元氣再也提不上來，身體如斷線風箏一般直直墜了下去。

十八名骷髏持劍猛砍過來。千鈞一髮之際，身體忽然一輕，不由自主地朝右方飛去，身後傳來一陣金劍互撞的鈍響。

這幾下一波三折，楚軍眾將只道李無憂多半無法倖免，正暗捏一把冷汗，卻見場中左邊那名白衣女子黑髮暴漲三丈，右邊那人身上也同時射出了一蓬青色的長絲，裹住李無憂身體，將他硬生生從眾骷髏金劍包圍中拉了出來，都是又驚又喜。

蕭軍卻同時叫了一聲可惜。

雖然脫出了金骷髏們的包圍範圍，但李無憂卻也像粽子一樣分別被兩個女人身上的絲線給裹住，一左一右兩股拉力相互持平，人被懸在了空中。那十八骷髏一愣之後，隨即如影隨形般撲了上來。

「你快放了我家公子！」

「你快放手！」

那白衣女子和若蝶同時大喝，卻誰也不肯讓誰。

「憑什麼要我放？」二女又是同時道。

同一時刻，數柄金劍又已刺了過來，李無憂哇哇亂叫，二女忙將他拖開，但速度終究是慢了半拍，身上已被劃了好幾道傷口。

一陣金光炫目，三支金劍又已刺來，二女忙拉著李無憂一陣翻騰，但這次更慘，兩人使力的方向雖非完全相反，但合力卻有了一個角度差，這次終於有一柄劍刺在了李無憂大腿上，立時鮮血如注。

李無憂還來不及呼痛，十餘名骷髏又自撲了上來，二女忙拉著他東拉西扯，但就是誰也不肯放手，眨眼間已經是遍體鱗傷。

李無憂想呼喊，想脫出絲線的束縛，但此時經脈中的劇痛，甚至讓他連抬嘴皮的力氣都沒有，更別提掙脫了。

六萬人矚目之下，堂堂大荒雷神，就這樣被兩個女人拉來扯去，遊蕩在生死邊緣。

他之前曾不止千萬次思索過自己會如何死去，但他卻沒有一次想到會是這樣，生死之際，不忘自嘲道：「老子豔福還真是不淺，連死都可以死得這麼香豔。」

便在此時，從黑髮和青絲上忽然同時傳來一陣殺氣，卻是若蝶和白衣女子終於不耐，打算透過李無憂的身體直接攻擊對手，好奪過李無憂來。

「兩個笨女人，老子對你們真是沒話說了！」李無憂的心在流血，但隨即卻感到了一絲希望，「這樣也好！媽的！若蝶的實力與我相差無幾，應該能在老子掛掉之前，分出個勝負來，老子也許能撿回一條老命吧！」

很可惜，願望是美好的，但現實是殘酷的。李無憂很快悲哀地發現，這個白衣女子除了法術了得外，武功竟然也已達聖人之境，和大仙位的若蝶鬥了個旗鼓相當，卻是誰也贏不了誰。只苦了他自己，本來除了經脈內的劇痛外，他全身的皮肉都已是血淋淋的，現在更做了二女的拚鬥的場所，真氣和靈氣在體內亂竄，相互比拚，帶動起本身元氣不由自主地反擊，霎時間，體內血液只如一鍋煮開的滾油，偏是五味雜陳，痛楚比之世間最淒慘的三大酷刑搜神指、憔悴掌和逍遙指都有過之而無不及。

正自求生不得求死不能的當兒，忽聽一陣金鼓聲大作，夾雜著一人高聲大笑：「老公，若蝶姐姐，你們玩盪鞦韆怎麼不叫我呢？我也要玩啊！」

兩軍將士為這鼓聲所吸引，齊刷刷看去，卻見一個紅衣少女敲打著一面大大的軍鼓，正御風朝場中飛來，能做出這樣的事，普天之下，除了慕容幽蘭，還能有誰？

李無憂為這一身金鼓聲所吸引，神志一清，勉強睜開眼來，見此不禁苦笑：「老子經歷了那麼多風浪，都化險爲夷，今日果然要掛在你們三個笨女人手上了！」

話一出口，他才驚奇地發現自己竟然能說話了，當即抓住機會大喝道，「若蝶，快放手，是自己人！」

若蝶雖然百個不願意，但還是迅疾撤了青絲，轉朝那十八金骷髏攻去。在空中懸吊了很久的李無憂終於重重地摔落下來，砸在白衣女子面前的地上。

大難不死，李無憂卻並沒覺得有何後福，因爲經脈內的劇痛只讓他艱於視聽，剛才那一喝，已經耗盡了他最後的力量，此時全身上下，甚至連動動手指頭的力氣都沒有了，恍惚間忽然明瞭：「老子這是中毒了！但這是怎麼回事？老烏龜明明沒有下毒的機會的？」

正思量間，雙唇忽被撬開，隨即口中一股異香撲鼻，一顆滑溜溜的東西順著喉嚨滾了下去。他體內本似燒開的滾油，這珠子一般的東西一滾入，仿似投入了一塊北溟玄冰，他驚叫一聲，猛地坐起，一大口鮮血正噴在剛落下的慕容幽蘭身上，昏死過去。

小丫頭忙扔掉大鼓，撲向地上的李無憂，長鞭直指白衣女子，怒道：「臭女人，你給我老公服了什麼毒藥？」

白衣女子卻不理他，一腳踢到李無憂腿上傷口，幽幽道：「老公，你以爲裝昏迷，就能躲得過去嗎？」

「哎喲，有人謀殺親夫了！」李無憂慘哼了一聲，硬著頭皮，睜開了眼睛，「卿本佳人，奈何太笨！阿碧，你就不能睜一隻眼，閉一隻眼，大家都過得去就算了嗎？」

「阿碧？」慕容幽蘭一愣，隨即面有喜色，雀躍道：「啊……長髮流雲，白衣飄雪，你是寒山碧姐姐？」

白衣女子揭去面紗，露出一張絕世容顏，赫然正是封狼山上失蹤多日的寒山碧。

慕容幽蘭立時撇了李無憂，跑到她身邊，喜道：「碧姐姐，這些日子你跑哪裏去了？我和老公都很擔心你呢！」

寒山碧笑道：「是嗎？小蘭你擔心我，姐姐倒是相信，不過，某些喜新厭舊的人可就難說得很了！分開才幾天，身邊又多了個美貌丫頭，哼哼，簡直是個超級花心大蘿蔔……」低頭卻見李無憂兀自裝作沒聽見，不禁大恨，又是一腳踹了過去，「說你呢？某人！服下了我師門至寶驅毒珠，體內便有萬般的毒也該全解了，還想賴在地上博取同情嗎？」

李無憂慘叫一聲，哼哼唧唧道：「你沒看見老子現在是內傷外傷加心傷，已經傷得一塌糊塗了嗎？你不來扶，老子怎麼也起不來了！」

「死無賴！」寒山碧輕啐了一口，終於走過去將他扶了起來，李無憂乘勢倒在她懷裏，舒服地假裝昏死過去。

場中，若蝶正和獨孤千秋操控的那些骷髏打得難解難分。她與獨孤千秋都有大仙位的修爲，不同的是後者已是強弩之末，而她卻是生力軍，戰鬥本該很快解決，但她的吸星大法雖然是天下間一等一的厲害妖法，可惜的是，那些骷髏乃是金土兩屬性的死靈，她每吸化掉一個骷髏，都需要花費一定的時間來消化，是以場中金骷髏雖然顏色越來越暗淡，數目也越來越少，卻也非一時半會兒能夠全解決掉的。

獨孤千秋想不通天下怎麼憑空冒出這麼個女高手，只要骷髏們一被她的青絲擊中，立刻化爲金粉，被她吸得乾乾淨淨，正暗自叫苦不迭，忽聽慕容幽蘭大聲道：

「獨孤千秋，枉你還是與我爹齊名的人物，鬥法不勝，竟然對一個後輩下毒，真是無恥！現在卻帶著那麼多骷髏欺負若蝶姐姐一個小姑娘，你羞也不羞？我若是你，早吐口唾沫把自己淹死算了，省得丟人現眼！」

楚軍哄然大笑，紛紛指責獨孤千秋以強凌弱，實是無恥之尤。蕭軍諸將人人也覺得面上無光，吭不出聲。

獨孤千秋見明明是對手以多欺少，使用車輪戰，小丫頭竟然惡人先告狀，饒是他城府深沉，卻也不禁大怒：「小丫頭，休得胡說八道！」

他一分神說話，手下就緩了一緩，又有一名骷髏被若蝶給吸得精光，場中僅僅還剩五名，若蝶威脅大減。

慕容幽蘭大聲道：「獨孤千秋，難道只准你光天化日下爲惡，就不准我正大光明地說一句實話嗎？你堵得住我一個弱女子的嘴，堵得住在場中的六萬光明磊落的蕭楚兩國將士的嘴嗎？即便可以，你又堵得住天下百姓，悠悠萬民之口嗎？」

「堵不住！」兩萬楚軍立時很配合地齊聲回應道。

獨孤千秋只差沒被這一番強詞奪理氣得吐血，剛想分辯什麼，若蝶又已將一名骷髏吸了個乾淨，身形一飄，脫出骷髏包圍，萬千青絲直射他本人，忙喚出玄黃劍去抵擋，不想那青絲一纏到劍上，一道奇異的吸力已黏了過來，全身靈氣如針遇磁般飛瀉而出，大駭之下，忙撤劍翻身，避了開去。

若蝶也不追擊，好整以暇道：「獨孤小兒，你不是姑奶奶的對手，還是投降吧！也許我家公子會饒你不死。」

獨孤千秋重重地哼了一聲，眼中凶光閃動，冷冷道：「臭丫頭，螢火之光，也敢與日月爭輝？再不讓開，小心老子將你先姦後殺！」

若蝶笑道：「小鬼，不妨放馬過來，看姑奶奶能不能閹了你？」

「這是你逼我的！」獨孤千秋眼中射出一陣冷芒，雙手高高舉起了玄黃劍。

玄黃劍忽然暴漲三丈，徹底的冰寒氣息，在獨孤千秋身邊環繞。隔了二十丈之遙，楚蕭兩國的將士甚至都能感覺到那劍上逼人的殺氣。

山雨欲來風滿樓。

「呵，暗香，等待了千年，終於可以讓你上場了！」若蝶心頭輕笑，將萬千青絲收回，環繞在自己身側，拔出了千年前的兵器長劍暗香，靜靜等待這雷霆一擊。

「看我最強一招！」獨孤千秋怒喝一聲，丈長的玄黃劍猛地朝若蝶高劈而下，後者舉劍迎上。

「什麼？」下一刻，全場的人都忽然傻了眼。

——獨孤千秋劍上的黃芒劈出的瞬間，人卻倒飄向後。

天下間到底有什麼武術是相距越遠，威力越大的呢？若蝶大驚，難道是傳說中可以傷敵於萬里之外的不世大法「離別天涯」嗎？但他現在這種姿勢……

獨孤千秋越飄越遠，越飄越高，最後落到了波哥達峰上，沒入樹林間，最後消失不見。不是離別天涯，那究竟是什麼法術竟然要躲進深山才能施展？

「臭丫頭，我很快會回來找你報仇的！」空氣中響起冥神冷絕中帶著一絲驚惶的聲音，越來越小，漸漸止了聲息。

萬籟俱靜，誰也沒說話。

好半晌，終於有人反應過來：「冥神逃跑了！」

空氣中緊接著響起李無憂充滿崇拜的話語：「原來冥神的最強一招，竟是逃之夭夭大法，雖然飛行的姿勢不算最帥，速度也比驚鴻過雁略遜一籌，但勝在出人意料，誰也想不到他堂堂一代宗師，竟然說逃就逃，乾脆俐落，終於爲自己贏得了逃跑的機會。最強一招，果然不是浪得虛名！我李無憂真是甘拜下風，佩服，佩服！」

眾人皆倒！

後世有說書人專講《大帝風雲錄》，說到這回書，爲附庸風雅，名之爲「三佳人潼關大戰蕭國師，李無憂一語驚醒夢中人。」將李無憂與獨孤千秋這場大戰，牽強附會地說成是若蝶、慕容幽蘭和寒山碧這三女爲救夫，合力大戰獨孤千秋，最後在慕容幽蘭義正詞嚴的指責下，冥神羞愧逃走，居然長說不衰，成爲最受歡迎段落。

獨孤千秋溜之大吉，蕭國眾軍士面上無光，煙雲十八騎的青騎將軍蕭龍勸道：「陛下，國師臨危遁走，軍心已失，不如退兵，擇日再戰？」

「退兵？呵呵，還沒到時候啊！我還有最強一招沒用呢！」蕭如故微笑道。

「最強一招？」蕭龍喃喃道，腦中想起獨孤千秋遠去的背影，不禁打了個冷戰。

正愣時，卻聽李無憂已朗聲笑道：「如故兄，你的狗腿已經被我老婆打得落荒而逃了，你還死皮賴臉不肯走，是想討打嗎？」

蕭如故微笑道：「李兄，你們四人合力才戰敗我國師，又有何値得自豪的？我現在不肯走，是因爲我還沒有擒下你，攻入潼關啊。」

「生擒我？就憑你？」李無憂哈哈大笑，彷彿聽到本年度最好笑的笑話。

「呵呵，李兄似乎有些不以爲然？」

「不是有些，是非常地不以爲然！這是不可能地，醒醒吧你，如故兄！」

「當真不能？」

「當眞！」

「果然不能？」

「果然！」

「唉，算了！」蕭如故似乎很無奈，「既然你這麼堅持，我怎好駁了你的面子。我換個人吧……」

「哈哈！你換誰老子都不怕，別說我本人已經天下無敵，就是我身邊這三位老婆，你也是……」

李無憂得意的話，說到這裏戛然而止，因爲他忽然覺得腰間麻穴上已被人一指點中，脖子上已被架上了一柄冰涼的短劍，同樣冰涼的心同時沉了下去，「阿碧，你……這是做什麼？」

「碧姐姐，你幹嘛拿劍指著老公，你們又玩什麼遊戲啊？」慕容幽蘭不解道。

「呵呵！我們玩個小遊戲而已……若蝶姑娘，你還是收回那些蜘蛛絲，待在原地的好，不然大家都不好看！」寒山碧微笑道，微微一緊手上的短劍，一縷鮮血從李無憂的脖子上滴了下來。

本打算從背後偷襲的若蝶不得不收回青絲，止住了腳步。

「妖女，快放了我們元帥！」城頭大譁，王定和石枯榮掠下城來，兩萬楚軍當即便要開關衝出。

「都給我乖乖待在原地，誰再敢亂動，我立刻殺了他！」寒山碧大聲道，一臉寒氣。

「你們都別過來！」李無憂對王石二人揮揮手，大聲制止了群情激憤的手下諸將，臉上露出了一絲苦笑，「媽的！現世報來得真快，前幾日老子還拿劍架在阿俊脖子上，唉，沒想到這麼快就輪到老子自己了！」

「呵，老公，這就是風水輪流轉了！」寒山碧嫣然笑道。

「靠！」李無憂輕輕罵了一聲，「沒想到老子也有今日。不用說了，老婆，你一定是被蕭如故這王八羔子給收買了，你就是他最強一招。只是我搞不懂，你我明明有白首之約，何以如此對我？」

「呵呵！李大俠，你也不是第一天來江湖上混了，應該知道什麼山盟海誓，承諾信義，不過是說說而已，大家都是成年人了，幹嘛還這麼斤斤計較呢？」寒山碧從容道。

「不錯，倒是我幼稚了！」李無憂輕輕嘆了一聲，隨即提高聲音道，「蕭如故，現在我在你手裏，你想要什麼價錢，儘管開吧！」

「好！贏得爽快，輸得灑脫，李兄果然是個人物！」蕭如故撫掌笑道，「其實我所求也簡單之極，只要李兄下令手下投降，將這潼關送與我就成。之後你要和寒姑娘雙宿雙棲，笑傲江湖，還是願意助我一統天下，封王拜相，都任君選擇。」

李無憂沉吟半晌，卻問了個愚蠢的問題：「我不答應，你是不是立刻就會要我性命？」

「這是當然，李兄這等傳奇高手，用兵奇才，若不能為我所用，留之則必定是心腹大患。」蕭如故認真道。

「老公，你快假裝答應他啊，以後我們再反過來，你依然是大楚英雄！」慕容幽蘭忙勸道。

倒！

雖然氣氛凝重，還是有無數人撲哧一聲笑了出來。

李無憂心頭苦笑：「真不明白這丫頭的腦子是什麼做的。」當即大聲呵斥道，「小蘭，你怎麼能說這樣的話？忠臣不事二主，妓女不……嘿，不好意思，是烈女不嫁二夫！你難道以為我李無憂是那種兩面三刀的反覆小人嗎？誰如再說投降二字，定斬不饒！」

第三章　十面埋伏

「好啊，好一個忠臣不事二主。這樣的話，那我也沒有辦法了！」蕭如故撫掌大笑：「不過李兄，有句老話，叫『良禽擇木而棲』。君子趨吉避凶，不過是自然之事。李兄千萬莫要爲了一些虛名，誤了自己才好！」

「哈哈！難道你認爲我李無憂是貪生怕死之輩嗎？」李無憂縱聲大笑。

「不像！」蕭如故搖頭，「不是像，而是本來就是！」

「靠……這都被你發現了！」李無憂笑罵道。

楚軍同時愕然，堂堂大荒雷神，竟然當眾承認自己是個貪生怕死之徒，難道元帥他真的要投降嗎？王定之輩卻心頭狐疑，莫非元帥有什麼妙計嗎？

蕭如故也是大喜：「李兄，你是肯答應投降了嗎？」

「做你奶奶的春秋大夢吧！」李無憂朝地上狠狠吐了一口唾沫，堅硬的石地上竟被這一口唾沫砸出了一個小坑，朗聲道，「不錯！老子是貪生怕死，也很喜歡美女元寶，高官厚祿，但是，男子漢生在天地間，可以無恥，可以卑鄙，卻絕不能忘記祖宗！老子今日投降於你，也許真可以高官厚祿，但必定會遭大荒百姓千夫所指，祖墳都會讓人扒了！蕭如故，你要殺則殺，何必惺惺作態？」

「倒沒想到你竟有如此堅持！」蕭如故一愣，隨即肅然起敬，「那我可沒別的法子了。寒姑娘，你還不動手嗎？」說時舉起了手中令旗，便要發動總攻。

寒山碧眉頭一皺，一掌打在李無憂左腿上，「喀嚓」一聲，小腿骨立時齊膝折斷，李無憂慘叫一聲，劇痛下，頭上豆大的汗珠滾落下來。

「妖女，住手！」

「碧姐姐，你幹什麼？」

若蝶與慕容幽蘭同時驚呼，雙雙前撲。

寒山碧冷笑道：「你們想他早些死，就儘管過來！」

二女怒目而視，卻再不敢上前。

寒山碧對李無憂道：「想死哪那麼容易，即便要死，也要先讓你求生不得求死不能！」

「好，阿碧，你果然是我的好老婆！」李無憂直恨得牙癢癢，「雖然你們魔門中人忘恩負義是家常便飯，但能做到你這種地步，也算是難能可貴了！」

「呵呵，過獎，過獎！」寒山碧微微一笑，又是一掌狠狠劈下，李無憂的右腿小骨再告折斷。

這次李無憂哼也未哼一聲，只是狠狠瞪著寒山碧的眼睛，後者與他對視，目光堅定，不讓分毫。

下一刻，寒山碧不再看李無憂一眼，高喝道：「城頭的楚軍聽著，你們若再是不降，我下一次就打斷李無憂的雙手，然後就削下他的耳朵，割掉他的鼻子，挖出他的眼睛！」

「不要！」楚軍將士熱淚盈眶，同時下跪，喊了一聲，「不要殺元帥，我們願降！」

「住嘴！」李無憂怒喝道：「爾等還是不是我大楚兒郎，怎可說出如此不顧家國的話？李無憂沉湎女色，識人不明，今日命喪沙場，也算是咎由自取！況我卑微之身，與大楚千萬黎民相比，誰輕誰重，你們難道分不清楚嗎？王定、石枯榮、慕容幽蘭，我令你三人立刻返回關上，無論我發生何事，都要戰至一兵一卒，絕不可投降！」

王定與石枯榮對望一眼，稍一猶豫，李無憂又已罵道：「國難當前，你二人還敢猶豫抗命不成？」

「末將遵命！」二人抹去眼角淚珠，不再說話，轉身，退回城中。

慕容幽蘭卻哭道：「老公，我不回去！你要死，我就陪你一起死！」

李無憂望向若蝶，後者也是梨花帶雨，搖頭道：「公子，你要做的事，我是攔不住的，小蘭要做的事，我也攔不住。你放心去吧！你死之後，我必然殺了這個妖女，然後自殺到地下來陪你，這一次，我們永遠不會分開了。」

李無憂看了二女一眼，微微嘆息了一聲，對寒山碧柔聲道：「阿碧，我知道你定然有苦衷，你如此對我，我也不怪你，只盼我們死後，你能得償所願。兩萬人命，若是能換得你心願得償，也算値了。」

寒山碧目光閃動，再說不出一句話來，也不知在想什麼。

忽聽蕭如故大笑道：「好個癡情種子！寒姑娘，這個賭約，是你贏了！你帶李兄走吧，你要的人，就在那座險峰之巔！」

手指方向，正是波哥達峰。

寒山碧破天荒地嘆了口氣，幽幽反問道：「真的是我贏了嗎？」也不等蕭如故回答，抓起李無憂朝波哥達峰上掠去。

若蝶與慕容幽蘭不捨追去。同一時刻，蕭如故發布了攻打潼關的軍令。

方丈山、崑崙山、封狼山和單于山這新楚四大名山，與天河一起，組成了楚國東西南北四面屏障。其中封狼山又稱楓山，和單于山一起居於北面，像是兩條起止歸一的橢圓弧線，南北縱橫，在潼關和憑欄關交會，從而形成了一個四四方方的小型盆地。

波哥達峰正是連綿百里的封狼山的第一高峰，絕壁千仞，飛鳥難渡，峰上毒蟲橫行，怪獸崢嶸，是以自古人跡罕至，爲大荒十大險地之一。

寒山碧帶著李無憂離開潼關之後，便直撲波哥達峰之巔，若蝶和慕容幽蘭緊隨不捨。

寒山碧雖有奇遇，武功大進，但因爲帶著李無憂的緣故，而若蝶這千年妖精，當年多次被正邪兩道追殺，追蹤逃匿之術，當世已不做第二人想，是以寒山碧雖然武術同施，故布疑陣，上山百里，依然很快就被她追上。

寒山碧索性停了下來，再次將短劍對準李無憂咽喉，冷聲道：「你們若是再敢跟來，本姑娘立刻就將這累贅先宰了！」

若蝶淡淡道：「小丫頭，你若是敢傷了公子一根寒毛，我一定讓你痛不欲生。你若識相，就趕快把人放了，或者我還能留你一條全屍！」

「本姑娘有要事在身，懶得和你廢話。你有膽就再跟上來試試。」寒山碧雲淡風輕道，但沒有人懷疑她話裏的決心。

李無憂忙道：「若蝶，阿碧也是我老婆，她不會傷害我的。你和小蘭先回去，協助王定守住潼關。我一定會平安歸來的。」

「可是公子……」若蝶還想說什麼，看到李無憂堅定的眼神，只道了聲珍重，掉頭離去。有時候，信任一個人，甚至是不需要理由的。

寒山碧瞥了李無憂一眼，似乎想從這少年的臉上看出些什麼，但除了清澈的眸子，淡淡的微笑，再無其他，她默然半晌，舉指封了李無憂足上穴道。

下一刻，李無憂發出兩聲如殺豬一般的慘叫：「老婆，你就不能輕點嗎？」卻是寒山碧已將他齊膝而斷的關節重新接上。

「吵什麼吵，再吵將你閹了！」寒山碧不耐道。

「呵呵，我老婆真是有個性，別人嚇唬哭鬧的小孩都說是割舌頭，你偏要閹了我！果然是個特立獨行的妖女……不過，我喜歡！」李無憂笑道。

「無賴！你是小孩嗎？真不知羞！」寒山碧撇嘴道，一張緊繃著的臉上也終於有了一絲笑意，邊說邊將雙手放出兩道淡淡的藍光，圍繞在李無憂的傷患處。不片刻，藍光散去，雙膝斷折處的傷口已止住了血，初步癒合。

寒山碧又自懷裏掏出一個小玉瓶，丟給李無憂道：「自己抹抹脖子。」

「呸！你就那麼想我死啊？」李無憂口頭抱怨，卻老實不客氣地接過抹在了脖上傷處，「嘖嘖，真是舒服，老婆給的藥就是好！」

「既然你這麼喜歡，我以後多割你幾次就是！」寒山碧冷笑道。

「別！這種玩笑不能亂開地！」李無憂嚇了一跳，抬頭看去，卻見寒山碧一臉笑意，才知是調笑之語，忙補充道：「老子不是怕死，不過老割老割，總是很疼的嘛！」

寒山碧笑笑，將他背到背上，邊繼續朝山峰深處走去，邊笑道：「原來你也是怕死怕疼的，剛才在城下那般硬氣裝英雄，可也真是難為你了！」

李無憂趴在她背上，鼻中盡是髮香，全身說不出的舒泰，彷彿脖子和腿上的傷也不那麼疼了，聞言笑道：「老子又不是那些沒有感情的骷髏，當然會怕死，也會怕疼！」

寒山碧聞言停下，一把將他扔到林邊草地上，冷笑道：「李無憂，你指桑罵槐，是說姑娘我不念舊情嗎？」

李無憂疼得冷汗直冒，卻自知失言，不敢強辯，忙陪笑道：「阿碧你誤會了，我沒有那個意思。你若對我無情，剛才蕭如故要殺我，你又怎麼會使苦肉計救我？李無憂再笨，這點還是弄得清楚的。」

寒山碧冷笑道：「我要救你，不過是因為和蕭如故打賭在先，並非對你有什麼情！這點你現在該很清楚了，又何必非要往我臉上貼金，給我找藉口？」

李無憂誠摯道：「阿碧，我不知道在你身上究竟發生了什麼事，但我知道你有苦衷，而且絕對不會殺我。不然，剛才我怎麼會讓若蝶放開？我也不會任你擒住而絲毫不反抗了！」

「哼！你反抗得了嗎？」

李無憂不答，左手忽然抬起，一道指風正射過寒山碧的頭頂，帶起一根長髮，直射入她身後一棵老樹的樹身。

「捕風指！原來你早就衝開了穴道！」寒山碧一愣。

「錯了！我根本就沒被你點中過穴道。」李無憂悠悠道：「當日我學藝的時候，學過一種叫移脈換穴的奇功，我的經脈穴位與常人很有些不同。」

「那你……」寒山碧大驚，「你竟然任我傷你，你也不還手……」

李無憂道：「這是因為我信任你啊，阿碧。我不知道你和蕭如故的賭約，但我知道，無論如何，我的阿碧是不會背叛我，不會傷我性命的。我之所以能在兩軍陣前大義凜然，之所以能視死如歸，說穿了，不過是在做戲而已。只要能讓你達成目的，我受點皮肉傷又算得什麼？」

寒山碧聽罷半晌無言，良久方嘆道：「你……你真是個傻瓜！」看著李無憂的眼神卻又是開心又是驕傲，「性命是隨便能拿來賭的嗎？」

「也就是從這一聲嘆息起，在大荒著名的妖女寒山碧的心中，李無憂終於不再是個浮滑少年，而是個可以託付終身的良人。」——後世的說書人說到這回書，都是瘋狂煽情，將李無憂說成千古情聖。

只是誰也不知，此時雙目含情凝視著寒山碧的李無憂，心頭卻暗自笑翻了天：「哈哈！不得不承認，李無憂你果然是天才中的天才！你剛才在戰場上之所以敢強撐著裝英雄，不過是因爲知道自己投降不投降都一定會被蕭如故殺死，想贏取一點死後的名聲。也明明是一直到剛才才衝開穴道，卻能胡謅出個移脈換穴，加這麼一大堆鬼話，騙得這丫頭從此死心塌地。唉！人聰明了真是沒辦法！」

二人對視良久，心中都是說不出的開心快活。

末了，寒山碧輕輕在李無憂唇上一吻，笑道：「走吧，老公！陪我見一個人去。」也不待李無憂答應，背著他便朝山頂飛掠而上。

此時夜色漸濃，星斗漫天，清輝灑下，山間壁道中一派悠然。聽到身後兩軍交戰的喊殺之聲漸漸渺去，身下寒山碧溫暖的身子飛騰如風，李無憂只覺如在夢中，恍恍惚惚，終於沉沉睡去。

半夢半醒間，似乎見到娘慈祥的笑容，剛伸手去抱，娘卻臉色鐵青，兩個耳光甩了過來。

卻是一夢。

睜開眼來，自己依舊在寒山碧背上，伊人正對自己怒目而視，滿臉羞紅，自己雙手卻依然摟在伊人豐滿胸間，不禁訕訕道：「那個……我不是有意的！」

「要是有意，我早將你兩隻爪子砍下來了！」寒山碧惱道，雙靨兩抹嫣紅卻越發濃了。

李無憂看得癡了：「阿碧，你這個樣子好漂亮！」

「哼！難道我之前就不漂亮嗎？」

李無憂想不到讚人也能讚出問題，忙道：「不，不，也漂亮，只是現在這樣子更有種說不出的風情，嫵媚動人，比之前冷冰冰的容易讓人親近。」

「親近？呵，是輕薄吧？」

「哈哈！話可是你說的，可別怪老公爪下無情了……哎喲，我的命根子斷了，臭婆娘，你注定要守活寡了！」

「切！姑娘我不會再找一個嗎？」

……

山峰陡峭，林木幽深，時有星光漏下，在山路上灑下一些細微的碎白。

寒山碧和李無憂藍白兩道身影合爲一起，時走時飛，於山壁之間蜿蜒，二人說說笑笑，互述別來過往。

聽李無憂說起這數月來的種種匪夷所思的傳奇經歷，寒山碧也不禁咋舌，及聽他竟然拜了兩隻狗做師父，取笑道：「他們是老狗，你可不是小狗了嗎？小和蕭同音，原來你竟和蕭如故是一家啊！」

李無憂笑道：「說起來，我還真不知道我是哪國的人呢！我爹娘都很早就去世了，聽村裏的父老說，他們都是躲避戰亂的外鄉人，只是究竟是從哪裏來的，卻無人知曉。只不過我從小在這邊長大，一直將自己當作楚人就是。」

寒山碧道：「楚人蕭人其實也沒什麼區別，不都是荒人嗎？只是這兩百年戰亂，生生被地域搞得疏離起來，其實早日天下一統，百姓少受些苦，才是正理。」

李無憂點點頭：「說起天下霸圖，其實楚問和蕭如故都是雄才大略，都很適合做這天下霸主，只是他們要想短時間內取得天下，怕也不是那麼簡單的事。」

寒山碧奇道：「難道你從來沒想過自己爭霸天下嗎？」

李無憂搖頭道：「那是不可能的。你沒看到我現在連做個三軍統帥都很不稱職嗎？將士們在山下拚命，我卻在這談情說愛。呵呵，要是做了皇帝，那還不天下大亂才怪！」

寒山碧笑道：「無憂，你可是在怪我嗎？」

李無憂道：「不是，我雖然不知你爲何如此做，但定然是有苦衷的。蕭如故這次太低估我們的實力了，其實沒有我在，他依然是攻不下潼關的，王定會讓他吃足苦頭。對了阿碧，當日封狼山上你怎麼不辭而別，這些日子你都去哪裏了，你和蕭如故又到底打了什麼賭？」

寒山碧笑道：「你一下子問我這麼多，想累死我嗎？」

李無憂笑道：「呵呵，誰叫寒仙子總是仙蹤縹緲，我這凡夫俗子不滿腹疑問才怪。」

「貧嘴！」寒山碧啐了一口，方道，「你還記得不記得上次在李家集外遇到你的時候，我正好被龍吟霄追殺？」

「嗯？」

「龍吟霄之所以追殺我，嘿，固然是想爲民除害，但更重要的還是因爲我殺了長風鏢局十八條人命，奪了他們負責押送的一件東西。」

「哦，什麼貴重東西居然值得寒仙子親自出手？」李無憂大奇。

「就是它了。」

寒山碧邊說邊從懷裏摸出一本古書來，李無憂接過一看，封面五個古金文字，剛自一愣，寒山碧已笑道：「這幾個字我也不識，想你這不學無術的小無賴更是不懂了，這是上古金文，乃是上古舞道大師畢弄影所著的舞林秘笈《弄影蹁躚錄》。」

李無憂隨文載道學習古文字幾達七年，當今之世，除開文載道，可謂是對金文最有研究的專家，聞言不禁暗自好笑，卻也不欲逞能，將書還給她，笑道：「阿碧，你不舞時，姿態已足以傾倒眾生，又何必非要多殺十八人，學這畢大師的舞蹈技巧？」

寒山碧聽出了他話裏隱隱的責備之意，卻也不惱，只道：「少油嘴滑舌了，最多我以後看在你的面子上，將禪林弟子的死亡名額轉到別派就是。」

見李無憂搖頭苦笑，岔開話題道：「你該知道七大封印吧？這件東西，其實不僅僅是教人學舞那麼簡單，還是找到七大封印中的影鳥畢方的關鍵，自正氣盟開派宗師文載道仙去後，失傳了已有兩百年，直到那日被一個盜墓賊挖到，有個收藏家託長風鏢局運往航州，我偶然得到消息，奪了此寶，本已將鏢局眾人滅口，倒沒想到龍吟霄狗鼻子那麼靈，竟還是被他查出追上了。要不是李大俠你『仗義』相助，小女子可是早就香消玉殞了！」

「不知你師父知道了，會不會把你這是非不分的糊塗大俠逐出門牆？」說到後來，寒山碧咯咯笑了起來，顯是想起當日種種。

「不會的，他們才不管這些！」李無憂表面搖頭，暗自卻也失笑：「要是知道老子一下山就幹了件這樣的蠢事，三哥多半會勃然大怒，罰我面壁思過三年五載什麼的，二哥少不得要搖頭嘆息，大哥雖然不會罰我，一番說教多半也少不了。只有四姐，一定會追問我這個姑娘是不是很漂亮，能追到手不，然後當仁不讓的會貢獻好多泡妞絕招。」

寒山碧見他臉有憂色，只道他定是擔心，在他臉上親了一口，笑道：「放心吧，你師父若是要責罰你，我幫你修理他們。」

「希望你打得過他們！」李無憂只能苦笑了，「不扯這個，你繼續說下去。」

寒山碧點點頭，道：「想來你也猜出來了，我師父就是妖魔榜排名第五的邪羅刹上官三娘。我羅刹門的武術，進展極快，但有莫大凶險，家師學究天人，武術雙修，於數年前領略了武術同施的法門後，進展更加一日千里，只是這樣一來，凶險就更大了數倍，三年前，她終於走火入魔，變成了活死人。我走訪江湖名醫，遍尋眾古籍，終於知道了影鳥的羽毛煉藥可以救治。只是影鳥被封印了數千年，我本是萬念俱灰，卻不想機緣巧合下得到了這本《蹁躚錄》。但這本《蹁躚錄》是金文所撰，我讀不懂。在李家集的當夜，我之所以傷還未痊癒就不辭而別，是因爲半夜醒來時，巧遇到魔門中一個很有名的才女，匆匆追出，卻依舊失之交臂。回頭給你留言後，便緊追來杭州，卻失去了蹤跡。一直到天下武道大會間，我一直忙於打探她的下落，沒有找你，無憂，你不會怪我吧？」

李無憂正色道：「盡孝道是美德，我是那麼不識深淺的人嗎？」

「你可真是上天賜我的良人啊！」寒山碧親了他一口，續道：「經過隨風的幫忙，我終於打探到那個才女的消息，追到平羅，卻又失去了蹤跡。無奈下，返回東海找我師父，她老人家……病是越發重了。後來我聽說蕭國有個叫司徒松的博士，通曉古今文字，但一直被蕭如故囚禁在某個秘密所在，我遍尋不到之下，便去盜他的行軍陣圖，被他發現，追到了封狼山，這次又多虧了你……」

李無憂笑道：「我還以為你知道老公我做了楚軍元帥，盜了陣圖來幫我呢，原來是我自作多情了！」

「想得美！」寒山碧笑了笑，忽正色道：「封狼山上，你捨身救我，這份情義，我是記得的。只是我醒來的時候，正巧被一個極厲害的對頭發現，我重傷在身，不是她的對手。存亡之際，我便用影鳥畢方這個魔門中人人欲得的至寶誘惑她，這才保住一條性命。之後帶著她四處瞎逛，直到遇見謝驚鴻前輩，這才得逃性命。」

她雖說得輕描淡寫，李無憂卻深知其中實是艱險辛酸，實不足為外人道，憐惜之情油然而生，本是抱著她脖子的手越發緊了。

寒山碧心頭感動，卻也不說什麼，只是續道：「謝前輩將我帶到蕭國大營，找蕭如故說項。蕭如故說那人是先皇親自拘押的要犯，自己無權釋放，除非我能幫蕭國立下一件大功，才能放人。」

「大致的情形我猜到了，只是你們又打了什麼賭？」

「呵呵！蕭如故要我幫的忙，就是要我在獨孤千秋無法得手的情形下，幫忙制住你，讓你無法指揮這場戰鬥，而打賭則關係到你的生死，我贏了則讓你活，我輸則你死。賭局則是你被我制住後會不會投降。蕭如故只道你是個貪生怕死的小無賴，被我制住後必然會降，呵呵，可他怎會想到我老公非但是個頂天立地的大英雄偉丈夫，而且還敢以生命做注，來賭他老婆不會背叛他。」

李無憂只聽得毛骨悚然，暗道好險，老子當時口氣稍微軟得一軟，怕就要立刻成了烏英雄破丈夫，被你這娘們搞死了，強笑道：「老婆，你還真是對我夠信任的了。你剛才打斷我的腿，一方面固然是苦肉計，另一方面也是要蕭如故知道，我暫時已失去活動能力，不能夠指揮這場戰鬥，是與不是？」

寒山碧負著他飛速前掠，卻未注意到他的異常，言語間已是一片溫柔：「老公，你不會怪阿碧吧？」

李無憂心頭苦笑，卻道：「我也想怪你，但見你這麼開心，怎麼也恨不起來了。其實也沒什麼大不了的，破敵之計，我早已定下，沒有我在，我手下那幾人也足夠蕭如故頭疼的了。嘿嘿！說不定正因為我不在，更能收到奇效也未可知！阿碧，若是我的計策成功的話，你可算是幫了我一個大忙呢！」

「嘻嘻，那你怎麼獎勵我呢？」寒山碧聞言，心頭最後一絲忐忑再也沒有了，不禁露出了真心的微笑。雙頰緋紅道：「只要君心如我心，無憂你便是要我性命，阿碧也不皺眉一下，這又算得什麼呢？不過現在我們可有要事要辦，改天吧！」

李無憂本以為她會生氣，聞言不禁大喜，知道她如此說，是全心全意地接納了自己，這個老婆，算是終於騙到手了，連聲應了，隨即就是幾籮筐甜言蜜語送了出去，只將寒山碧逗得花枝亂顫，喜不自禁。

二人一路打情罵俏，說不出的快活，渾忘了山下兩軍征戰、歲月短長，只盼這路永遠也走不完。只是波哥達峰雖然峰高路遠，但終究比不得崑崙、雲龍等山，在寒山碧這等的高手足下，兩個時辰之後，二人終於來到峰頂。

波哥達峰高千丈，沿絕壁向上，氣溫漸冷，但至峰頂，卻出人意料的一片溫暖。峰頂沒有參天大樹，卻有一池五丈方圓的碧水。池中霧氣氤氳，在月光溫柔下，彷似層層輕紗，整個山頭一如仙境。

池畔芳草萋萋，垂柳招展，偶有山風撲來，也是一片溫暖。李無憂與寒山碧對此良辰美景，幾忘了此行目的，輕輕依偎，各自無言。

池水的另一畔，有一間茅屋。隨著昏黃的燈光，從紙窗內透射出來的，還有兩個正襟危坐的背影。

二人正自發愣，一個溫厚的聲音已鑽入耳來：「山居寂寞，兩位到此即是有緣，何妨進來喝杯涼茶？」

茅屋的四周怪石嶙峋，低矮的草木雜陳其間，一木一石看似碎亂無章，卻又都隱然有序，層次井然。

寒山碧一眼望去，見那茅屋雖近在碧水池的彼岸，卻又似遠在天邊，不可捉摸，而屋中那人聲音也聞之在此，忽又在彼，生出咫尺天涯的荒謬感覺，忽見那草木周間隱呈八卦之形，其間更似夾有佛門「卍」字痕跡，當即又驚又疑：「什麼陣法竟然能融合佛道兩家所長？」

「豈止如此啊！」李無憂輕輕嘆了口氣，因爲他覺得自己又遇到了麻煩，而且還是麻煩中的麻煩。

「這還不是全部？」寒山碧不解，凝目看去，卻並無其他。

李無憂打開天眼，確認無誤，又嘆了口氣，道：「此陣表面是以佛門的三千須彌陣法爲基，以道門太極八卦陣爲輔，其實陣眼中更是夾雜了巫門的朱雀玄火陣。而運轉這座龐大陣法所需的能量卻是來自九州大地無處不在的浩然正氣，因此可說是永無窮盡，若無人終止，這座大陣可以一直運行到天地歸一爲止。」

「五行竟然彙聚了四種，難道這座陣法竟然就是傳說中的……」寒山碧不禁變色，一個念頭剛剛閃過心際，她已迅快地搖了搖頭，「不對，傳說這個陣法早已失傳，而且蕭如故手下又怎麼會有人能布成此陣？」

「不用懷疑了！這座陣法，就是爲誅魔而生的十面埋伏陣。」李無憂雖是在笑，眉宇間卻隱有憂色，「此陣融會四大宗門之長，五行已具其四，魔道中人五行屬性爲土，一旦闖入其間，整座大陣便五行齊備，因此生剋完全，大陣的殺傷力暴增五倍，再者，此陣本身已占據天時地利，人一旦進入，便湊成了天地人三才之數，臻至天衣無縫之境，任你是武聖金仙也休想逃出，呵呵，所以此陣的全名又臭又長，叫做『十面埋伏九州聚氣八荒六合五行四相三才陰陽歸一必殺誅魔大陣！』」

「果然就是十面埋伏！我們怎進得去？」寒山碧倒吸了口涼氣，但隨即驚訝卻轉成了狐疑，「傳說這種陣法源自兩百年前，當時的四大宗門之主並稱爲大荒四奇，爲對付魔族第一高手燕狂人合創了這個困魔大陣，但陣成不久，燕狂人就被陳不風擊敗，是以此陣並末派上用場，而自當年的四大宗主失蹤後，此陣也隨之失傳，至今已是兩百餘年，你又怎麼識得？」

李無憂自知賣弄得過分了，忙嬉笑掩飾道：「你老公我天縱英才，天下又有什麼事是不知道的？」

寒山碧似笑非笑地看了他一眼，幽幽道：「人言女人心海底針，倒沒想到你個堂堂男子漢，也讓人這麼難以猜度？唉，無憂，你竟是連我也信不過嗎？」

李無憂見她幽怨神情，胸口一熱，就要將自己出身脫口而出，忽覺體內自然流動的浩然正氣猛地加快，自己和寒山碧身軀同時一震，大駭下忙調勻氣息終止其自然反擊，搖頭苦笑道：「阿碧，以後你有什麼疑問直接問我就是，枉用這種攻心妖法，很傷身體的。」

寒山碧被人揭穿，卻也不惱不慚，一面運氣平復浩然正氣的反擊之力，一面奇道：「你居然不怕我的羅剎魔音！這就是浩然正氣？看來江湖傳說你身懷四大宗門武術之說，並非空穴來風了，說，你和四大宗門到底是什麼關係？」

李無憂大覺頭疼，正要說話，忽聽一人大聲笑道：「哈哈，蘇老怪，老夫早說你這次輸定了，你還要死撐嗎？」

聲音是自池畔茅屋中傳出，卻仿似如在耳畔。李無憂心知那茅屋離自己雖然只有五丈，但由於陣法的封鎖，要從裏面傳出聲音，非得有相當於向二十丈外傳音入密一般功力，而他尚且能聽到自己二人的談話，內功深湛之處與自己已是不相上下，而這人語聲初聽下粗獷不羈，但細細品味，豪邁雄渾之中卻已顯出一絲蒼老，與剛才出口相邀那人大不相同，這樣的絕世高人平時一個也是難求，這小小的茅屋之中怎麼同時竟有兩個？

那被稱作蘇老怪的人淡淡道：「一百多年了，識破此陣的人也已有七人，但結果如何？能識陣並不代表能破陣，司徒，你輸了那麼多法寶，怎地還是連這點記性都沒有？」

這個蒼老的聲音平平淡淡，雖是在數落人，卻一如山澗濤響，絕壁松鳴，渾不帶半點煙火氣，入得耳來說不出的舒服，正是之前出言相邀那人的口氣。

司徒松哈哈大笑：「蘇老怪，你還真是不到黃河心不死啊，你這次就等著將那寶物輸給我吧！哈哈，司徒博士，恭喜閣下，你又可以多一件寶物了！」

李無憂聽這人戀寶成狂，竟然自己恭喜自己，雖是正自心念電轉，冥思苦想，聞言卻也不禁失笑，反觀寒山碧卻是又喜又憂，喃喃低語道：「蕭如故果然沒膽子騙本姑娘，司徒松還真的在此。只是這陣法，老公你到底能不能……」

側臉卻見李無憂一副事不關己高高掛起的悠閒模樣，不由大恨，狠狠在他胳膊上掐，後者吃痛，氣道：「阿碧，你又發什麼神經啊？」

寒山碧振振有詞道：「人在我身邊，心卻不在，看你魂不守舍的，是不是在想念你的小蘭阿蝶什麼的？」

李無憂暗自苦笑：「他媽的，不吃醋就不叫女人了！老子總有一天要栽在你們手上。」口中卻不得不討好道：「天下最美的美人都在我懷裏了，我又怎麼會去想別人？我不正在爲你思索破陣之法嘛。」

聽他如此誇讚，饒是寒山碧這樣的奇女子，也不禁心花怒放，表面卻裝作餘怒未消道：「哼，哼！難說得緊，你這人是標準的花心大蘿蔔！我離開你還不到兩月，你身邊就多了那麼多美女。」

李無憂正要強辯，卻聽司徒松已不耐道：「兩個娃娃，別在那打情罵俏了。快快破陣，老夫還等著蘇老怪的寶物呢。」

那蘇姓老者淡淡接道：「這可是十面埋伏，你以爲是十張面餅，說破就能破？司徒松，你就等著將須彌丹輸給我吧！」

「哈哈，我看還是你那株萬年靈芝王要易主才是真的！」司徒松大笑，旋即又似想起什麼，「對了老怪，我看這個賭注還是小了點，你有沒有膽子再將你的古蘭魔瓶押上？」

「一點小玩意，又有什麼敢不敢的了？只是你又能拿什麼家當來賭？天涯劍還是《殭屍夜行圖》？」蘇姓老者淡淡的聲音中透出了一絲不屑。

「哈哈，你又何必這樣數落我，這兩件東西雖然也算異寶，但比你的魔瓶畢竟還差了那麼點，我用皇極渾天儀總可以了吧？」

「這倒勉強可以，不過我覺得你要是能用大陸周行針會更好些。」

「哈哈，做夢吧你！除非你肯拿《劍道九典》的秘笈來換！」

「《劍道九典》？呵，司徒你還真不是一般的敢想啊！不過也不是沒有商量……如果你肯拿出《金風玉露神功》的話。」

二人這一頓打賭不要緊，李無憂卻只聽得眼前金星亂冒：

「等等，二位前輩，你們說的須彌丹，莫非就是北溟至寶須彌丹？萬年靈芝王難道就是傳說中生長在南山神泥中三千年、開花三千年、結果三千年成型的人形靈芝？天涯劍？不會就是離別天涯蕭別離的成名神兵吧？媽呀，你們竟然還有能召喚不屬於六道眾生的兇悍生物殭屍之王的《殭屍夜行圖》，能點石成金的古蘭魔瓶，能憑藉星相看透未來天下走勢的星相界異寶皇極渾天儀……不是吧，還有能隨意到縹緲大陸任何地方的大陸周行針……天，你們竟然還有李太白的密著《劍道九典》，成吉思汗的絕世奇功金風玉露……，等等……司徒前輩……你說什麼，你說你還有去蓬萊仙閣的地圖，達摩秘傳七十二絕技的原譜……阿碧，我不是在做夢吧？」

寒山碧也是越聽越驚，這些或曾名動江湖的曠世奇珍，或曾只存在於傳說中的武林至寶，竟然都藏在這小小的茅屋之中？

「咦！」司徒松大是詫異，「沒想到你這娃娃年紀輕輕，竟然是個識貨之人，這許多異寶的功用來歷竟好像比我還要清楚百倍！」

「他最多也是知道個大概，細節方面竟會超過你這個博士？」蘇老者卻似有些不信。

司徒松大笑道：「哈哈！老怪，你別不服，這小子簡直他媽的就是個無所不知無所不能的怪物，你是輸定了。喂，小兄弟，你還不快快破陣進來，老夫已經心癢難耐了，非要和你好好研究一下這些寶物不可。」

「好，好！晚輩這就來。」李無憂大喜，拔出無憂劍，左手印法掐動，便要破陣，印訣念了一半，心念猛地一動，住了手勢，朗聲笑道：「此陣雖然艱險無比，但爲了兩位前輩，晚輩少不得要勉力一試！只是二位前輩，晚輩若是僥倖破陣，助你二人脫困，你們又如何報答在下？」

「脫什麼困？」司徒松和蘇老者同時發問，話一出口，二人卻同時叫糟。

李無憂哈哈大笑：「兩位前輩，你若想欺我年幼無知，晚輩這就告辭。」說時拉住寒山碧玉手，轉身欲走。

「兩位且慢！」蘇老者忙大聲道，李寒二人應聲止步。

「哈哈，蘇老怪，我早說過這法子行不通，現在好了，竟然被一個小輩看出了破綻，偷雞不成反蝕米，這個面子丟大了吧？」司徒松放聲大笑。

蘇老者嘆道：「司徒，你又何必得意，這計策本是你我合想的，我丟臉，你也好不到哪去！」

「哈哈，當真好笑，老夫說穿了不過是個小小的通天監博士，臉再大也大不過巴掌，可你蘇老怪好歹也是昔年的正道第一高手，若是傳到江湖，被方丫頭她們知道，可是名副其實的貽笑大方了。」司徒松幸災樂禍道。

「司徒，我看你是老糊塗了！江山代有人才出，一輩新人換舊人。都過了這麼多年了，她怕也早已仙逝……呵，你以爲這兩個不過二十左右的小孩能知道我蘇慕白是誰？」蘇老者第一次輕輕笑了笑，只是笑聲中卻有著幾分英雄暮年的蕭瑟，幾分風流不再的落寞。

什麼？蘇慕白！這蘇姓老者竟然就是一百年前名震天下的正道第一高手，新楚丞相，絕代兵法大家，人稱「風流第一人」的蘇慕白？李寒二人同時失聲叫了出來。

「完了，蘇老怪，人家原來知道你的名字，你連最後一塊遮羞布都丟光了！」司徒松幸災樂禍地哈哈大笑，「他媽的，這五十年來老子最開心的就是今天了。」

「哼！你還好說，要不是你剛太誇張，連李太白的《劍道九典》、蓬萊仙閣的地圖都搬了出來，又怎麼會被那小鬼看出破綻？」蘇老者沒好氣道。言下卻是認了自己的身分。

百年前，蘇慕白以三萬楚軍大破六十萬蕭陳聯軍，鋒芒之盛，一時無兩，誰也料不到楚帝聖旨到的前夜，他卻高唱《鶴沖天》忽然掛冠遠去，之後遊俠江湖，足跡遍布了天河東西，大荒南北，卻終有一日忽然沒了聲息，時人只以為他得道飛升，萬不料竟是到了此間。

寒山碧冰雪聰明，此時也已明白過來。原來此陣非但不是蘇慕白所設，反是二人都被困陣中而不得自脫，而二人之前裝腔作勢地一搭一唱，又捧又激，說了那許多異寶的名字，無非是想引李無憂破陣，卻不小心露了破綻，反被後者識破，側臉看去，淡淡星光下，李無憂面上掛著自信的微笑，聯想起他尚身兼四大宗門之長的神秘來歷，不禁暗自發狠：姑娘我還不信就撬不開你的嘴！

夜闌如水，星斗漫天，波哥達峰之巔，李寒二人陷入巨大震驚，而蘇慕白、司徒松兩人爭了兩句，卻也再未說話，顯是沉浸於如煙往事，一時間誰也沒有說話，唯有晚風拂松，濤鳴不絕。

茅屋中燈火昏黃，紙窗上兩個波紋般動盪的影子在夜色裏輕輕搖晃。

也不知過了多久，寒山碧終於道：「原來閣下就是百年前被譽爲不世出的奇才，與我魔門古長天前輩共稱絕代雙驕的蘇慕白前輩！只是蘇前輩，你是昔年正道第一豪傑，爲何竟被囚在這正道最高陣法中？」

「小丫頭，你竟是魔門中人？」蘇慕白微微一奇，隨即卻語聲轉爲淡漠，「往事已矣，又何必再提？這十面埋伏，你們是破不了的。還是快快下山去吧！」

「別聽這老怪物的！」司徒松急得大叫，「他甘願爲情所困，老死不出此陣，老夫還想著外面的花花世界呢！」

「住口！」蘇慕白輕喝道：「司徒松，你難道忘了自己不過是個囚犯嗎？我的事，什麼時候輪到你來指手劃腳了？」

「哈哈！」司徒松不怒反笑，「老子還以爲你真他媽寵辱不驚了呢，一提起這件事，你還是忍不住要動怒？沒錯，老子是你的囚犯，但你又何嘗不是方丫頭的囚犯？一百年了，你也說她可能早就過世了，卻甘願在此畫地爲牢，就爲了那個空洞的承諾，値得嗎？」

「我的事，不用你管！」蘇慕白語聲淡淡，隱隱卻有種說不出的黯然。

「呸！你那些狗屁鳥事，老子才懶得管，只是我的囚禁之期十年前就滿了，你沒有理由阻止我出去！」司徒松冷笑道。

第四章　魔皇再世

「是……我沒有理由阻止你！」沉吟半晌，蘇慕白終於嘆了口氣，聲音陡地一高，淡淡的語氣也轉爲嚴厲，「小子，你要知道此陣誅魔殺佛，自老夫布陣至今，已有百年，但包括老夫和司徒在內，都無法出陣一步。你不過是從長輩那裏偶然聽得關於此陣的一鱗半爪，勉強猜出陣名，千萬別因貪圖寶物而逞強破陣，枉送了性命！還是趕快下山去吧！」

「等等……蘇前輩，你說這陣是你自己布下的？」李無憂尚未說話，寒山碧已又是一驚。

「嘿嘿！除了這老怪物自己，天下又有誰能將他困住？」司徒松怪笑道：「一百年前他見色起義，爲了一親方瓊華的芳澤，放著好好的大楚宰相不做，捨棄了逐鹿天下的雄心，掛冠遠走，後來與方丫頭打賭，秘密約鬥四大宗門六十三名長老級高手，最後以一招『百川歸海』，強借四宗五行之力，畫地爲牢，將自己關在這十面埋伏的烏龜殼裏，只待破殼而出，方瓊華就嫁他爲妻，嘿嘿，誰想到破陣不成，卻當了一百年的縮頭烏龜。」

竟然是這樣！司徒松言語雖然詼諧搞笑，但李無憂心頭卻已是天翻地覆，浮想翩翩，暗想當年蘇慕白如何與方瓊華一見傾心，又是如何驚天動地的一番愛戀，最後如何甘願為他捨棄榮華，捨棄雄心，如何以大智慧大勇氣，於生死相搏之際，巧借四宗實力為自己布下這十面埋伏，並在此自閉一百年，一時間神思悠悠，不可自禁。

寒山碧幽幽道：「為了心愛的女子，甘願畫地為牢一百年！想不到正道之中，也有蘇前輩這樣至情至性的真英雄。」

李無憂心道：「真白癡才對！」口中卻附和道：「對，對，如蘇前輩這般，才說得上是真風流。晚輩對前輩的敬仰又加深了！」

寒山碧明眸顧盼，輕聲道：「無憂，我們是不是該幫他們一幫？」

李無憂心道：「老子倒想說不，但你會答應嗎？看你那感動的樣子，怕沒好處你也肯幹了！老子總不能表現得太無情吧？哈哈！舉手之勞就能贏得美人芳心，天地重寶，這樣的好事老子怎麼會不做？」表面卻沉吟起來，良久之後，方咬牙做肉痛狀道：「好，既然老婆發話了！今日為了天下有情人皆成眷屬，就算沒有報酬，晚輩少不得要拚了性命，也要勉力一試，破除此陣！」

「臭小子，你倒鬼精靈得很！」司徒松笑罵道：「你想要什麼法寶，有什麼條件都儘管說，少他媽在老子面前假惺惺地裝模作樣！」

「呵呵，前輩既然要以小人之心度我君子之腹，那晚輩……只好卻之不恭了。」李無憂厚顏無恥道，「一口價，茅屋之中的所有寶物，我都要了。另外，你們每人必須答應將來幫我做三件事。」

「好！只要你真能破了此陣，你要老子殺了我親娘都沒有問題！」司徒松爽快應道。

「靠！我還以爲你老實爽快，哪想到你這老小子也是滑頭一個。你老也少說都百來歲了，你老娘還不早入土了？」李無憂笑罵道，「那蘇前輩你呢？」

蘇慕白道：「東西可以給你，只是你要我做的事，卻不能違背俠義之道。」

「呵呵，不會，不會！」李無憂忙給他吃定心丸，「說什麼晚輩在江湖上也是薄有俠名的，怎麼會讓前輩你去做一些損我名節的事呢？」

寒山碧刮臉羞道：「你這小無賴，風流好色，荒唐無稽，臭名一大堆，什麼時候又見你有什麼俠名了？」

李無憂不防她竟會拆自己的台，乾咳兩聲，道：「這個問題就見仁見智了。那個……對了，蘇前輩，你答應了吧？」

「哈哈，女娃兒說得好，風流好色，荒唐無恥，正是老怪的同道中人，沒得說，他想不答應都難了！」司徒松大笑道。

蘇慕白苦笑道：「連你都這麼說了，老夫好意思不答應嗎？」

李無憂大喜，笑道：「那麼晚輩要司徒前輩做的第一件事，就是幫我翻譯一冊金文古書。」

「小事一樁！」司徒松豪爽道。

「那便好！」李無憂點了點頭，向寒山碧要過《弄影蹁躚錄》，又向池水之中一抓，凝出一塊巨冰，使了個水系法術「冰水鑑人」，將書中文字悉數印在冰上，然後抬頭看天，掐指算了半晌，道聲「接著」，將那塊巨冰扔向茅屋。

巨冰近得茅屋，飛行軌跡忽然改變，或曲或轉，忽而繞行，忽而直飛，雖是步步逼近那茅屋，一時三刻卻也進不了屋。

李無憂道：「司徒前輩，請你這就將文字譯出刻於此冰之上，另外，也請蘇前輩將《鶴沖天》的曲譜一併刻上，這也算蘇前輩為我做的第一件事吧！晚輩要兩位做的第二件事，就是若我助你們脫困，兩位必須發下毒誓，今生今世，兩位都不能傷害我和我的朋友。」

茅屋中燈火一黯，蘇慕白長身而起，長笑道：「小子，你倒好見識，居然知道《鶴沖天》正是我獨門內功心法！你學會後又可以去江湖上招搖撞騙了，是不是？其實你想做的事，只有譯文和內功心法，你強加到六件並要我們發毒誓，不過是想安我二人的心，讓我們以為你不會得手後便棄我們不顧，是不是？其實你根本無破陣之能，又是與不是？」

李無憂每聽他問一次「是不是」，身上便多一層冷汗，到他三問發完，已是汗濕內衣，心道：「蘇慕白昔年人稱神機宰相，果然不是亂蓋的。老子不知道的話，還以為你就是我肚子裏的蛔蟲呢。不過你坐井觀天百年，又怎知道普天之下，能破此陣的五人之中，老子就正好算一個！」心念電轉，面上卻微笑道：

「前輩的疑心病還真是重啊。此陣乃是昔年四大宗門之主合創，其威力之大，前輩想必早已熟知。小子雖然僥倖知道破解法門，但要破陣卻也需一日之功不可。山居寂寞，這一日夜，晚輩總也要找些事情做吧？至於晚輩不讓前輩口傳，而改由投冰傳書，正是想向前輩證明，晚輩既然能將冰塊送進去，自然能將你們也取出來。前輩人中俊傑，這個道理想必不會不明白吧？」

「看，看！這可不是我一個人說你，蘇老怪你什麼都好，就是疑心病重，不然當年方丫頭又怎麼會要求和你打賭而不直接嫁給你？這位小兄弟生得玉樹臨風，卓爾不群，一看就是正氣凜然的君子人物，又怎麼是那種沒有信用的反覆小人？」司徒松不滿道。

「人心險詐，正氣又值幾何？」蘇慕白淡淡回道，隨即對李無憂道，「小子，即便我們相信你真能破此陣，秘笈和譯本也可以給你，但你又怎麼保證你得到之後，會守承諾而不會不破陣就自行離去？」

「好句『人心險詐，正氣又值幾何？』，蘇前輩，正如你所說，我又怎麼知道我破陣之後，你會不會吝嗇寶貝而不給我？小子功力淺薄，只如螢火之光，怎敢與你們兩輪日月爭輝？到時前輩若是心情不爽，想要食言而肥，殺人滅口，晚輩毫無還手之力。人為刀俎，我為魚肉，此智者所不為！所以，晚輩想先要東西並希望兩位發下毒誓，也是合情合理的對不？至於我會不會攜寶逃跑，呵呵，這就要閣下自己和自己打個賭碰碰運氣了，看自己有無識人之明了！」李無憂回道。

「兩位前輩儘管放心，他的腿早斷了，晚輩不走，他是想走也走不掉。晚輩自己願意立下魔門血咒，一旦出爾反爾，晚輩必定應誓。」寒山碧見蘇慕白兀自沉吟，忍不住接道。說時也不待諸人同意，自行念開了血咒，她整個人都被籠罩在一片血光之中，「蚩尤魔尊在上，今弟子寒山碧在此立誓……雖日月逆行而不敢自毀，乾坤顛倒而不敢自棄，如違此誓，當與李無憂永陷血海，生生世世永為血奴，望古今魔神共鑒！」

「豬！」李無憂深知這血誓是以鮮血和靈氣與魔神結緣，靈驗異常，並非尋常放屁似的發誓，心頭暗罵，「老子怎麼會有你這麼笨的老婆？立個鬼的血誓，你想死幹嘛非要拉上老子？」

但見寒山碧一片柔情目光望來，不得已下，只有硬著頭皮劃破中指，相應念了一遍，念完之後，身體卻並無異狀，不禁大疑：「莫非這鳥誓言也只是說說而已？魔神也是假的？」

正自狐疑，忽見寒山碧一指點來，自己全身也立時莫名其妙地籠罩在一片紅光中，腦中瞬間一片空白，差點沒昏死過去，一個激靈過後，終於回過神來，不禁暗暗叫苦：「娘西皮，這破誓好像不是鬧著玩的！笨女人，老子這次被你害慘了。本來可以騙了內功心法就閃人，現在好了，非要費勁力氣來破這鳥陣。嗚嗚，天理不公啊，老子怎麼會喜歡這樣的笨蛋女人！」

血光已然斂去，山頭恢復如舊，那塊冰卻已不知道何時撞入茅屋之中。

「好！當機立斷，敢作敢爲，倒是難得的巾幗女英雄。」蘇慕白喝了聲彩，聲音中竟有了激賞之意，「好！蘇某就看在你的面上，就信這油嘴滑舌的小鬼一次。」

下一刻，聲音轉爲嚴肅，「我蘇慕白也在此立誓。若二位能助我二人脫困，來日若恩將仇報，企圖對二位及二位的朋友不利，蘇慕白必然天誅地滅，墜入阿鼻無間地獄，永世不得超生。小鬼，你可滿意了？」

李無憂知他昔年一言九鼎，誓言雖然簡單，卻必然不會食言，早已勝過常人千萬許諾，得了便宜，自也不和他計較言辭間的輕蔑，當即眉開眼笑道：「好，好，這才是前輩高人的風範嘛！那兩位前輩，你們刻好字後，將冰塊擲出，它自會飛回。晚輩收到後，即刻就開始破陣。」

蘇慕白二人應了，各自施展法術神通在冰塊上刻錄起來，霎時間茅屋中神光四起，映得十丈之內恍如白晝。

李無憂服了些南山佛玉汁，又自乾坤袋裏拿出一團東海神泥，敷於雙膝處，邊運功調息，邊向寒山碧道：「阿碧，當日封狼山頂，我曾將一件舊道袍覆在你身上，還在不在？」

寒山碧撇嘴道：「那件破道袍，又髒又臭，姑娘我早扔掉了！」

「不……不會吧！」李無憂慘然失色，「姑奶奶，人人夢寐以求的江湖至寶，你竟然給隨手就扔了？」

「那鬼東西會是什麼江湖至寶？無憂你別唬我？」寒山碧眨巴眨巴明亮的大眼睛，見李無憂面色慘白地點了點頭，這才意識到問題的嚴重性，「也許沒有扔吧，讓我想想！」

「好好想想！這東西可是關係到今天破陣的成敗，想不起來，我們早晚要應血誓的！」李無憂急道。

「這麼嚴重？」寒山碧狐疑道，隨即嫣然一笑，「啊！我想起來了！我果然是沒有扔掉！」

「那拜託你，快點還給我。」李無憂大喜。

「不成啊，東西雖然沒有扔掉，但在山上燒野雞的時候，沒有引火之物，我順手將它燒了，說來也怪，這衣服臭臭的，燒出來的雞卻非常香，味道也非常的好……」

寒山碧似乎意猶未盡。

「你……你……」李無憂氣得說不出話來。

「人家也不想的嘛！誰叫你那件袍子那麼破了呢？不拿來引火實在是可惜了！」寒山碧委屈道。

「你……你這個敗家女，那件道袍可是救了你的命，你竟然將它燒了，恩將仇報，你還是不是人？」李無憂只覺得自己的心在流血，「大哥，你千萬要記得分辨清楚，東西可是你弟妹燒掉的，要算賬你找她，和我可沒半點關係！」

「大哥是誰？是傳你武術的世外高人嗎？」

「大哥就是玄……」李無憂話說了一般，忽地一頓，「大哥就是大哥了，比老子矮了一個頭不止，又算得鳥的高人了？只不過這老傢伙年紀越大，氣量越小，你燒了他費時十年才收集到的太極道衣，別怪老公我不提醒你，快點去選好風水寶地，準備好棺材吧，免得到時候連葬身之處都沒有。」

「太極道衣？你說這件又破又臭、髒兮兮的東西，竟然是失傳已久的玄宗三寶之一的太極道衣？怎麼看也不像啊？」寒山碧忽然變戲法一般從隨身包裹裏拿出一件破舊道袍，自言自語道。

李無憂雙目放光，一把搶過，淚流滿臉：「嗚嗚，阿碧你真是太可愛了，竟然能將燒掉的寶衣都找回來，我他媽太愛你了！」

見他激動之下，竟然語無倫次起來，寒山碧不禁失笑，柔聲道：「我又不是火神赤炎，若真燒了，又怎麼能復原。老公，只要是你給阿碧的東西，再髒再臭，阿碧都會一直帶著，怎麼會隨意捨棄？」

李無憂這賤人當即破涕爲笑：「老婆你真是愛說笑，你要不是看出這件道衣非同凡響，打死你也不肯將這破東西帶在身邊吧？」

「啪！」寒山碧甩手就是一個耳光，冷笑道：「在你李大俠眼裏，我寒山碧竟然就是這樣一個人嗎？」

李無憂暗罵自己糊塗：「人家好不容易柔情蜜意地營造出的氣氛，雖然是假的，你也不該說破是不？唉，李無憂啊李無憂，你什麼時候才懂得女人永遠喜歡聽假話這個道理呢？」忙陪笑道：「阿碧你千萬別誤會，事實上是我剛才寶物失而復得，高興得糊塗了，老婆大人你大人大量，千萬別見怪！」

見寒山碧臉色稍和，卻依舊冷如冰霜，忙又道：「瞧我這張嘴，真是不會說話。老婆大人你胸襟廣闊如天上浮雲，怎會和我地上這一堆爛泥計較？你裝出一副冷冰冰的樣子，不過是小懲大戒，其實是為了我好，用心良苦，我又怎會不知？只是老是緊繃著臉，雖然你冰肌玉膚，永遠不會起皺紋，但如此一來，我就少欣賞一會兒你比天仙還美貌百倍的笑容，這豈不是我今生最大的損失？老婆你菩薩心腸，又怎麼捨得我抱憾終生？」

這一番馬屁，李無憂一本正經地侃侃道來，卻顯得情真意切，說到後來，連他自己都有點被自己感動了。

寒山碧捉弄他在先，本心存愧疚，臉上也是嫩冰猶薄，聽他說得有趣，立時冰雪消融，直笑得花枝亂顫，道：「以前叫你小無賴還真是小看你了，你是個不折不扣的大無賴。」

「無賴不無賴都不要緊，只要老婆喜歡，我立刻變作流氓也成！」李無憂嬉笑著裝出一副色迷迷的樣子，同時伸出一雙利爪……

「少來了你！」寒山碧笑著打開他的手，道：「別鬧了，兩位前輩正在刻字，你趕快趁機療傷，一會兒破陣還需要力氣呢。對了，這太極道衣的好處只是可以抵禦物理攻擊，難道竟和破陣有什麼關係嗎？」

李無憂重重點頭：「對！」

「什麼關係？」寒山碧大奇。

「笨啊你！若是這件法寶不在我身上，一會兒破陣成功，跟蘇慕白他們搶寶物的時候，老子豈不是少了很多勝算？」李無憂道。

「你……現在還想著那些法寶？」寒山碧不禁氣結，「你怎麼就不想想你若破陣失敗，我們會怎樣？」

「怎麼會沒有？」李無憂反問道：「若破陣不成功，你我只有各奔東西才能躲開那兩個老怪物的追擊，這兵荒馬亂的，老子到哪裏找你要衣服去？當然要現在拿在手裏安全啊！」

「……」寒山碧無語。

夜盡日升，日落夜來，眨眼過了一日夜。

這一日夜，雖然有兩名蕭國天機的人來山頂找尋李無憂二人蹤跡，但在這天下有數的幾位絕頂高手面前，那探子自然有進無出，很快被寒山碧一刀殺了，李無憂雖覺省了手腳，卻也知後患無窮，忙加快調息，恢復膝蓋傷患。

其間，寒山碧打了幾隻野雞，李無憂施展所學烹調手段，做了燒烤，再次施展法術傳了兩隻進茅屋去，蘇慕白二人久違葷腥，百年來只以屋中一口靈泉充饑，乍逢美食，幾乎沒連舌頭也吃掉，自是誇讚不已。

寒山碧自也是讚不絕口，爲示鼓勵，削竹成簫，吹了一曲《刹那芳華》。竹簫濕氣未乾，簫音略略晦澀，卻自成曲調，頗有情趣。

菩葉和尚的南山佛玉汁和青虛子的東海神泥果然都是療傷聖品，再加上《巫醫奇術》所載的療傷心法神妙無比，李無憂此時功力又深厚無匹，當夜色再次降臨的時候，他的腿已然好了個七八成，雖然並未完好如初，但除了難度極高的某些腿法無法施展外，飛縱提掠已不是問題。

寒山碧見他法寶奇珍層出不窮，除了嘖嘖稱奇，對其出身來歷好奇更增，下定決心要弄個水落石出。

只是李無憂對此卻是守口如瓶，一番裝瘋賣傻，東拉西扯，就是半絲口風也不露，只讓她恨得牙癢癢，卻絲毫辦法也無。

當一彎新月掛在天際的時候，茅屋中司徒松發出了一聲讚嘆：「如此舞蹈，畢弄影不愧是一代舞道大家！」

寒山碧大喜：「司徒前輩可是已將書稿翻譯完了嗎？」

蘇慕白道：「正是。老夫的《鶴沖天》曲譜也已刻在這塊冰上，小子，我倒要看看你怎麼將它收回！」說時，那塊玄冰已被他擲出茅屋來。

「那前輩就看好了！」李無憂嘻嘻一笑，手指一劃，數道無形浩然正氣出手，射入陣中。浩然正氣一入陣，立時無所遁形，現出七彩光華，飛射向那塊玄冰，冰立時化作水，散入空氣之中。

「臭小子，你夠狠！」玄冰消失的同一時刻，一道黑影發出一聲慘叫，遁回茅屋之內。

「司徒前輩，你身嬌肉貴，這區區薄冰，怎載得動你？還是耐性等著我破陣吧！」李無憂哈哈大笑，下一刻，他道聲「凝」，右手手心中漸漸多了一片藍光，藍光漸漸擴大，最終散去，那塊玄冰卻再次現出形來。

原來司徒松想借著李無憂收回玄冰之際，用藏冰於物之術，先跑出陣來，卻被李無憂識破，打回屋中。

「無憂，你既然能讓冰水來去自由，何妨就讓兩位前輩施展法力附在冰上出陣，又何必多費力氣去破陣？」寒山碧不解道。

「此陣綜合了包括蘇前輩在內的六十四名四宗高手的力氣才布成，憑我的力量，最多只能讓一片冰水在其中任意來去，多一點都不行，何況是偌大一個活人？」李無憂無奈解釋道。

「媽的！原來是這樣。你怎麼不早說嘛，老子也不用偷偷摸摸地大耗法力躲在上邊了？」司徒松恨恨罵道。

李無憂卻懶得理他，因爲這個時候他聽見了蘇慕白大訝的聲音：「浩然正氣，凝水成冰，借物代形這三種武術你竟然能一氣呵成！好小子！你竟然精通四門之長，難怪敢口出狂言說能破此陣！」

暗自驚詫蘇慕白這份見微知著的洞察力，李無憂表面卻只是微笑：「晚輩不過是機緣巧合下學了些皮毛，說起精通，又怎比得上兩位前輩？」語罷再不說話，低頭一眼迅快掃過那塊玄冰，默默記誦心頭，轉手遞給寒山碧。

司徒松卻已等得不耐，嚷道：「臭小子，東西都給你了，你還不開始破陣？」

李無憂嘻嘻一笑，搖頭道：「這陣我破不了！」

此言一出，不啻憑空丟下一顆炸雷。

寒山碧當時幾乎沒昏眩過去：「你不會破陣，幹嘛不早說？這下好了，血誓都已經發了你才說，你知道不知道這樣會死人的？」

蘇慕白則是冷冷哼了一聲：「老夫早知道這小子靠不住！」

司徒松卻是大怒：「什麼！你破不了?臭小子，你敢耍我?」

激動之下，狠狠地將腳跺到地上，刹那間，茅屋內東西四處亂飛，劈里啪啦之聲不絕！

「司徒前輩足下留情！」想起屋內的驚世珍寶很可能就毀在這莽夫的這一陣亂腳下，李無憂心疼得直流血，「前輩不必著急，晚輩只是說此陣我破不了，並沒有說此陣不能破。」

「你究竟搞什麼鬼？」蘇慕白、寒山碧和司徒松齊聲道。

「在老婆大人和兩位前輩面前，我又能搞得出什麼鬼了？」李無憂見司徒松終於停了下來，暗自鬆了口氣，卻再不敢玩火，忙解釋道：「我又不是李太白或者藍破天，又怎能僅憑一己之力與這布陣的六十四名前輩高手相抗？」

「那你究竟是什麼意思？」司徒松越聽越糊塗。

「既然破不了，又何需要破？」李無憂笑道。

啊！寒山碧與蘇慕白先是齊齊一驚，隨即卻已是隱然有悟，唯有司徒松怒道：「不破陣又如何出陣？」

李無憂不答反問：「你如何進來的？」

司徒松恨恨道：「提起這事老子就火大！老子當時不小心，打賭輸給了蕭沖天，不得不自囚五十年，我聽他說蘇老怪也是好賭之人，就要求囚禁在此來。鬼才知道蘇老怪無能，這鳥陣是能進不能出的。至今已是六十年，老子憑空多耗了十年光陰！你說可恨不可恨？」

蕭沖天是蕭如故的父親，上一任的蕭帝。

李無憂聞此心下大奇，與寒山碧對望一眼，心中存下一疑：「司徒松身上到底有什麼秘密，竟然讓蕭沖天將他囚禁在此這麼多年？」

正自一呆，卻聽蘇慕白道：「小子，你不說破陣，光問進陣做什麼？」

李無憂暗罵一聲老鬼陰險，表面卻哈哈大笑道：「不知進，怎知出？你怎麼進來的就怎麼出去了！」

「啊！」司徒松一愣之際，蘇慕白和寒山碧卻已猛然大悟。

「待會兒我將這大陣中的浩然正氣暫時吸乾，司徒前輩你則用百川歸海將金水火三性靈氣抽出，蘇前輩你則逆用百川歸海，將司徒前輩抽出的靈氣重新歸原，如此一來……」

「如此一來則此陣不攻自破！」李無憂尚未說完，蘇慕白已大喜接道：「小子你果然聰明絕頂！這個法子竟然都被你想到了！」

李無憂自不會說這法子是創陣的四奇教的，洋洋得意道：「老子是千年難遇的天才人物，想到這樣一個小法子又有什麼好大驚小怪的？好了，廢話不說了，現在已是子丑之交，乃陣中浩然正氣最弱之時，大家聽我號令，準備破陣！阿碧，你站遠些給我護法！」眾人齊齊應了，寒山碧退出五丈之外，李無憂輕喝一聲，全身漸漸凝聚一片黃色微光，黃光越來越濃，漸漸變作七彩之色。

下一刻，彩光大盛，李無憂身周兩丈之內，都只見其光不見其人，人和光都已變作一個七彩光球。

隨著他身周彩光越增，原本瀰漫在陣中的隱隱壓力已慢慢消失，而那茅屋在寒山碧心中的位置也漸漸清晰，不再如方才一般不可捉摸。

到寒山碧的真氣終於可以鎖定茅屋之時，李無憂大喝道：「破！」霎時飛沙走石，各色電光亂竄。

李無憂身上的彩光漸漸變作綠色，而火色、金色和藍色三座巨型虹橋卻飛奔向茅屋之中。

過得半個時辰，虹橋漸漸變淡，其將散未散之際，李無憂又喝道：「撤！」同時人朝上空高飛。三座虹橋消失之際，茅屋之中同時有三蓬彩光沖霄而起，直指李無憂。

「我靠！有沒有搞錯？」李無憂大驚。事出意外，躲避已是不及，無奈下奮起生平功力，夾雜著方才凝聚的天地間的浩然正氣，全力轟出。

「轟！」浩然正氣與那三蓬彩光靈氣撞到一處，發出一聲巨響後竟僵持在一起，霎時間空中流光溢彩，光芒萬丈，說不出的好看。

李無憂卻只覺得全身骨骼如銷如溶，說不出的難受，除開剛才引自天地的浩然正氣外，經脈裏本身的每一絲元氣也都抽過來抵擋，但依然被那三道光華壓得喘不過氣。

那三道彩光本是百年前布陣的六十四人之力，威力之大可想而知，李無憂若非是用本身功力御使剛才抽取自大陣的浩然正氣抵擋，早已粉身碎骨。

但這兩種力量，都幾乎等同於天地之威，實非人力所能抗，所以即便是僅僅只是借得浩然正氣之力的李無憂，還是茅屋中借了金、水、火三靈氣的蘇慕白，兩人也都很快便要吃不消，只是這個時候，誰先放手就等於自尋死路，無奈下，不得不都死撐下去。

寒山碧見此又急又怒，飛撲向茅屋中，卻立時被迎出的司徒松所阻，脫身不得。

四道光華僵持了約莫十息，李無憂功力終究稍遜蘇慕白一籌，當即便要崩潰，心際靈光猛地一閃，一行字跡浮現心頭：「懸星辰之力以成軸，引乾坤之氣而為元」，暗自咬牙道：「說不得，只好賭一把了！」頓時將全身最後一道元氣分成真靈二氣，再將真氣化作浩然正氣猛地向前一推，將那三蓬彩光壓得一縮，同時將那道靈氣轉做土性。

下一刻，引自天地間的浩然正氣抵擋不住三道彩光靈氣的襲擊，反噬而回，李無憂噴出一口鮮血，但那道浩然正氣已爲其所吸引，迅捷地化爲他本身功力，再次回擊，暫時擋住了靈氣的進攻。

「奶奶的！老子終於領悟了吸星大法的奧妙！」李無憂不禁大喜。

這吸星大法本是在北溟時候，若蝶便已傳授給他，只是他天資聰明，偏偏於此門妖術上全無慧根，練了三個月，毫無寸進，倒沒想到今日生死關頭終於初有領悟。

他正自得意，體內浩然正氣卻又已耗盡，天地間的浩然正氣卻再次反噬而回，李無憂故伎重施，吸氣化氣，再次抵擋住靈氣的進攻，如是數次，暫時免於不敗。

「好小子，竟然能與六十四位高手相抗！老夫倒要看看你能強撐多久！」茅屋中傳來蘇慕白的笑聲，顯然是行有餘力。

「白癡才會強撐！」李無憂哈哈大笑，雙手虛抱，合抱中心，金光一閃，忽然出現一個金缽。

下一刻，蘇慕白驚訝地發現，李無憂放棄了抵抗，但浩然正氣化作的黃綠之光和那三道靈氣，卻全數朝那金缽吸納而去。

是什麼東西，竟然有如此威力？

「奶奶的！是時候了！」李無憂狂噴出一口鮮血，猛地念訣，將正氣盟法術「移花接木」打入金缽之內。

金木水火四色彩光頓時自金缽內放出，直射向下，源源不絕地落到波哥達峰附近一個山頭上。

「轟隆！」一聲驚天動地的巨響，那個小山頭竟齊腰被夷為平地！李無憂筋疲力盡，如斷線風箏一般，飄飄折折，墜到那池水之中。

下一刻，他冒出水面，卻見手中金缽已然有了數道深深裂痕，再看看那座面目全非的小山丘，不禁咋舌，慶幸道：「還好老子見機得快，不然連伏魔金缽也罩不住了！」

隨即，劫後餘生的欣喜化作了滔天怒火：「蘇慕白，你這個生兒子沒屁眼的老王八蛋！說話不算話，恩將仇報，卑鄙無恥的偽君子！是不是你爺爺和你媽通姦才生下你這雜種，不然怎麼完全不懂廉恥？」

「哈哈！罵得好！罵得痛快！」接口的卻正是蘇慕白的聲音，緊隨其後的是一陣摧枯拉朽的拆屋聲。

李無憂一愣，定睛看去，卻見那茅屋中勁氣亂射，茅草竹壁四處飛散。

不時，那座茅屋已然煙消雲散，原地空空蕩蕩，唯有一名白色長衫的中年書生背負雙手站立，夜風中，很是卓爾不群。

這傢伙難道就是蘇慕白，似乎也不是很帥嘛？只不過看上去卻只有三十歲上下，了不起，內功深湛的人就是跩啊！不過老兄，你背負雙手裝酷出場的造型早就過時了，也好意思拿出來現？不如擺個屁股朝上平沙落雁式好了！

等等，老蘇說的法寶奇珍呢？怎麼半點影子都沒見？一定是這老東西吞到肚子裏了。奶奶的，人說宰相肚裏能撐船，果然不是鬧著玩的。不過那麼多東西，你老藏在肚子裏不怕消化不良嗎……

「弟子寒山碧恭喜陛下重見天日！」一個恭敬的女聲打斷了李無憂的胡思亂想，他心頭一震，抬眼望去，卻發現寒山碧不知何時已趴伏在地，頂禮膜拜，而一名白髯虯髮的黃衣老者正恭敬立於一旁，顯然是那司徒松了。

「不必多禮。朕這次能重見天日，你居功至偉，你這就起來吧！」蘇慕白輕輕一拂袖，寒山碧立時覺得身前排山倒海的巨力壓來，身不由己地站了起來。

「朕？蘇老怪，你他媽的當自己是皇帝啊？」李無憂驚疑不定，艱難爬上岸來，靠得近些，卻見夜色掩映下，蘇慕白淵峙嶽停，氣度非凡，果然有皇者氣派，不禁大怒：「少他媽的給老子裝糊塗，你以為罵自己兩句，又裝成皇帝就沒事了啊？剛剛偷襲老子的賬，不能就這麼完了！」

「無憂！不得無禮！還不快來拜見吾皇！」寒山碧斥道。

「老婆，你是不是也糊塗了？蘇老兒最多不過當過宰相，什麼時候又坐上皇帝了？」李無憂不解，心頭隱隱有種不好的預感。

「錯了！眼前這位就是百年前一統我魔門的魔皇，姓古，諱上長下天的就是！」寒山碧道。

「古……長……古長天？等等，阿碧，你說他不是蘇慕白，而是古長天？與蘇慕白齊名的魔皇古長天？」李無憂嚇了一大跳，忍不住倒退了三步。

「哈哈！除了朕之外，天下又有誰敢稱魔皇？」蘇慕白大聲狂笑，聲震高崗，只驚得林木發抖，群山亂顫。

寒山碧和司徒松爲其氣勢所攝，紛紛拜伏於地。

「不！不可能！」李無憂又是驚訝又是懊惱，再次倒退三步，頹然坐到地上，「不，我救的是天下第一名俠蘇慕白，不是魔皇古長天，不是……不是……」

只是聲音漸漸變小，思前想後，聯繫起剛才種種，卻是連他自己也不得不信，眼前這白衣書生更有可能是古長天。

二百年前天下第一高手自然是盜王陳不風，而古蘭魔族第一高手燕狂人，卻能與他不相伯仲。一百多年前，正道第一高手是傳奇人物蘇慕白，而當時唯一能與他抗衡的，也正是燕狂人的傳人、魔道第一高手的古長天。

在百年前那個風起雲湧的時代，身爲新楚宰相的蘇慕白，和一直居於地下幕後操縱天鷹王朝，並控制著天下魔門的古長天，幾乎給這個時代的每一處都打上了他們的烙印，因此這個讓後世人無限嚮往的時代，又被後世史家稱爲雙驕時代。

只是當蘇慕白高唱《鶴沖天》掛冠遠去不久，讓黑白兩道聞名喪膽的魔皇古長天也從此不知所蹤，徒留後世人扼腕而嘆，誰料想這一代凶人竟是被困於此，此時一旦重臨人間，實不知又有幾家歡喜幾家愁，多少生靈又要遭塗炭。

李無憂一心只以爲那陣中人是蘇慕白，卻怎麼也沒想到自己拚盡全力救出的非但不是昔年的正道神話，反是他的死對頭，曾經一日夜間盡屠十萬楚軍的古長天，百姓死活自是與他關係不大，但被騙的心中卻充滿苦澀，懊悔便轉作了憤怒，雙目中已是血紅一片：

「阿碧，你是不是沒來潼關之前就已知道我精通四宗法術？你是不是早已知道這山頂陣中所困的不是蘇慕白而是那狗屁皇帝？」

「膽敢辱罵我皇！找死！」司徒松大怒，便要動手，卻聽古長天淡淡道，「算了，司徒護法，他怎麼說也救過朕，且饒他一次。」

司徒松恭敬說了聲遵命，退了下去。

寒山碧見他目眥俱裂，沒來由地一陣膽寒，忙解釋道：「無憂，我事先是知情，可是……」

「沒有可是！你打斷我的腿，不是爲了瞞蕭如故，是要瞞我！因爲這樣一來，我就再不會防你有詐，是不是？這一路行來，你所作所爲、所思所想的都是如何激我破陣救人，是不是？什麼師父重病，影鳥畢方也全他媽的都是幌子！什麼君心我心，什麼畫地爲牢，全他媽是想引老子同情的狗屁！古長天和司徒松所作所爲，無一不是配合你三人演的好戲！從頭到尾，真正被蒙在鼓中，被人當猴耍的只有老子！只有老子！哈哈，李無憂，你這個白癡，從頭到尾，你都只不過是被別人利用的一枚棋子而已，枉你還想什麼君心我心，長相廝守！」

剎那間，他又驚又怒，又悲又恨，話到嘴邊，句句都是冰涼。

「老公！你聽我解釋……」寒山碧剛奔到一半，卻猛見李無憂已拔出長劍，直指過來，冷冷打斷了她的話，「別叫得那麼親熱！寒山碧，從今之後，你走你的陽關道，我過我的獨木橋！你自做你的事，與我李無憂何干？又何需向我解釋什麼？」

「我不相信你會殺我！」寒山碧大步向前，一無所懼，雙目中卻已然是淚影婆娑，幾顆珍珠幾欲奪眶而出。

「是！老子現在功力全失！殺不了你！」李無憂冷冷一笑，忽然還劍架到自己脖子上，眼神中露出一股瘋狂的堅持，「但老子殺得了自己！寒山碧，你若再上前一步，我便自刎在你面前！」

「無憂，我不是有心瞞你。對你是真是假，難道到了如今，你還是不知嗎？」寒山碧雙眸中淚光漣漣，幾顆淚珠已不爭氣地濺在地上，足下卻再不敢上前分毫。

「什麼是真？什麼是假？假作真時真亦假！今生今世，我李無憂若再信你寒山碧一次，要我不得好死！」李無憂哈哈大笑，言語卻一冷如冰，說罷再不看她一眼，一甩衣袖，憤然朝山下奔去，剛走到崖邊三步，足下一個踉蹌，整個人如球般滾下一端斜坡，落到五丈之外，一動不動。

「不許過去！」寒山碧足方揚塵，古長天已然冷喝道，「如此是非不明，舉止衝動之輩，怎配得上你？他要走就任他走吧！」

李無憂掙扎著爬了起來，踉踉蹌蹌，無聲無息，朝山下慢慢行去，任寒山碧呼聲淒厲，自始至終，未曾回顧。

山風習習，夜涼如水。

寒山碧艱難凝住步伐，淒然下望，新月如鉤，星光淡淡，那少年踽踽的藍衫背影漸行漸遠，心頭不知是悲是痛，默默將那句「假作真時」念了一遍又是一遍，一時竟是癡了。

時值大荒三八六五年七月初二。

大荒三八六五年，七月初三，正午。

流平關前，殺聲震天。

「開了！」隨著一聲巨大的歡呼和稍弱的悲鳴，流平關的大門在「轟隆」聲中頓開，潮水一般的楚軍士兵湧了進來，緊隨其後的，是一場比攻城更爲慘烈的廝殺，血與火，將這飽經滄桑的巍峨雄關染成了一片修羅場。

只是無論是破關而入士氣如虹的楚軍，還是在城內堅守了一日夜卻兵寡將微的蕭軍，都知道勝負已定，廝殺雖然慘烈，卻並不悲壯，一切只是例行與數月前同樣程序而已，只是此時，攻方與守方已經易手而已。

「報元帥！宋義將軍已然攻破流平關，蕭軍全軍潰敗，向北退卻五十里進入蕭國境內，宋將軍請示是否繼續追擊？」一名傳令兵單膝跪在張承宗面前，滿臉興奮道。

「繼續追擊！呵呵，當然要繼續追擊了！」張承宗寫意地捋著已經全白的鬍鬚，臉上露出了和藹的微笑，「本帥早想踏平雷煙，去雲州痛飲一番了！」

但跟隨他多年的火鳳軍總統領姬鳳卻總覺得這笑容怎麼看怎麼像奸笑，只是這個時候，她根本無暇再計較這個問題，因爲前者的話讓她嚇了一跳：「元帥，李元帥的命令不是讓我們擊退蕭軍後立即回師平定馬大刀之亂嗎？我們已經收復了流平關，現在繼續追擊，怕是會深陷蕭國而不可自拔！到時若影響了李元帥全盤計畫，導致潼關敗退，就難辦了！而且，即便我們能攻到蕭國京城，怕也會被朝中御史參你不聽將令，無功有過的！」

「唉！」張承宗輕輕嘆了口氣，「阿鳳啊，你依然還是嫩了些！我們若真的去平定馬大刀之亂，才真的誤解了那臭小子的意思。你也看到了，他在給我的密信之中，連如何逼退蕭楚，如何攻陷流平關的細節都一一列舉了出來。這樣能決勝千里的人物，又豈是會在意馬大刀這樣的蘚疾之癢？他讓我們攻流平關，其實只是想讓我們趁蕭軍大舉入侵、兵力空虛的時候，直搗雲州。這樣一來，即便不能成功，也能牽制住蕭國主力，逼得他們撤軍自救。」

「是這樣的嗎？可爲何李元帥給您的命令中沒有這樣說？」姬鳳依然對孤軍深入有些擔憂。

「呵，那不過是爲了防止密函落到敵軍間諜手中的障眼法而已。」張承宗望著城頭，淡淡道：「他的心意，誰又能比我更清楚呢？」

「可是元帥，你這次會不會猜錯了？」姬鳳兀自不信，忽見斷州的方向一騎快馬絕塵而來，馬上那楚軍傳信兵下馬，快速遞上一份信報。

張承宗接過展開，臉上笑容陡然凝固起來，隨即舒展，卻已變成了苦笑。

「元帥，什麼事？」姬鳳頓時有了不好的預感。

張承宗將信報遞過，她接過一看，上面很簡短的兩行字卻字字驚心：

昨日蕭如故攻城不克，李無憂元帥為妖女寒山碧所擒，生死成謎。

「元帥，詳報還未到達，我們現在怎麼辦？」姬鳳問道。

楚軍的霄泉為了消息的時效性和全面性，傳遞消息共有信報和詳報兩種情報。每當有重要消息傳出，一般是先用最少最簡單的字將事情描在信報上傳出，而事件的詳情則會在緊隨其後的詳報中提及。

這個法子在創建之初，頗起了一定的效果，只是時間越久，其保密性和耗費財力等方面的缺點就漸漸顯露出來。

「不可走漏風聲，一切按原計畫行事！」張承宗微一沉吟後，隨即果斷道，「這一次，老夫就賭一賭李無憂的命！」

第五章　假作眞時眞亦假

「這一次，老子就賭一賭李無憂的命！」

同一時間，蒼瀾河邊的一處蘆葦叢中，已經望了對岸的雅州城足足有半天的夜夢書嘟囔了一句，緊了緊背上的馬刀，吐掉口中的一根蘆葦管，狠狠一跺腳，出了蘆葦叢，朝十丈外的渡頭行去。

驀地靈覺感應，一陣熟悉的氣息自蘆葦叢中如電掠來，他無奈苦笑：「奶奶的，這傢伙簡直他媽的是隻吊靴鬼。」

原來自他出潼關始，就總覺得有人尾隨自己，但無論那人是誰，重任在肩的他都無暇與之糾纏，當即展開輕功想將其甩掉，但鬱悶的是這廝輕功竟然不在他之下，竟似附骨之蛆，如影隨形般跟出數百里。

到這天中午的時候，他終於不想跑了，停了下來，結結實實地和那人打了一場。

交戰中，夜夢書問他目的，這黑布罩面的黑衣人卻似個啞巴，根本就不搭他的腔，只管招招致命，夜夢書這才知道這人竟是來殺自己的殺手，忙施展出渾身解數生死相搏。但鬱悶的是，這人的武功竟也和他在伯仲之間，一時誰也贏不了誰。

夜夢書有要事在身，自不能和他逗留，無奈下只好腳底抹油，再次逃之夭夭，但這人卻鍥而不捨，一路尾隨。

就這樣，夜夢書帶著這殺手迂迴曲折，卻總是甩他不掉，只是那殺手卻也殺不了夜夢書，兩個人就這麼耗著。

每日正午，這兩人似乎約定好了似的要打一架。兩個人都發現對方比昨天又強了，於是各自拚命修煉武功，每日中午各逞武功智謀鬥上一場，然後又去練，去想如何贏得對方，第二日再打。如此反覆，到得蒼瀾河，這已是第五日。

今日清晨，路過雅州下轄的烏蘭郡的時候，夜夢書混跡酒樓市井，好不容易躲避開那人，卻意外地發現民間輿論紛紛，都在傳言李無憂已被蕭如故生擒，下落不明，潼關只剩下個敗軍之將王定，不日即將被攻下云云。

他當即吃了一驚，一時拿不準這是不是蕭軍的攻心之計，不知何去何從，躲到這蒼瀾河邊冥思苦想了半日，終於下定決心賭一把命，誰想剛一現身，竟然又被這殺手追上。

日上三竿。

在夜夢書笑容面對的方向，那黑衣人果然又再現身，只是這次他卻非赤手空拳，而是背上一左一右的多了一對怪異刀劍，顯是之前竟留有餘力，此次終於要放手一搏了。

形勢大大的不妙，但夜夢書卻沒有爲搶先手而立刻動手，而是笑道：「這大熱的天，姑娘你總戴著黑巾，不覺得熱嗎？」

那人一愣，詫異道：「你怎麼知道我是女的？」

夜夢書聽她語音清脆動人，果是小女兒家，卻異常生硬，顯非大荒人士，心頭詫異，表面卻哈哈大笑道：「我非但知道你是女的，而且還知道你爲何要追我！」

那女子更奇：「你怎麼知道的？」

「用膝蓋想的啊！」夜夢書嬉皮笑臉道：「這千里迢迢的，你都如影隨形，每次又都不下殺手，不是想嫁小生爲妻又是什麼？」

「找死！」那少女大怒，也不見她如何作勢，背上怪劍已然到了手中，夜夢書立時覺得一陣奇寒壓迫過來，忙運氣相抗，凝目過去，只見她手中一條劍形藍光隱隱閃動，卻看不到劍身。

「被爲夫說中，也不用這麼激動嘛！」夜夢書心下越驚，表面卻越是輕鬆，當即嘻嘻一笑，足下暗自向後退了一步，已到了河邊，「先不忙動手，我給你看件好寶貝！」

「什麼寶貝？」少女好奇心起。

夜夢書正色道：「這件寶貝我珍藏了十七年，除了我娘，誰也沒見過！我看你這人還算不錯，才給你看的，你一定要仔細看好了哦！」

「嗯！」那少女應了，黑罩裏兩丸黑水銀一動不動，仔細地盯著夜夢書。後者將手伸到背後，猛地一拽腰帶，褲子應勢落下。

「啊！」少女驚叫一聲，背轉頭去。

「哈哈！非禮勿視！娘子你果然知書達理，爲夫這次若有命回來，一定要娶你當老婆！」夜夢書哈哈一笑，在那少女轉頭剎那，迅捷躍上水面，幾個起落，落到十丈外一隻小舟上，揮刀斬斷船繩，同時將真氣注入舟中，在渡頭眾人驚呼聲中，小舟如箭朝對岸而去。

「哈哈，娘子，不用送……」他得意未畢，忽然嘴張得老大，「奶奶的，連御劍術都使出來了，你不是這麼急著要和小生圓房吧？」

——光天化日之下，那少女竟然御著一道冰藍劍光疾衝過來，只引得正爲夜夢書驚呼的一干漁夫水手倒頭便拜，口稱仙子。

眨眼之間，那少女離夜夢書已不過三丈，後者發出一聲長嘆：「奶奶的，爲何每次小生忙著去做國家大事這種小兒科的時候，總會被兒女情長這樣的大事所羈絆呢？」

嘆息未落，人猛地向後一倒，「撲通」一聲掉落水中。

「嘻嘻，想玩捉魚嗎？我最拿手了！」少女輕輕一笑，猛地收劍，直衝入水中。

二人沒入之後，良久不起，動靜全無，水面波紋漸漸平息，只讓一干百姓以為方才是做了一場大夢。

但下一刻，水中忽然波濤洶湧，一聲炸響，兩個人同時破水衝出，直拔起十丈之遙，空中刀劍交擊，火花四濺，鏗鏘有聲，不久，二人復又落回水面，驚起一天波濤如雪碎。

如此反覆，只引得岸邊百姓閒人目瞪口呆，忙又叩頭不止。

「為夫要事在身，就不陪你玩了！」夜夢書忽然叫了一聲，再次落入河中。

「想走，哪那麼容易？」少女清斥一聲，御劍下衝追擊，但這一次她劍尖剛至河面，忽然發現剛才還波浪滔滔竟全部平息，一股寒氣撲面逼來，暗叫不好，忙運氣轉向，俯衝立時變作平飛，這才險險避過與水面相撞的厄運，低頭看去，那河面方圓五丈之內，竟然都已凝結成冰，不禁一愣：「這傢伙明明用的是陽剛勁力，怎麼忽然變作了陰寒？不過，你以為這樣就能逃脫了嗎？」

一念至此，背上怪狀短刀不拔自動，飛出鞘來，已然變成一道長長的刀形火焰。

但她正要脅刀砍下，全身忽然有種不舒服的感覺，剛剛想起自己可能是被人鎖定，身後已有一道冷風襲來，暗叫聲「小鬼奸詐」，不及側身，意念一轉，刀焰反身迎上。

「噹！」地一聲，刀焰被震回，少女背轉右手虛虛抓住，卻不回頭，右手亂舞，像背後有眼一般，刀焰直攻向冷風來源之處。

「呼呼」一陣刀刃破空聲響，二人眨眼間已然各攻出十八刀，也各自變招十七次，最後一刀終於相碰，少女忽覺身後壓力一輕，立知不妥，讓刀焰歸鞘，轉身回頭，卻見一人凌波微步，朝原岸上飛去，黑衣如漆，卻並非夜夢書。

正自驚疑，二十丈外的蒼瀾河彼岸，卻傳來夜夢書一聲歡呼：「哈哈！娘子，爲夫先走，不用送了！」

「門下竟然有如此多的奇才，這個李無憂……我可是越來越有興趣了。」望著夜夢書囂張的背影，少女若有所思道。

雅州本是軍事重地，馬大刀自攻陷此處後，便自號平亂王，並聽從軍師虛若無的意見，爲示自己是弔民伐罪的仁義之師而非擾民的流寇，不禁民眾出入，對出入城門的盤查表面上並不是很嚴格，而夜夢書小試了一下金錢的威力，便輕鬆混進城來。

進城之後，他很快打聽清楚馬大刀的王府所在，卻並不急著前往，而是在找了間客棧住下後，先去城裏最好的紙墨鋪買了筆墨和一封上好的蘭香紙和一張描金書帖，接著又不惜重金去買了一只名貴的金朝古董玉杯。回到客棧，親自寫了一張拜帖，然後又躲進馬棚一陣鼓搗，這才大笑著去登門拜訪。

馬府本是一名富商的私宅，馬大刀攻下雅州後，不聽虛若無的勸告，將那富商殺了，強占了此處做自己的王府。雖然那富商素有為富不仁之嫌，但此種強盜行徑，並未收到馬大刀預料中的殺富濟貧的效果，反是城中百姓的恐慌，一直到最近才平息，這也是馬大刀近來沒有新的軍事行動的原因之一。

夜夢書到達馬府的時候，已然是黃昏時分。守門的兩名侍衛見他衣冠鮮明，儀表不凡，倒也很是客氣。

一名侍衛當即上前問起來意，夜夢書說了。那門衛聽得他竟是李無憂的使節，當即嚇了一跳，拔刀便要砍，但夜夢書又豈容得二人拔出刀來，借送上拜帖之際，上前一步，輕描淡寫間已然封住了他的刀勢，親熱地抓起他的手，笑道：

「兄弟不必如此驚惶，你家大王早晚是要受朝廷封賜的，我們是一家人，打打殺殺地做什麼？你將這拜帖幫我遞上，他即刻會來見我！」

那侍衛不得已下將拜帖接過，卻覺得手心一溫，低頭看時，卻是多了兩顆拇指大小的晶瑩明珠，立時眉開眼笑，歡喜去了。

馬大刀臉上一直掛著淡淡的笑容，一名年輕美女正溫柔地將一枚剝皮的葡萄放進他嘴裏，而另一名美女則不輕不重地按摩著他的大腿。那門衛的話，仿似只是掠過耳際的一點微風，並未引起他的任何感想，良久不發一語。

門衛覺得有必要再提醒他一次：「大王，李無憂……」

「李無憂？」這一次馬大刀總算是聽見了，「他不是已經被女人抓走了嗎？」

「李無憂是被女人抓走了，不過……」

「既然抓走了，那這個人當然是假冒的李無憂了！」

馬大刀抓起手邊一個茶杯狠狠砸在了門衛的額頭，鮮血和著清黃的茶葉水流了後者一臉，他還想分辯馬大刀搞錯了，但看到主子刀鋒一般銳冷的眼神，話到嘴邊卻立時變了樣，「是，是，大王英明，那人的確是假的！」

「唉！現在這個世道啊，人被逼瘋了，還真是什麼事都敢做！」馬大刀無奈地嘆了口氣，語調中一派悲天憫人，「今天有人說是李無憂，明天搞不準有人說自己是蕭如故，本王雖然心胸廣闊，平易近人，不與這些騙子們計較，賞他們幾兩銀子也未嘗不可，不過這樣一來，本王哪還有時間和兩位美人親熱呢？你說是嗎？」

「對！對！泡妞時間最寶貴！」那門衛只嚇出一身冷汗，哪裏還敢不附和。

「既然知道，還不給老子趕快滾！」馬大刀本是布滿微笑的臉勃然變作血紅，方才的柔聲細語，立時化作了大聲怒吼。

「是！是！」門衛大駭，倉皇逃了出去，甚至連那張拜帖掉到地上也未察覺。

「唉！現在的下人真是不會做事。」馬大刀微微嘆息罷，臉色瞬息間已變回微笑，但他溫柔的眼光落在兩名美女顫抖的嬌軀和強顏歡笑的臉上時，忍不住又嘆息起來，「你們怕什麼呢？難道我馬大刀是個喜怒無常的人嗎？」

話音未落，陡地又變作了怒吼，「是不是？」

「不是！」兩女戰戰兢兢道，只是聲音小得連她們自己都不信。

「很好，原來我果然有仁者之風啊！」馬大刀滿意地笑了。

這個時候，馬府外的夜夢書也滿意地笑了。他表面滿含歉意地回應著門衛的話，又掏出兩顆明珠撫慰他額前的傷痛，腦中卻已有了計較。可憐的是，本是滿肚子窩火的後者，漸漸眉開眼笑，卻完全沒有注意到自己面前這一副可憐兮兮的少年心頭，已閃過了無數可以陷自己於死地的毒計。

說了一陣，夜夢書笑道：「看來馬大王今天心情似乎不是很好，這樣吧，侍衛大哥，你長得這麼帥，一定是個勇士，你能不能再犯一次險，幫我將這個玉瓶交給大王？這裏面可有我們元帥親筆所書的書信，大王見了一定會接見我！當然，如果大哥你不願意的話，小弟就找你身後那位大哥好了。」

說這話時，他又遞了三顆明珠過去。那侍衛見那三顆明珠比方才的大了三倍不止，每一顆都隱隱有紫光流動，端的是蓋世奇珍，瞥了一眼後面那侍衛一臉貪婪模樣，頓時忘了長得帥和是不是勇士沾不沾得上邊，咬牙道：「好！真金不怕火煉，我就再冒險試試！」轉身去了。

夜夢書見他進去，朝另一名侍衛暗自遞過三顆明珠，笑道：「這位大哥，小弟忽然想起給你們大王準備的禮物忘在雲來客棧了，我得趕快回去一趟，去去就來。」

那侍衛眼睛頓時發直，連聲應了。

夜夢書回到客棧不久，馬大刀果然就派了人來，而來的人正是那位送玉瓶進去的侍衛，只是他本來就已經胖胖的圓臉此刻幾乎暴漲了一倍，整個一個標準豬頭，見此，夜夢書自然是裝出一副大驚神情：「哎呀，張大哥，這是誰把你打成這樣的？」

他方才已經打聽清楚，這豬頭一般的傢伙偏有個很風雅的名字叫張思竹。

張思竹沒好氣道：「還不是夜將軍你所賜。你明明說玉瓶裏面是密信，怎麼卻變成了乾馬糞？」

「張大哥，這就是你所不知了！」夜夢書神神秘秘道：「我們元帥行事向來有神鬼莫測之機，嘿嘿，你還真以爲那些只是普通的馬糞嗎？」

「莫非……這裏面有什麼玄機？」張思竹試探道。

「張兄真聰明，一猜就中！」夜夢書拍了句沒營養的馬屁，隨即正色道：「我們元帥最近在鑽研一種特殊的書法，其實每塊馬糞上面都有他用口水寫成的特殊的字。這種字極小，極其難以辨認。說句不中聽的話，即使是馬大王那樣超凡入聖的人，也要十萬分小心仔細才能看到。你和我這樣的凡夫俗子，那是根本看不見的！」

「啊！原來如此！」張思竹恍然大悟，「難怪大王打開玉瓶後先是勃然大怒，將我痛扁了一頓，之後卻大笑起來，找我來請你去赴宴！」

夜夢書坐上馬車，一邊和張思竹胡扯，一邊思索一會兒如何才能說服馬大刀歸順朝廷，不久工夫，已然到了馬府外。

此時已經是華燈初上，馬府內絲竹之聲不絕，一派喜氣洋洋。

剛至門口，府門大開，一名錦袍人便迎了出來，邊走邊大聲道：「哎呀，夜將軍遠道而來，馬某未曾遠迎，真是失敬！」卻是馬大刀親自迎了出來。

「呵呵，大王日理萬機，卻親自來迎，真是愧殺小子了！」夜夢書邊熱情地說著套話迎了上去，邊細細打量這最近才崛起的亂世梟雄。

卻見面前這中年人約莫四十歲左右，一張飽經滄桑的國字臉上一道斜長的刀痕很是猙獰，但配上他高達七尺的身材，卻給人一種典型的硬漢印象，行動間龍行虎步，氣勢非凡。

兩人近得五尺，馬大刀張開雙臂，熱情地抱了過來。夜夢書也張開雙臂，想和他來個熱情奔放的擁抱，哪知手臂才一動，立時便覺得一道壓力從地面由上而下席捲過來，身周便被一種無形壓力籠罩住，自己竟連手指都動不了分毫。

這廝虛虛一抱間，竟然已發出了無形勁氣將老子鎖定，顯然是想來一個下馬威！

夜夢書心念電轉，知道此時絕不能示人以弱，否則之後的談判就難辦了，心中一動，暗地調集真氣與那巨力相抗，表面卻裝出一副絲毫不受影響的樣子，雙手原勢不變，迎了上去。

他剛步出兩尺，那無形壓力陡然消失了個乾淨，他本是向下運勁，這一下失去抗衡之力，腰便迅疾朝下彎去。

馬大刀裝出詫異的樣子道：「哎呀，夜將軍，你是朝廷使臣，行如此大禮，馬某怎是如何敢……」

正自得意奸計得手，卻驚奇地發現本該失去平衡的夜夢書彎腰的動作極其舒展，雙手過膝後，毫不停留地伸到鞋面，輕輕彈去了上面一絲灰塵，與自己想像中五體投地的事實相距甚遠。

「哎呀！夜某惶恐。我方才只是覺得足尖染塵，有失禮儀，不想竟然惹得大王誤會我是行大禮，真是慚愧！抱歉，抱歉，恕罪，恕罪！」夜夢書一整衣冠，微笑著長身而起。

馬大刀勃然變色，怒髮衝冠，一把大刀朝夜夢書當頭砍下，口中喝道：「夜夢書，你如此戲弄本王，可是想死嗎？」

夜夢書對那刀光視若無睹，面上笑容不減一分，道：「馬大王如此戲弄朝廷使節，可是想一輩子都做流寇草莽嗎？」

刀光在夜夢書額前無聲無息地頓住，刀光砭人肌膚，在這盛夏的天氣裏，竟也說不出的寒冷。

「砰！」馬大刀忽然將大刀擲到地上，哈哈大笑起來：「好功夫！好膽色！不愧是無憂門下！年輕人，我喜歡你！」親熱地摟過夜夢書的肩膀，兩人肩並肩走進府去。

身後，張思竹一臉愕然地發現，隨著夜夢書去的方向，幾根整齊的斷髮正隨風飄蕩。

一刀之威，竟至於斯！可惜這一切，夜夢書未能目睹，不然打死他也不敢進，而大荒的歷史怕就要因此而改寫。

彼時，庫巢城頭喊殺聲震天。

「柳隨風來了！」忽然有人大聲地吼了一嗓子，立時引起了巨大的騷亂，無數身著蕭國軍服的士兵，爭先恐後地朝城下跳，生怕自己跑得慢些，就變作了鬼。

「柳隨風這個縮頭烏龜，老子總有一天要將他剁了餵王八！」蕭承看著城頭的蕭國士兵怕柳隨風甚至怕過丟失性命，不禁恨得咬牙切齒。

「才見到敵人冒頭，立時嚇得連命都可以不要了，嘖嘖，小弟愚昧，怎麼覺得大漠來的勇士更像縮頭烏龜？」一旁觀戰的哈赤自然不忘冷嘲熱諷。

「哼！要不是我們的紅衣大炮留在了梧州！早將這破城拿下了！」蕭承雖然是在冷哼，底氣卻有些不足。

大炮這種東西，傳承至今，早已不能和昔年陳不風縱橫天下的龍炮部隊同日而語，乍看上去炮聲隆隆，驚天動地，威力其實有限得很，對方只要有幾個小仙位的法師，就能將其置於無用武之地，攻城中，更是不比燒火棍好使多少。

「哼！要不是我的破穹刀不知所終，早將雪蘭城拿下了！」哈赤依腔作勢地模仿道。

雪蘭城是古蘭千年帝都，征服此地，一直是大荒各位野心家百年來的心願。

只是哈赤卻將此建立在失傳兩千年之久的破穹魔刀身上，譏諷揶揄之意，顯而易見。

蕭承只氣得嗓子冒煙，一時半會兒卻找不出一句反駁的話來。哈赤卻沒一點放過他的意思，冷嘲熱諷鋪天蓋地地壓了過來。

賀蘭凝霜身為一國之君，自不好雪上加霜，失了氣度，而比起對蕭軍的鄙視來，她內心的震驚卻更勝一些：這個柳隨風，簡直是個魔鬼，明明只有十萬新丁，低矮的城牆，卻硬是將我們兩國數十萬最精銳的兵馬耍得團團轉。心頭感慨，這數日來的經歷也隨之一一浮現在她眼前。

蕭未決定發起正面的攻擊，是在獨孤千秋的刺殺行動被石依依所阻的翌日。只是大言不慚，嘲笑西琦軍無能的他，很快便成了後者嘲笑的對象──「在名震大荒的『兵宗』柳隨風面前，什麼九羽大將、煙雲十八騎，全成了唬小孩子的玩意。」若干年後，一名當時在場的西琦大將如此回憶道。

蕭國鐵騎之所以能縱橫大漠，靠的是個「快」字，馬快，弓快，刀快，但用到攻城上，這些優勢被削減得幾乎是蕩然無存。

攻城戰中，身著重鎧，手持馬刀和長槍的重騎兵當然派不上用場，唯一能用的是弓騎兵和步兵。只是並沒有西琦長毛族那樣的長弓，隔著一條護城河，對上居高臨下的無憂軍，蕭國的弓騎兵自然討不了半點便宜。

至於那些由騎兵轉化來的步兵，在沒有攻城利器的輔助下攻城，對上土匪出身而單兵作戰能力極強的無憂軍，其實和送死差不多。

與之相反，無憂軍的段冶親自設計監造了一種新型的落石機，這種機器比以往的大型落石機威力雖然略小，但更加輕便和靈活，易於裝配。蕭軍的雲梯大多被這種機器砸得四分五裂。

只不過這些都不是決定性因素，攻了兩日，蕭軍還是以損失三萬人的慘重代價，用土石和屍體填平了護城河，無憂軍士氣大受打擊，而庫巢攻防也終於正式進入了白熱化。

但歷史在這個時候和蕭如故的軍隊開了個不大不小的玩笑——蕭未掛了！

諷刺的是，這名堂堂蕭國九羽大將不是死在敵人的弓矢之下，而是在睡夢中被他的一名隨軍侍妾割下了腦袋，而這名侍妾在被侍衛們亂刀分屍前吐露了真情：

「這個匹夫殺我族人，強搶我爲妾，多年來我溫順如綿羊，要的就是今天——非但要他羞辱而死，還要他成爲蕭國的千古罪人！」

收到消息的蕭如故暴怒如狂，命令將所有的隨軍女樂侍妾全部處死！

只是蕭未的死，卻已經無法挽回了，他自己與李無憂互相牽制，脫不了身，只得對蕭未的死訊秘而不宣，反而痛斥其無能，將其削職遣送回國，找軍中另一名九羽大將蕭承代替。

與蕭未的謹慎不同，蕭承向來以勇猛著稱，見護城河被填平，欣喜之下派上了全部的法師兵團配合攻城，果然打得沒有法師軍團的無憂軍狼狽不堪，數次都有小股騎兵幾乎攻入城中，只是很可惜被無憂軍頑強地頂了回來，但蕭承卻已看到了勝利的契機。

但當聽到「天機」的首領親自回報的這個好消息，蕭如故驚得拍案而起，果斷道：「通知他停止蠻幹！再傳我手令，請求賀蘭凝霜配合出兵，攻陷潼關後，我多分她三座城池！」

但這封飛鴿傳回來的時候，已於事無補。這一次，柳隨風用的還是對付長弓鐵騎的故智，在城內布了個機關口袋，三放城門，又三次將進入的蕭軍全殲。蕭軍損失慘重不說，五百法師兵，竟然已被消滅了個乾乾淨淨！

被蕭如故接下來飛鴿傳書一陣痛罵的蕭承騎虎難下，終於在昨日清晨，厚著臉皮讓賀蘭凝霜派出長弓鐵騎助戰。後者正對之前的損失肉痛不已，更有鑒於蕭軍之前的囂張態度，雖然有蕭如故手書，依然是拒絕沒商量。

哈赤和其餘西琦將領更是抓住機會看笑話，一通不遺餘力的冷嘲熱諷後，蕭承再次出戰，只是一直攻到黃昏時分，也不過是在城下多添了千餘具屍體，不得不鳴金收兵。

誰料，子夜時分，從未踏出庫巢半步的柳隨風忽然帶領三萬精騎來襲，放火燒營，蕭軍猝不及防，死傷慘重，若非賀蘭凝霜放棄私怨，出兵相助，這十餘萬蕭國精銳怕就要全數葬身火海了。

血戰五日，十三萬蕭軍損失慘重，剩下的已不到七萬人，而無憂軍卻尚餘八萬，西琦軍剩十八萬，聯軍雖然依舊占有絕對優勢，但士氣低落，已不復初時之勇。

今日黃昏，西琦軍終於答應聯合進攻，但蕭軍師老兵疲，人人恐懼柳隨風，這才出現了之前那一幕。

「唉！看來這仗今天是打不下去了。」賀蘭凝霜微微嘆息了一聲，「哈赤，鳴金收兵。」

蕭承雖然不甘，但也知道繼續進攻已經不是一個明智的舉動了，恨恨道：「就這樣吧！老子早晚要給這縮頭烏龜好看！」

當即，兩國達成共識，將猛攻南門的守軍後撤三里休整，賀蘭凝霜和蕭承親自領軍斷後。

大軍將撤未撤之際，忽有一西琦探馬自不遠處如飛而至，落地後，卻見蕭未在賀蘭凝霜身旁，欲言又止。

賀蘭凝霜皺眉道：「蕭將軍不是外人，有什麼話直說！」

「是！女王，有個書生自稱是李無憂麾下謀士，想與陛下您議和。」

「本王沒空，將他拖下去砍了！」賀蘭凝霜瞥了蕭承一眼，果斷道。

「是！不過那人似乎早料到陛下您會這樣說，他說希望您在殺他之前，能看一下他送的禮物，不然陛下一定會抱憾終生。」探子猶豫道。

「哦？」賀蘭凝霜眉頭又是一皺，「呈上來！」

卻是一只古舊的茶杯。

賀蘭凝霜愣了半晌，忽地大笑：「這人還真是好膽色！好個李無憂，門下竟然有如此人才！你可千萬別死，因爲本王對你的興趣可真是越來越濃了！」

蕭承眼神中閃過一絲厲芒。

尙未進入客廳，動人的琴聲，已伴隨著鶯聲燕語傳了出來，讓剛剛轉過一道迴廊隔了廳外一丈之遙的夜夢書，也可以邊輕輕地扣指，邊很愉快地想像廳內的環肥燕瘦和輕歌曼舞，臉上更是不禁露出了那種不雅的微笑。

馬大刀見此暗暗鬆了口氣，這小鬼既然已經算是個男人，那一切就好辦多了。

果然，他立時聽到夜夢書用那種男人特有的笑聲問道：「小子曾聽人說，雅州有三雅，雅魚、雅雨和雅女。大王，裏面的那些彈琴歌舞的女子，難道都是本地的雅女嗎？」

「夜兄弟果然淵博！」馬大刀也神情曖昧地笑道：「嘿嘿，他們都是本地最有名的才女佳人，本王聽說你來了，連夜找人將她們請來助興的！夜兄弟，我們這就進去吧！讓美女等太久未免有失風度！」

「荒唐！」不想夜夢書整張臉陡然一沉，厲聲大喝道：「戰士軍前半死生，美人帳下猶歌舞！此乃亡國之兆啊！大王，我無憂軍二十萬兒郎，潼關三十萬救國大軍，還有斷州、黃州六十萬大軍，此刻都在為國拋頭顱，灑熱血，在下此來也是有國事與您相商，大王卻要我沉醉於溫柔鄉，是要陷我夜夢書於不忠不義，陷大楚於亡國滅族之境嗎？」

這一聲喝也不甚大，但廳內人人聽得清楚，鼓樂齊止，喧譁之聲立絕，剛剛還是人聲鼎沸的鬧市，立刻變得鴉雀無聲。

「夜將軍此言差矣！」忽聽廳中一人朗聲接道：「禮樂是交際應酬所必需，此刻你我兩國交戰，將軍遠來是客，我王略備曲樂乃是禮數，又何傷大雅？」

話音未落，一名三十歲左右的白面文士，輕搖羽扇微笑著自大廳中緩緩步出。

「哪裏來的畜生在此放屁？」夜夢書捂著鼻子，皺眉道。

「你……」那人氣急，手中摺扇亂抖，馬大刀忙解圍道：「這位是雅州名士張儀先生！」

夜夢書看了張儀一眼，露出一個敬仰多時的神情，陪笑道：「哎呀！原來這位就是三歲即能吟詩作對的雅州大才子張先生，久仰，久仰！幸會，幸會……但不知張先生雙親是否健在？」

「哼！家父母身體康健，定能長命百歲，不勞將軍掛懷！」張儀見他態度改變，立時趾高氣揚起來。

「豈有此理！」夜夢書陡然冷喝，「你父母既然健在，你怎說如此無父無母的話來？馬大王領軍起義，爲的是清除奸黨，保家衛國，實是我大楚柱石，因爲誤會而與朝廷友軍略有摩擦乃是必然之事，閣下卻說成是『兩國交戰』，眼中可還有天子？你父母祖輩世受皇恩，吃的是我大楚的糧，喝的是我大楚的水，你現在卻說出如此目無君父的話，眼裏哪裏還有父母？你不是放屁又是做甚？」轉頭對馬大刀道：「大王若允許此等人列席今夜宴席，請先斬夜某！」

「這個……」馬大刀見這小子一副正氣凜然模樣，暗罵聲滑頭，略一沉吟，笑道：「夜將軍言之有理，是張先生失言了。張先生，你向夜將軍賠個不是吧！」

張儀狠狠瞪了夜夢書一眼，拂袖而去，後者卻懶得甩他，自顧自嘆道：「連說聲道歉都不會，大王，你手下人難道都是這麼沒有禮貌的嗎？」

「那個……和將軍你一樣，這有本事的人，脾氣難免大些，還請將軍多多包涵！」馬大刀尷尬道。

這話暗自捧了夜夢書一把，別人如此給面子，他自也不好再發作，臉色頓時緩和，微笑讚嘆道：「嘖嘖，大王果然是氣度寬宏，連這樣的人也能容他！」

馬大刀暗自罵了聲娘，微笑敷衍了兩句，當即叫人撤了歌舞，笑道：「不說這些掃興的話，夜將軍，咱們進去再談吧！」

進至門口，一名侍衛恭敬地阻住了夜夢書的去路：「夜將軍，請先將佩刀交與我們保管！」

馬大刀假意斥道：「馬進，休得無禮！夜將軍乃是代表欽差大臣李無憂元帥的貴客，也就是代表朝廷，我馬府進門解劍的規矩怎可也用在他身上？」

這話本是要夜夢書知難而退，乖乖就範，哪知這傢伙老實不客氣道：「嗯嗯，有理，有理……看什麼看？這是你們大王說的話，你不滿揍他去！」說時再不看他一眼，大搖大擺晃進廳去。

馬大刀作繭自縛，苦笑一下，跟進大廳。

大廳中燈火輝煌，佳餚美酒陳列，左右分坐了四五十名文武，見夜夢書竟然真的挎著刀闖了進來，都是面面相覷，一時呆住。

夜夢書表面一副嬉皮笑臉，渾不將諸人放在眼裏的欠揍模樣，暗暗卻是叫苦不迭：「娘西皮，這把破刀，叫這麼多人來，難道是要老子將他們都說服才能達成和議？」

見到馬夜二人進來，忙各自迎了上來。馬大刀一一爲夜夢書介紹，後者暗自留意，在場的可說都是馬大刀軍中的一干重臣，文官以軍師虛若無爲首，武將卻是以他弟弟馬大力馬首是瞻。

介紹完畢，諸人分賓主落座，吩咐開席，因爲夜夢書方才一鬧，馬大刀沒再叫歌舞助興，看似熱鬧的場面未免少了些情趣。

眾人紛紛勸酒，夜夢書來者不拒，只喝得一張臉紅得像熟透的蘋果。

正自暢快，忽聽一個蒼老的聲音大聲道：「常聽人說李無憂睿智英明，今日一見也不過爾爾！」

場中頓時安靜下來。夜夢書瞇縫著眼望去，見那人正坐在自己對面，卻是軍方除開馬大力外排名第二的實權人物王博。

眾人還未有反應，王博身邊一位叫章函的金甲將軍故作驚奇道：「王老將軍，你又沒見過李元帥，何以竟出此言？」

王博瞥了夜夢書一眼，老氣橫秋道：「章老弟，我雖然至今沒有見過李無憂，但觀他派來和談之人竟然是一名只知道喝酒扒飯的酒囊飯袋，根本不知記得正事，他本人有多高明，還用說嗎？」說完自以爲得計，自顧自哈哈大笑起來，聲音要多難聽有多難聽。

滿堂賓客先是一愣，隨即倒有一大半附和著笑了起來，夜夢書也笑，暗自卻留意到其間自以馬大力笑得最是誇張，沒有笑的除了極少的幾名年輕武將外，都是虛若無爲首的一干文官，馬大刀不喜不怒，神情很是曖昧。

笑了一陣，眾人見夜夢書渾無半點尷尬，反而笑容可掬，或是覺得無趣，或是好奇，大多止了笑聲，場中只剩下王博一人還在怪笑。

夜夢書忽然單手抓起一個酒罈，狠狠砸了過去。眾人不防有他，二人近在咫尺，加上夜夢書出手又快，只來得一聲驚呼，那酒罈已經結結實實地砸在王博頭上，霎時罈碎頭破，鮮血和酒水流了一臉。

聽得動靜，立時有兩百餘名侍衛衝了進來，將大廳圍了個水泄不通，場中眾人也是大驚失色，紛紛摩拳擦掌，便要將夜夢書擒下。

卻聽馬大刀喝道：「一點小事，就亂成這樣，成何體統？還不給我退下！」

侍衛依言退出，場中眾人互望一眼，也各自恨恨退下。

「大王，夜姓小兒當眾羞辱老將，請大王爲老將做主！」王博哭道。

虛若無忙道：「大王三思，夜將軍看來是喝多了，這當中或許有些誤會也未可知，不如留待明日再說吧！」

「軍師此言差矣！」馬大力起身，動情道：「夜夢書先是放馬糞在玉瓶當請柬，此刻又佩刀進廳，當眾攻擊羞辱王將軍，處處藐視我馬家軍。此中斷無任何誤會可言！朝廷根本就沒將我馬家軍放在眼裏，我們又何必和他談下去？請大哥准許大力將他拖出去凌遲處死！」

聽他如此一說，立時便又有十餘名武將和數名文官附和。

馬大刀抬首下望，始作俑者夜夢書正一面開懷暢飲，一面大啃豬蹄，哪裏有半分酒意，方才所爲分明是蓄意爲之，又是好氣又是好笑，揮手示意眾人安靜下來，大聲喝道：「夜將軍，你身爲李元帥使節，竟然行事如此荒唐，你若不能給出一個合理解釋，休怪本王不給李元帥面子！」

夜夢書頭也不抬，口中依舊啃著不停，含糊不清道：「看這架勢，我……我若不說個理由出……出來，即便大王你肯開恩，在座的諸位怕也不會放過在下是吧？」

「不錯！」眾人齊聲道。

「我若說一時手滑，想來各位也是不信的吧？」夜夢書不肯定道。

「對！」眾人又是齊聲道。

「看起來群眾的熱情很高嘛！」夜夢書呵呵笑道，隨即正色道：「其實也沒什麼！老子就是看這老小子有些不順眼，想揍他！」

眾人一愣，隨即人人怒目而視，雙拳緊握。

夜夢書見此嚇了一跳，知道再玩就要出火，忙道：「停！我不過是看大家太緊張了，隨便說個笑話緩和下氣氛而已！」隨即收斂了嬉皮笑臉，正色大聲道：「王博將軍，剛才可是你罵我酒囊飯袋，說李元帥無識人之明？」

「不錯！本將軍說的就是你！」王博直認不諱，嘴角掛著一絲譏誚，「難道我說錯了不成？」

「當然沒錯！」夜夢書微笑道。

啊！眾人誰也沒料到他如此坦率承認，都是一奇，他如此說話，豈不自認理虧，那下文將如何自圓其說？

馬大力冷笑道：「夜將軍如此說話，那對方才出手傷害王將軍一事又作何解釋？」

「大人說話，小孩子插什麼嘴？你大哥怎麼教你的？」夜夢書輕斥道，眾人還未反應過來，他聲音已陡地一高：「王將軍不是錯，而是大錯特錯！聖人言『飽暖思淫欲』，諸位想一想，這淫欲乃是六欲之首，是人最基本的需要，這尚且要以飽暖爲前提，那其餘諸事，又怎能不以此爲基礎？在下不遠千里而來，途中風餐露宿，早已是餓壞了，再和諸位商議正事之前，自然要多吃些東西填填肚子，喝點酒潤潤嗓子，又有何傷大雅？但王博將軍卻譏刺在下是酒囊飯袋，諷刺我所仰慕的李元帥。在下初時以爲王老將軍天生異賦從來不事飲食，才出此惡言，但觀將軍鬥酒彘肩，顯非如此！在座諸位將軍多是出身貧寒，大家說，像這種飽漢不知餓漢饑的可恨行徑，是否該狠狠打擊？」

一席話雖然歪理，但卻句句入耳，眾人若非立場各異，早已大聲喝彩，更有人暗自對王博隱隱有了鄙視之意，軍中原本打定主意死不投降的一派人，已有多人開始動搖。

「荒謬！」忽有一人大聲道，「夜將軍此來乃是代表朝廷議和，先是帶刀入席，後又當眾以酒罈襲擊我方大將，屢屢以武犯禁，挑起事端，顯然是想以武力逼迫我等投降，一絲議和誠意也無，竟然還在此強詞奪理，當真是視我馬家軍無人嗎？」

此言一出，眾人立時神色一變，各自暗指夜夢書腰間大刀議論紛紛。

馬大力假意斥道：「周先生休得胡言！夜將軍是那等不知輕重的人嗎？人家年方弱

冠，沒見過什麼世面，想帶把刀防身以備不測，又何錯之有？方才偶然失去控制酒罈傷人，也只是年少衝動，人之常情，先生怎就不能理解一二呢？」

這番話表面是為夜夢書開脫，但人人都聽得出來是暗指夜夢書貪生怕死，又年少衝動，根本不適合做和談使者。

夜夢書不理馬大力，見挑起事端那人是一名叫周棟的謀士，在謀士團中地位僅次於虛若無，卻假作不識，笑問道：「這位先生是？」

「區區揚州周棟是也。」周棟傲然道。

「哦！原來是周先生，失敬失敬。」夜夢書笑了笑，端起一碗酒徑直走了過去，「聽說當日大王攻破雅州城，便有先生你的獻計大功！小子雖然遠在潼關，但聽聞此事，也恨不得早日見到先生這樣的英雄人物，來，來，小子敬你一碗！先乾為敬！」說時也不待後者同意，咕咚咕咚就將那碗烈酒乾了下去。

周棟雖然是個文弱書生，但最喜裝豪邁，聽他說起自己生平得意之作，誇讚自己是個英雄人物，心頭頓時大喜，說聲「不敢」，也端起面前酒碗喝飲起來。

酒剛一半，猛見面前光亮一閃，立覺手中酒碗頓時把持不住，掉落下去，脖上一涼，夜夢書手中一把鋒利的馬刀已經逼在了他咽喉。

「砰！」地一聲，酒碗落地，卻不是碎片亂濺，而是從中心整整齊齊地分成三十六塊！方才這刀光一閃間，他竟至少已出了十八刀，而刀上除破力之外，尚有一道平衡的黏力，這才能保持酒碗墮地而不碎！

好精妙的刀法！

眾人先是大驚，隨即反應過來，將夜夢書團團圍住。

「夜將軍，你這是做什麼？再不放開周先生，休怪本王手下無情。」馬大刀大喝道。

「哼！夜某為了蒼生社稷，不遠千里前來議和，諸位卻一再為難在下，莫非當真是欺夜某年幼，朝廷無人嗎？」夜夢書慷慨道，說時刀鋒向前微微一送，一絲血紅立時自周棟脖子上流了下來，「罷了！既然周先生覺得夜某沒有議和誠意，夜某這就將你斬殺，然後自盡在諸位面前，讓元帥再派良人，也讓天下英雄看看我無憂軍中是不是有貪生怕死之輩！」

周棟嚇得臉色慘白，忙道：「夜將軍千萬不……不要衝動！學生方才只是玩笑之語，作不得數，你千萬別當真！刀劍無眼，你還是先將刀放下，議和一事，咱們慢慢再談不遲！」

夜夢書忽然聞到一股騷味，眼光微微向下，便瞥見周棟褲子已自濕了一大片，顯然是將尿都嚇了出來，將馬刀撤回，指著周棟褲襠哈哈大笑道：「各位，到底是誰貪生怕死？」

周棟滿臉羞慚，恨不得找個洞鑽進去，當即奪門而去。

第六章　三娘教夫

夜夢書「鏘」地一聲隨手把刀插到地上，環顧四周，大聲道：「大王，軍師，各位兄弟，你們中誰要敢說自己不怕死的，就儘管上前來，夜某一刀將他了斷，然後自刎在此！」

場中諸人見他雖然無刀在手，但顧盼之間神威凜凜，單薄身軀中似乎有種說不出的震懾力量，各自對望，一時誰也不敢接口。

「不錯！沒有人是真正不怕死的！」夜夢書正色道：「我也怕死，但為了天下太平，蒼生少受戰火荼毒，我依然要隻身來此虎狼之地談判！之所以要帶刀入席，為的不過是讓自己的生命多一分保障，諸位要是因此覺得破壞了朝廷的和談誠意，那夜某無話可說！諸位請立刻動手，將在下亂刀分屍，夜某若是皺一下眉頭，就不是大楚兒郎！」

場中鴉雀無聲，那人傲立當場，靜夜裏只如一朵淡淡盛開的曇花，看來一觸即謝，卻自有一種說不出的威勢，讓人只可遠觀而不敢有絲毫褻瀆。

眾人面面相覷，一時竟是誰也不敢上前。

靜了片刻，馬大刀大笑道：「果然是英雄出少年！各位，我等能與夜將軍生於同代，實是僥天之幸！夜將軍請坐，我們立刻便談議和之事。」

「且慢！」忽聽一個女子的聲音從大廳外傳來。夜夢書隨著眾人齊眼看去，卻見一名婀娜多姿的美貌少婦，腰肢輕搖，款款步了進來。

「參見夫人！」廳中眾將齊齊行禮。

夫人？難道這娘們就是馬大刀畏若猛虎的老婆葉三娘？奶奶的，你一個婦道人家，不好好躲在裏屋做做針織女紅，相夫教子，跑到大庭廣眾下來發什麼騷？

夜夢書不禁大恨。

馬大刀皺眉道：「三娘，你不在後堂休息，跑到這來做什麼？」

此言一出，夜夢書不禁暗自叫好：「奶奶的，馬破刀，算你還有點見識，能與老子英雄所見略同一回。」

葉三娘煙視媚行般走進廳內，對馬大刀徐徐一福，道：「大王，奴家此來，是爲了免你被奸人所蒙蔽，貽笑天下啊！」

「議和之事，爲夫心意已決，三娘你無須多言，還是請回吧！」馬大刀當然不是傻瓜，當即聽出了她的弦外之音。

那知葉三娘卻笑道：「大王既然已下了決心，小奴又怎敢反對？奴家此來，是專為大王你們和議獻策而來呢！」

「哦！是本王誤會你了！」馬大刀愁眉盡展，面上露出了笑容，心想你不是來搗亂，本王就放心了，忙問道：「那夫人方才所言的『貽笑天下』，又作何解釋？」

「大王！議和一事，當然是勢在必行！」葉三娘微笑道：「但什麼人都成，卻絕對不能與這位夜公子商議！因為這個賤人不配！」

「啊！」滿廳的人都是一驚，一時炸成一鍋粥，夫人當眾侮辱朝廷使節，難道是存心想和朝廷開戰嗎？有人已經暗自準備，打算一舉將夜夢書擒下，一會兒好向葉三娘邀功。

「夫人，請你慎言！」馬大刀嚇了一跳，忙向夜夢書道：「夜將軍，我夫人她生性粗野，多有得罪，還望將軍莫怪！」

「大王不必如此。」夜夢書尚未說話，葉三娘又已搶道：「這個夜夢書，並非什麼李元帥使節，而是潼關軍中一名小小的馬夫，借了李元帥的名聲前來招搖撞騙！大王若是信了他，與他簽訂了和約，不是貽笑天下又是什麼？」

「什麼？假的！」

這一次，所有的人都是吃了一驚！開什麼玩笑？小小一名馬夫竟然也敢前來冒充元帥使節？有想像力豐富人士更是立刻聯想到夜夢書那份玉瓶裝馬糞的獨特見面禮，當即「恍然大悟」，連聲長嘆「難怪，難怪！」，隨即懊惱地想：「老子怎麼先前沒有想到？」

「哈哈！夫人多慮了。」馬大刀一愣後大笑起來，「夫人想必是被以訛傳訛的流言所誤了，那份見面禮不過是夜將軍給本王開的一個小玩笑。方才進大廳之前，本王已經拿到了夜將軍呈的李無憂元帥的親筆信，並有印鑑爲證，經虛先生鑑定，並無虛假。」

「書信固然是真的。但夜將軍卻很有可能是假的！」葉三娘冷笑道：「試問李無憂元帥又不是不識輕重的人，議和這等大事，怎麼會交給一個身分低微的馬夫來做？」

馬大力一聽精神大振，卻假作不信道：「夜將軍如此一表人才，怎麼會是馬夫？王妃，你會不會弄錯了？」

「對，對，事關重大，夫人千萬不要胡言亂語！」馬大刀遲疑道。

葉三娘笑道：「呵呵！是真是假，問問夜將軍自己，不就清楚了嗎？」

數十道眼光立時全數集中在夜夢書身上，卻見後者依舊面帶微笑，一直氣定神閒地喝著酒，彷彿葉三娘所說，絲毫和自己沒有關係一般，只是他內心卻早已驚起滔天巨瀾：自己身分固然不是什麼秘密，但這頃刻之間，葉三娘又是如何知道的？

當日李元帥讓自己當著眾人面前假死，秘密派遣自己出使馬家軍，應該說是做得天衣無縫，但怎會有第三者知道自己的存在？

「嘿嘿，夜將軍，你以爲自己不言不語，就能蒙混過關嗎？」馬大力得勢不饒人。他本是力主與朝廷決裂的激戰派，哪有不抓住機會的道理？

夜夢書看了他一眼，笑道：「話是人說的，怎麼說，還不在你們？只不過，區區可是有李元帥簽印的親筆信函，馬夫人卻是空口無憑，公道自在人心，在下又何須多說？」

眾人聞言紛紛點頭稱是。

方才夜夢書未來之前，馬大刀召集諸人商議是和還是戰的問題時，馬夫人就是站在馬大力一邊，此時編出一個藉口來阻撓議和，也是極有可能。

「夜兄弟果然是伶牙俐齒，難怪膽敢前來冒充李元帥使節，視我三十萬馬家軍和大楚朝廷如無物了！」葉三娘微笑道，「不過，哀家早知道你有此一招！這次是連證人都帶來了，看你如何狡辯！」

「哦？馬夫人真是神通廣大啊，居然未卜先知地知道在下今日能到得此間，連證人都準備好了，佩服啊佩服！不過希望一會兒那人要是有什麼發燒咳嗽之類的不治之症，不能前來指證在下，夫人千萬別痛哭才好。」夜夢書冷言譏刺道，卻越發忐忑，暗自思量那證人到底是誰，心頭同時閃過數十條應變之計。

眾人聽到這話，一笑之餘，越發肯定葉三娘是故弄玄虛，存心阻撓議和之事，各自對望苦笑，心道有了這樣一個夫人，大王想成大事，怕是今生無望，還是早點歸順朝廷，大家都能謀個出身的好。

馬大刀皺眉道：「夫人，此事關係重大，你還是別在這胡鬧了！」

「夜將軍，你果然和那人說的一樣，是不到天河心不死了！」葉三娘卻不理他，只是笑道：「那人說她跟隨將軍數日，將軍除了會耍流氓，潑皮到底之外，實在是別無所長，今日一見，果然不假。」

是她！這個臭婊子！早知道剛才就該收拾掉她了。

夜夢書暗自大恨，表面卻裝傻道：「那人？在下實在不是很明白夫人言下之意，能否這就將她請上來，在下也好和她對質一番！」

「算了，既然你喜歡出醜，本夫人就成全你！」葉三娘嘻嘻一笑，猛然朝廳外喝道：「請清兒姑娘上廳！」

原來那妖女叫清兒，怎麼和她性格一點都不配合？夜夢書暗自嘀咕，和眾人一起抬頭朝廳外望去，但門外清風徐徐，燈影幢幢，卻並無半個人影。臭婆娘搞什麼鬼？

「請秦清兒姑娘上廳！」葉三娘明顯一驚，忙又叫了聲。廳外安靜如舊。

「唉！居然被在下不幸言中了，看來最近流感盛行，我一會兒回去得多準備一點菲菲草熬點醋來喝了！」靜靜的大廳裏，響起夜夢書長長的嘆息聲，落在葉三娘的心上，卻不啻一個炸雷。

「請清兒姑娘上廳！」葉三娘這次幾乎是用吼的，但門外卻依舊沒有動靜。

「唉！看來夫人最近真是悶壞了，才想起和在下開這樣一個玩笑。」夜夢書喝了杯酒，好整以暇道：「還望眾位將軍莫要和她計較才好。」

聽到這話，雖然明知是夜夢書的挑撥，廳中眾將看葉三娘的眼神立時就有了異常的不滿。

豆大的冷汗順著她的背脊流了下來，馬大刀雖然疼她，但若是如此戲弄朝廷使節，虛若無等人若再落井下石，眾將壓力之下，便是馬大刀本人也無力保她。

驚惶之下，她便要喊第四聲，卻在此時，門外忽然傳來一陣細碎的腳步聲，她提起的心，終於掉了下來，冷冷看向夜夢書，卻見後者依舊面帶微笑，顯然是胸有成竹，不禁又恨又佩：「你倒好膽色，但看你一會兒怎麼脫身！」

腳步聲止，一名侍衛服色的人跪倒在廳外，戰戰兢兢道：「夫人，大……大事不好，剛才小人與秦姑娘正在閒聊，忽然冒出一名刺客要殺小人，秦姑娘將那刺客打敗後追了出去，說要爲我討回公道，一直到現在還未回來。」

「什麼？」葉三娘又驚又氣，「你這狗頭的命又值個屁，她怎麼這麼不分輕重緩急呢！」

「哦……」眾人同時大譁。

「原來大王的義軍是如此漠視人命，那議和之事，咱們也無須多談！夜某這就告辭，他日沙場相見，夜某絕不留情！」夜夢書憤然大怒，拍案而起，便要離席而去。

「夜將軍息怒，夫人她只是看大家太緊張，進來緩和一下氣氛而已，將軍萬勿放在心上。」馬大刀忙離席走了過來，滿臉堆笑地圓場，轉頭臉色一寒，對葉三娘道：「好了，三娘，此地沒有你的事了，你下去吧！」

葉三娘還想說什麼，撞到馬大刀充滿寒氣的眼睛，知道他動了真怒，恨恨看了夜夢書一眼，掉頭而去。

「呵呵！各位，誤會澄清了。所謂真金不怕火煉，像夜將軍這樣的英雄少年，一看就是頂天立地的人物，又怎麼會是區區一名馬夫呢？」馬大刀親熱地摟著夜夢書的肩膀，將後者按回座位，對眾人笑道：「以後誰要再敢說夜將軍是一名馬夫，那就是與我馬大刀爲敵！後果自負！」

「不！其實夫人說得沒錯，區區正是一名馬夫。」夜夢書忽然很不給面子道。

廳中眾人本以爲風波已平，萬不料他竟然來此一句，都是愣住，馬大刀更像是被人當面狠狠打了一記耳光，臉漲得通紅，留在夜夢書肩頭的手離開也不是，放下也不是，尷尬之極。

「不過，區區雖然是名不足一提的匹夫，但李元帥並未因此而歧視在下，而是秘密地委以重任！方才之所以不敢承認，是怕夫人借此打擊區區，妨礙和議，從而使百姓多受戰火摧殘，還望各位兄弟見諒！」

夜夢書一臉的感慨和慚愧，聲情並茂下，幾滴眼淚順著鼻尖流了下來，見諸人臉上懷疑盡去，轉爲佩服之色，忙趁熱打鐵道：「各位，試想一下，以在下這樣的出身都能被元帥所提拔，有這樣識人唯才不問出身的人，這樣有廣闊胸襟的人在朝中，你們這些豪傑之士，歸降之後，能不得到重用嗎？」

「英雄莫問出處！」一直甚少發言的虛若無這個時候大聲道：「想我等與夜兄弟正是一般無二，皆是起於寒微，之所以舉起義旗，爲的是貪官無道，替百姓鳴冤，驅除蕭狗等各路強盜。今有李無憂元帥這樣的英雄豪傑，力抗敵寇，又答應替我等懲治貪官，要我等歸附朝廷，我等豈能逆天行事？夜將軍肯將卑微出身坦誠相告，正是大丈夫本色。他能得到元帥重用，不日飛黃騰達，我們就不能嗎？大王和我已決定榮歸朝廷，諸位將軍請自決！要去要留，大王都不會加以阻攔！」

眾人熱血沸騰，齊聲叫道：「我等願留！」

馬大刀一顆懸著的心終於放下，笑道：「夜兄弟，我們這就來商議一下和議的具體細節吧！」

於是賓主盡歡，不久，馬大刀、虛若無與夜夢書轉進內堂。

大荒三八六五年七月初二夜，在虛若無的斡旋之下，馬大刀終於和夜夢書達成和約，馬家軍歸附朝廷，暫歸李無憂管轄，原地聽候調令，而夜夢書本人也成爲大荒史上，以區區一名馬夫身分而代表國家簽訂合約的第一人，完美的詮釋了「天下興亡，匹夫有責」這句老話。

只是協議簽訂之後，夜夢書心頭卻隱隱有些不安：一切是不是太順利了？

山路崎嶇，夜黑無燈，李無憂只能借著天上點點星光，摸索著前進。

他方才說功力全失，也不全是脫身的幌子，與古長天一戰，功力消耗殆盡不說，經脈也大爲受損，此時身上恢復的元氣還剩下盛時的兩成不到，也就是說，比之去北溟之前還要不如。

「阿碧不是小蘭那笨丫頭，想必能理解老子的良苦用心吧？」一路行來，他最擔心的就是這個問題，「只是也難說，一旦被感情蒙蔽了理智，再聰明的女人也可能變成花癡，她若當真誤解老子是個小肚雞腸外加易衝動的淺薄人士，那可就完了！」

想起方才幾乎是在鬼門關上轉了一圈，現在雖然得以逃脫生天，他也不敢有絲毫大意，沒立刻回潼關，也未下山，而是挑了條最隱秘的道路，一路朝憑欄方向奔去。

夜色裏，他邊奔邊注意四周的情形，稍微有風吹草動，都會讓他警惕大增，彷彿是驚弓之鳥。

之前他在古長天三人面前一副決絕的樣子，並非衝動，而是急中生智的謀定後動。破陣之後，古長天恩將仇報地大玩偷襲，雖然從後面的解釋，看起來他是在開玩笑，試探李無憂的深淺，但只有真正身處其中的李無憂自己才知道古長天確實有殺自己之意：對於古長天這樣一個野心家來說，無論是爭霸天下還是叱吒江湖，身兼四大宗門之長的自己都太優秀，更糟糕的是自己還太聰明，實在是個巨大的威脅，怎能不除之而後快？易地而處，想必自己也是要這樣做的吧？

「嘿嘿！還好老子聰明，裝出一副衝動的弱智模樣，將老傢伙騙了過去，即便他現在想明白，怕也是晚了吧？」

當這個念頭再一次閃過李無憂腦海的時候，他隨即被一種巨大的不舒服感所籠罩。

「這麼快？」李無憂心頭一凜，不及打開天眼，小虛空挪移施出，本是前飄的身體陡然向左瞬間移出三丈之距。

人在空中，經脈中一陣劇痛，雙足落地之後，並未能夠保持平衡，朝地上摔去，但身體尚未落地，元氣過處，整個人緊貼地面平平前射而出，黑暗中，三道烏油油的冷光分別擦著他臉頰和小腹射了出去，而他原本該經歷的軌跡上一道黃光閃過，落到一塊岩石上，岩石上陡地騰起一團綠幽幽的火焰。

「冥火？」雖然逃過一劫，但李無憂的心卻沉了下來。

「哎喲！數日不見，無憂兄怎麼學會了餓狗吃屎這等風雅招式？只是夜黑風高，無憂兄你別搶得太急，摔斷了大腿胳膊什麼的就不好了！」一個人聲嗆呼起來，突兀地出現卻不礙說話人語調中所充滿的真誠意味。

「哎呀，我就說是哪個有娘生沒爹養的狗雜種這麼晚了還來偷襲老子，原來是獨孤賢弟啊！誤會誤會！怎麼著，最近心情是不是很好？有沒有老拉肚子腸穿肚爛什麼的？」

李無憂功力不足，無法使出天眼，只能將精神力提至極限，迅疾在身後一棵巨樹下邊的一塊岩石後發現了獨孤羽的蹤跡，一掌猛地拍去，轟隆一聲巨響，石塊炸開，同時黑光一閃，獨孤羽在石頭炸開之前飛了出來。

李無憂看得暗自皺眉，奶奶的，幾日不見，這小子的功力似又有大進，藏身匿跡之術竟然變得如此高明了，真他媽頭疼啊！

「呵呵！可不就是小弟嗎？」獨孤羽站定之後，面帶微笑地朝李無憂走了過來，「托大哥你的福，小弟最近每天要上七次茅房，早中晚各有半個時辰的肚痛享受！日子馬馬虎虎，還算過得去吧！這不，想起大哥你中的牽機變似乎就要發作了，小弟一直記掛著李大哥你的好處，眼巴巴地從千里之外趕來給大哥你收屍啊！」

「真是辛苦賢弟了！」李無憂想起「大腸誰先斷」這種曾將大荒四奇都整得叫苦連天的絕世奇藥，暗自幾乎沒將肚子笑破，表面卻點頭做感動狀，「只不過愚兄福大命大，一時半會兒還不會升天，兄弟你有空還是多給自己煎幾服瀉藥喝，那樣也許能好受一點也未可知。」

「無憂兄對小弟還真是關愛有加，小弟真是異常感動。」獨孤羽走到離李無憂一丈開外站定。

他口說感動，但一臉微笑的神情實在是半絲感動的先兆都欠奉，如水晶般明亮的眼光在黑夜裏不定地轉動，似乎想看透李無憂的虛實。

「好說，好說！大家兄弟一場，應該的！」李無憂暗自戒備，表面卻也依舊微笑，「不過獨孤賢弟，你不遠千里而來，不會除了替爲兄抬棺材外，就只是想磨磨牙，浪費大好口水吧？」

「哈，大哥真是聰明絕頂，我還沒放屁，你竟然就聞到屁香了！佩服，佩服！」獨孤羽打著哈哈，卻半點口風也不漏，「其實是小弟正好路經此地，見此良辰美景，便想來此這群山之巔，欣賞一番，難道李兄不覺得今晚的月色好美嗎？」

「果然是月色動人……」李無憂抬頭，天上黑漆漆的一片，「那兄弟慢慢欣賞，爲兄還有要事在身，這就不奉陪了！」說時一個倒趕千層浪使出，人已如金鯉騰空，向後倒飛而去。

「呵呵，無憂兄如此急著走，未免太不近人情了吧？」獨孤羽微笑，身體陡然一弓，猛地跨過一丈距離，追了上來。

人未至，一道閃電已朝李無憂當頭劈下。

「哎呀！」李無憂驚叫一聲，本是後退的身形連一絲停頓也沒有，陡然便化作了前衝，手中也是一道雪亮的閃電猛地擊出。

「噹！」兩道閃電相交，發出刀劍撞擊的聲響。

獨孤羽不想李無憂逃跑後退刹那間竟然能立刻換氣前衝，這一下頓時被李無憂殺了個措手不及，刀劍相交中立刻落了下風，身形不得已下向後飛退。

「刷，刷，刷！」李無憂連刺三劍，劍劍不離獨孤羽雙眼要害，後者不得已下舉刀相格。

到第四劍時，李無憂積聚全身僅存的功力，猛然一劍刺向獨孤羽咽喉，後者舉刀一封，刀劍相交，入手之處，空空蕩蕩，卻一絲響聲也無，他身形頓時一滯，心中叫糟時，李無憂卻已借力遁出五丈之外。

但下一刻，「靠！又是十面埋伏！」隨著一聲怒罵，李無憂藍色身影又返回場中，十二名丰神俊秀的少年男女陡然現身場中。

獨孤羽悲哀地發現，自己和李無憂一起，陷入了一個古怪的陣勢當中。

「什麼？你們竟然打的是這個主意！」賀蘭凝霜幾乎沒從座位上跳起來，望著面前這名叫寒士倫的中年人的明眸裏，充滿了驚訝和不屑。

因爲太驚訝，她手指輕微地顫抖，手上的水晶燈便有了些微的偏轉，明亮的淡光灑在她嬌嫩的容顏上，這個剛剛三十出頭的女人的容顏，竟似少女一般的明媚動人。

「是的，女王，你沒聽錯，李大人的意思，就是希望能與西琦和陳國結盟，滅了蕭國，三家平分。」寒士倫一面不動聲色地重複自己剛才的話，一面輕輕地詫異，在夏夜的燈火裏，怎麼這個女人臉上那動人的風情，似曾相識。

「你憑什麼？」賀蘭凝霜很快恢復了平靜，語聲中漸漸多了幾分冷漠，「是憑你的三寸不爛之舌，還是失蹤多時的李無憂？」

寒士倫端起桌上的茶杯，輕輕喝了口，不緊不慢道：「曾聽人說草原上的奶茶與我南方所產頗有不同，今日一見，果然是各有奇趣。」

賀蘭凝霜一愣。

寒士倫笑了笑，道：「不知在女王心目之中，當今天下，孰強孰弱？」

「蕭、楚、平羅三國最強，陳國次之，天鷹再次，我西琦最弱。」賀蘭凝霜冷靜道。

「非也！非也！」寒士倫搖頭道，「按在下所見，當今天下，實是以古蘭最強，齊斯次之，而我大荒最弱！」

「啊！」賀蘭凝霜一愣，她沒有料到寒士倫說的果然是天下。

「其實放眼天下，與其餘諸大陸相比，我縹緲大陸表面最強，其實卻是最弱，為何？

只因我縹緲本身三塊已是分裂，而這三塊之中，古蘭和大荒又各自再次分裂。再強的軍隊，若是各自為戰，必然難逃覆滅的命運，這一點，女王陛下是帶兵之人，怕是領會比區區更深吧？」寒士倫侃侃而談。

「是。但這和你今天來的目的又有何干係？」

「天下大勢，合久必分，但也分久必合，此自古之道，非人力所能抗拒。大荒分裂已近兩百有三年。」寒士倫雙目中射出懾人的神光，「根據我多年觀星所得，此其必合之時也！」

「嘿！閣下的意思莫非是說楚問才是當今天下的真命之主，要我等盡皆依附不成？」賀蘭凝霜冷笑道。

「非也！」寒士倫輕輕搖頭。

「你的意思，莫非竟是李無憂不成？」賀蘭凝霜再次冷笑，只是上挑的雙眉隱隱跳了一跳。

「女王失言了！」寒士倫淡淡否認道：「李元帥雖然天縱英才，但終究只是楚臣，時命不足，要說統一天下，除非有奇蹟出現，否則也只是鏡花水月，為他人作嫁衣，空忙一場。」

「那你說的這人究竟是誰？」賀蘭凝霜的好奇心終於被全數勾引起來。

「呵呵！女王難道還不明白嗎？」寒士倫微笑，像一隻老狐狸，「這統一天下的遊戲，其實誰都有份！也就是說，這大荒的皇帝，當今六國之主，誰都有份！」

「啊！」賀蘭凝霜先是大驚，隨即露出不屑神色道：「還以爲先生有多高明的見解，原來也只是會說些廢話。先生若無其他指教，我這就吩咐手下人送客了。」

寒士倫不喜不怒：「女王且聽我把話說完。若是數天之前，在下方才這番話自然是廢話，而且若非女王胸襟過人，在下早已被你拖出去斬首，以堅蕭軍這個盟友的伐楚信心了！」

語聲至此一頓，見賀蘭凝霜表面不動聲色，雙眸中卻閃過一絲厲芒，心知自己果然說中，方又道，「但今時今日，自當別論。實不相瞞，經過區區的斡旋，我軍已和陳國達成聯盟！」

「我看到了，那只古舊茶杯正是陳過將軍心愛之物，若非親近之人，斷不會割捨。」賀蘭凝霜微微點頭，隨即秀眉一軒，「但楚陳本是世仇，更不會此時背信棄蕭而與楚結盟。閣下只憑此區區一只木杯，就要讓我相信你已與陳國達成協議，未免也太兒戲了吧？」

「女王說笑了。這國與國之間，又有什麼放不下的仇恨了？有利則合，無利則分，自古已然。簽約細節，事關機密，恕在下不能透露！」寒士倫淡淡道，「信與不信，都只在女王自己了！」

賀蘭凝霜看了看他，這個中年書生的臉上不見任何喜怒，額際淡淡的皺紋和嘴角微微的冷笑讓他看來有種說不出的神采。

微微沉吟，她嫣然一笑：「好！本王且信你一次。你繼續說。」

寒士倫暗自鬆了口氣，表面卻不動聲色，道：

「現在，只要我國能再和女王陛下也達成合作協議，到時憑欄、潼關，波哥達山和封狼山便可形成甕中捉鱉之局，十面埋伏之下，蕭如故和他十萬蕭軍，都只能乖乖束手就擒。蕭國經此大劫，兵力空虛，我三國聯軍同時出動，攻到雲州也不過是舉手之勞。到時我們三國瓜分蕭國，你西琦和他本是同出一脈，自然是可以比我們多分許多城池，到時候，你我三國國力相若，楚陳又素有仇怨，這爭霸天下鹿死誰手，你我三國就都是三三之數，誰也占不到誰的便宜！」

賀蘭凝霜聞言微微一怔，隨即道：「聽你這麼一說，好像我國當真是可以占很大的便宜一樣。不過寒先生，如今我們三國聯軍伐楚，而潼關破滅在即，說起來，勝算似乎是我方更大一些，我又何必捨卻眼前就將到手的肥肉，反而去希冀你那只是空中樓閣一般的承諾？」

寒士倫聞言，不客氣地哈哈大笑起來。

「先生何故發笑？」賀蘭凝霜不悅道。

「我笑女王死到臨頭還不自知！」寒士倫正色道：「說句女王不愛聽的話，西琦之所以能存在百餘年，不過是因爲陳楚兩國需要你們做緩衝，蕭國需要你們做防護天鷹平羅的屏障而已！如今你們三國聯軍若是能破楚，得益最大的必然是蕭國。蕭如故狼子野心，蕭國國力本來就強盛，到時候國力大增之後，你以爲他會拿誰先開刀？」

「當然是我西琦！」賀蘭凝霜苦澀道：「之後他就能蕩平陳國，踏平河東兩國也不是奢想了！」

「女王如此明智，倒省了在下許多口舌。」寒士倫欣慰道：「但因爲區區來此之前已然和陳國達成協議的緣故，這個情形現在永遠也不會出現了。目前的情勢是，陳楚已對你西琦和蕭國形成兩面夾擊之勢。蕭軍新敗，又久攻潼關不克，士氣已散，之所以到目前尚未潰敗，不過是蕭如故個人魅力所致，必不能久！而庫巢有柳將軍領十萬精銳之士鎮守，戰局如何，事實已說明一切！陛下與蕭軍乍看是占據主攻優勢，其實敗亡只在朝夕！」

到此一頓，賀蘭凝霜臉色已微微發白，「至於天鷹和平羅兩國，嘿嘿，陛下當真以爲他們是來攻我楚國的嗎？」

「什麼？」賀蘭凝霜失聲驚呼，臉色已經是蒼白，「不是攻楚，難道……」

「不錯！司馬丞相向兩國各許下了百萬白銀的重酬，讓他們攻你西琦……憑證？憑證就是司馬丞相的外交手段！對此，想來女王陛下多少知道一些吧？」寒士倫言語如冰雪般冷靜。

「我太知道了！」賀蘭凝霜點頭，語氣中不知是敬還是恨。

二十年前，四國玉門走廊一役，司馬青衫指東打西，以高超的外交手段說服蕭國國主蕭沖天撤兵，聯合西琦部隊，幾乎將陳國派出的遠征軍全殲，陳國也因此而沉寂了近十年才恢復元氣，但得到好處的西琦也很快在陳國的攻擊下損失慘重，兩國邊境從此多事。當時賀蘭凝霜還是個垂髫少女，隨著她父賀蘭缺遠征，目睹了整場戰役的轉折過程，對司馬青衫的風采至今記憶猶新。

寒士倫繼續道：「天鷹國國主雖然不算昏庸，但手下多佞臣，你以爲他們能擋得住司馬丞相的銀兩加三寸不爛之舌？平羅那邊……嘿，更不用在下饒舌吧？」

賀蘭凝霜沉重地點了點頭，沒有說什麼，畢竟楚和平羅的關係一直非常良好，而根據情報顯示，兩國前日才剛剛達成一項貿易協議，難說不是什麼軍事合作項目。此時反目，未免太過不正常，而且平羅國主李鏡文采雖然蓋世，卻非治國之才，他手下除了幾員良將，治國良臣實在有限得很，以司馬青衫的手段，要說服平羅自然比天鷹更容易些。

沉吟片刻，賀蘭凝霜道：「寒先生如今勝券在握，我軍若與你合作，能得到什麼好處？」

寒士倫道：「蕭國十八州，我三家各占六州，劃分以近地利爲準，玉門走廊向西，夢、煌、蘭、燉、烏、天六州歸西琦。女王你覺得如何？」

「這麼便宜我們？」賀蘭凝霜不禁動容，隨即明悟過來，「想必李無憂還有什麼附加條件是吧？」

「和聰明人說話就是舒服！」寒士倫欣然道：「元帥希望再降伏蕭如故之後，西琦軍能將我楚國本來的土地歸還！」

「桂州？」

「不錯！」

「這樣啊……」賀蘭凝霜沉吟起來，下一刻，她臉色陡然一冷，「癡心妄想！來人，將這傢伙給我押下去，好好看管起來！」

星光婆娑，涼風習習，夜色卻陡然亮了起來。

四名少年與八名持劍少女，以外四相內八卦陣形排列，左手中都握著一顆璀璨奪目的明珠，將周遭二十餘丈映得如一片白晝。

獨孤羽自李無憂退返十二男女現身開始，就留心觀察，雖然一眼望去，這八名使劍少女和四名明顯是法師的少年，無一不是高手，卻一個也不認識，江湖中什麼時候竟多了如此多的少年精英？暗自放出幾縷真氣試探，卻消失得無聲無息，隱隱更有反擊之力撞回，不禁失色，記起李無憂方才依稀說了「十面埋伏」四字，不禁更驚，一面暗自靠近李無憂，一面詫異道：

「傳說中的十面埋伏九州聚氣八荒六合五行四相三才陰陽歸一必殺誅魔大陣，莫非就是眼前……咦！無憂兄你神情好詭異？」

「三四，三五，三五，三六……天！連最低的都有三十四！」一臉花癡的李無憂卻沒有看到危險的接近，猶自雙目放光地自言自語。

「什麼？」本想乘機偷襲他的獨孤羽大訝，左手上暗凝的真氣頓時散了個乾淨，但拍到他肩上的掌勢已然隱隱封住了神堂穴，臉上卻露出一絲也無虛假的茫然神情。

李無憂兀自不覺，下意識抹掉嘴角的一絲亮晶晶的口水線，嘖嘖感慨道：「這些辣妹的胸部都好豐滿！」

「都什麼時候了，這傢伙還……」獨孤羽狂汗，心頭卻也同時一喜，「李無憂，原來你的弱點就在此處。」

心念一轉間，大聲笑道：「大哥你的眼光犀利，隔了這麼遠，竟然能精確地透過衣服看出這八位美女的胸圍，此等神技，枉小弟枉稱邪羽，也是望塵莫及！難怪家師對您推崇備至，稱你爲魔門千年來最傑出的奇才。」

李無憂終於發現肩頭的獨孤羽的手掌，回過神來，暗叫了聲糟。

「無恥！」果然，爲首一名著紅衣的少女聞言，面上頓時一紅，輕斥起來。

但她修爲似乎頗高，隨即便回復冰雪般淡漠，手中長劍一擺，厲聲道：「李無憂，先前聽師姐說你盜竊我四宗武術秘笈，又與妖女寒山碧糾纏不清，定然是魔門中最神秘的宋子瞻的徒弟，姑娘我還不信，但現在觀你舉止下流，半夜三更，還跑到這裏來和獨孤羽這樣的魔道妖邪勾結，證據確鑿！你還有何話可說？」

「盜竊四宗秘笈？魔門第一高手宋子瞻的徒弟？」李無憂遭人誣陷，大驚之餘卻也不禁啼笑皆非，「小妹妹，你那位師姐還真是明察秋毫啊！」

「哼！嫣兒師姐是我玄宗門繼祖師爺之後最厲害的神算子，怎麼會說錯？」紅衣少女撇嘴道。

「嫣兒？」

李無憂心頭一動之際，獨孤羽卻已「安慰」他道：「大哥，諸葛小嫣出道不過三年，已有『小青虛』之稱，算術之精，天下無雙，被她識破你的身分，不算什麼丟人，再者，你有盜得四宗秘笈的大功，宋師伯雖然嚴厲，想來也不會責怪你的。至不濟，小弟捨了性命不要，也要求師伯他老人家饒過你這次。」

李無憂看他掌勢暗自罩住自己大穴，臉上卻一副信誓旦旦、情真意切模樣，當即也裝出一副感激難語狀，暗自卻已是大罵：「王八蛋，不落井下石你會死啊？」看向獨孤羽的眼神中就多了無窮殺機，但見後者看向自己的眼神清澈照人，全無半點邪念，心念一動：「獨孤羽不是意氣用事的人，他這麼做……」

下一刻，他心頭已是一片雪亮：「呵呵，臭小子原來打的是這個主意，倒省了老子好多工夫。」

「淫賊，你笑什麼笑？」卻是那紅衣少女見李無憂面上笑得古怪，長劍一指，立時便有八名少女各發出一道無形真氣遙遙將李無憂鎖定。

同一時刻，獨孤羽也受到了周邊四名少年的照顧。

李無憂心道：「都叫淫賊了，當然是淫笑，這你還問老子，豈不是可笑？」卻無暇調戲，忙收斂笑容，正色道：「這件事，屬於我國高度機密，旁人不可過問。」

見少女臉上一遲疑，明顯搞不清楚面前這淫賊的笑和國家機密有何干係，當即又道，「倒是美女你，帶著這麼多人，千里迢迢跑到這裏來，不會是想來嫁給在下吧？」

「呸！」那少女啐了一口，俏臉卻不爭氣地又是一紅，「再胡言亂語，立時便讓你伏屍姑娘的劍下！」

李無憂暗自好笑，四大宗門怎麼選了這樣一個臉嫩的丫頭來做這些人的領袖，卻聽那少女又已道：「我們是來找別人的！不過既然你在這，那再好也沒有了，我們順便就將你也擒下，不用麻煩龍師兄他們了。」

「不是來找我大哥？」獨孤羽手掌自李無憂肩頭滑落，露出一副無奈神情道，「妹妹，原來你看上的不是我大哥，而是區區在下啊。只是家師早給我定下了七八門親事，只好委屈姑娘你當個九姨太了，不過你放心，她們一個個都是知書達理，不會讓你受半點委屈。」

「不過斟茶遞水、洗衣疊被是免不了的。」李無憂適時潑冷水。

「不不，大哥，像妹妹這樣溫柔貌美的女孩子，你怎麼能做這樣有辱斯文的事情呢？」獨孤羽斷然否認，「最多也就是砍砍柴，挑挑水，洗洗茅房，刷刷馬桶什麼的，也就行了吧……宋師伯常常教導你，不能讓女孩子幹粗活，你怎麼全忘了呢？」言下不勝欷歔，隱有責備之意。

「你們……」那少女一張臉氣得越發的紅了，在明珠光暈映照下，像一個紅紅的蘋果。

「啊！多謝師弟提醒！」李無憂一拍腦門，決定從善如流，「對對，不能讓女孩子幹粗活的。那師弟你將她娶回去後，記得要好好地疼她，憐惜她，呵護她，一定要弄得她欲仙欲死……師弟，你明白我的意思吧？」

「明白！我每次一定會將我全身的力氣，都集中到身上的某一處地方，絕不保留半絲餘力，一定讓她舒服……」獨孤羽心領神會地接道，同時臉上露出一種男人所特有的曖昧的微笑。

「無恥！找死！」那紅衣少女再也聽不下去了，當先一劍朝獨孤羽猛地刺了過來。

長劍如流星一般，劃破寂夜的虛空。那一刹那，周遭十二顆明珠的光華全都黯然失色。

這一招燦若繁星，正是出自玄宗門的寂寂星河劍，乃是昔年青虛子於崑崙之巔，長夜觀星，有感於人世寂寂，星河縹緲，妙手偶得。向與玄宗的另兩大劍法的玄天劍氣和無爭神劍不分軒輊，共稱爲玄宗三大劍法，威力極大。但李無憂和獨孤羽看到這殺氣凌厲的一劍，卻互視一眼，同時微笑——這一招引星辰之力入劍，本身固然威力無窮，紅衣少女也已深得精髓，但她激怒之下出劍，十面埋伏之陣已因她而亂。

十面埋伏說是天地萬物都可入陣，但那是指四奇自己出手的理想境界，而沒有他們那樣變態身手的話，則分爲以物爲陣和以人爲陣。以物爲陣時，布陣的人須集合四宗力量，將周遭環境的一草一木，一石一水，重新排列次序，同時注入浩然正氣，引動天地之氣，大陣始成，之前關閉古長天的就是這種物陣。

按李無憂的猜測，這個大陣多半是真正的蘇慕白聯合四宗高手所留下的手筆，旁人是絕對無這個氣魄和能力，只是此時卻沒有膽量去找古長天問清楚了。至於以人爲陣，則與禪林十八羅漢陣和玄宗門的無爭劍陣類似，按照人所站的位置，將布陣的四宗傳人的武功和法力結合起來，讓其威力達到幾何級數增長。

此刻這領頭的少女未通知其餘諸人而自行出劍，自然是陣法自亂。

「娘子何以對區區刀劍相向？」獨孤羽見長劍逼近，一刀迎上，口中道：「爲夫的意思是說，每日把你放到床上後，將我全身的力氣都集中到手上，幫你好好按摩，讓你舒服得欲仙欲死，如此一番好意，難道娘子竟是也不願意領受嗎？」

話音未落，刀劍已然毫無花哨地相交，黑白兩道強光相撞，隨即分開，獨孤羽連人帶刀被擊退半步，而那紅衣少女的劍勢一滯之後立時舉劍又刺，但這一劍才刺出，她卻驚奇地發現自己劍上所借星光之力綿綿不絕地瀉出，持劍的手腕已被人輕輕握住。

下一刻，一道至陽至剛的浩然正氣已經自脈門鑽入她身體之內，霎時走遍她全身經脈，麻、啞、僵等十六大穴立時被封得死死的，全身動不了分毫，而丹田真氣再也提不出半絲。抬頭，卻見李無憂迷死人不償命的微笑。

這一串動作只發生在電光火石間，那十一名少年男女看到紅衣少女出劍，只覺自己真靈氣的鎖定忽然失去目標，然後刀劍一擊，獨孤羽後退，紅衣少女自己將手送到李無憂手心，然後被後者牢牢握住，都是驚疑不定。

卻聽獨孤羽笑道：「呵呵，妹妹你原來口是心非啊，口裏說要嫁給我，原來心裏卻是喜歡我李師兄，這麼著急就投懷送抱了！嘖嘖，師兄你身兼四大宗門武術精華不提，還豔福齊天，盡採四宗之花。此等福氣，不知是幾世修來的？」

這十一名男女雖知李無憂精通四宗武術，卻想不到他對四宗武功都已達到爛熟於心，並且已能自出機杼，任何招式的後續變化、破解之道都已然難不倒他。

紅衣少女出招之前，他表面和獨孤羽胡言亂語地激少女出手，暗自卻已用傳音擬好聯手方略。少女果然受激出手，獨孤羽正面迎敵，李無憂行險將剛領悟的吸星大法融合到破解招式中趁虛切入，由於時機上把握巧妙，本是一場數百招的惡鬥，卻演變成半招間紅衣少女便被擒。落在一干男女眼裏，倒真似紅衣少女自動送上門去一般。

聽到獨孤羽的調笑之語，紅衣少女驚懼中更添數分羞慚，一張臉白裏透紅，美麗不可方物，卻啞穴被點，不發一語，落在那十一名男女眼裏，正是情竇初開模樣，都是暗自狐疑：莫非真如獨孤羽所說，葉師姐剎那間竟然已對李無憂這魔星動了情，甘願受縛以助他們脫身？

李無憂將無憂劍封在紅衣少女喉間，和獨孤羽一面有一句沒一句的編排著她如何對自己一見鍾情情根深種直至以身相許，一面在那十一名少年男女不察覺間慢慢向後退，後者諸人都是又驚又疑，呆若木雞，誰也沒有追上來。

不經意間，李無憂二人已然慢慢踱出十丈距離，正自得意脫身有望，卻聽身後一個金屬般沉重的聲音道：「大丈夫生於世間，當光明磊落，大碗喝酒，大刀殺人，像兩位這般挾持一弱質女流，算得什麼英雄好漢？」

李無憂再叫聲糟糕，驀然回頭，珠光映照之下，一塊巨石之旁，一名威猛得如天神般的壯漢，倒提酒葫蘆，右手一柄長刀橫斜，擋住了去路。

卻不是久違的龍吟霄又是誰來？

龍吟霄身側尚有一名十八九歲的女子。那女子眉鋒不染而翠，朱唇未點而紅，顧盼間溫婉動人，略似朱盼盼，微笑間粲然若星，與慕容幽蘭有類，身材修長，行動間如弱柳扶風，卻全不同於李無憂之前所見的任何美女。

那女子一襲青衣，就那麼婂婂婷婷地站在那裏，夜色下，十二明珠、滿天繁星卻全失了顏色。

「呵呵！原來是龍大哥和陸姐姐，多日不見，真是想煞小弟了！」獨孤羽顯然認識二人，熱情地打著招呼。

姓陸？李無憂心頭一動，眼光落在那女子髮間鳳簪上，暗叫了聲娘，這美貌丫頭不會就是號稱天巫年輕高手第一人的陸可人吧？這下子他媽的完蛋了！

江湖中曾有「武出禪林，劍歸正氣；法看玄宗，術落天巫」之諺，本是說四大宗門的武術特點，但套到當今四宗最傑出的四位年輕高手身上，卻也天衣無縫：禪林寺龍吟霄武功最高，正氣盟文笑於劍法上有獨到之處，而陣法封印醫卜星相卻以玄宗諸葛小嫣爲尊。

至於最後這個「術」，卻不是說天巫陸可人那據說已及門中三大護法比肩的妖術，而是她讓黑白兩道都頭疼的算術——算計人心之術。若是龍吟霄一人前來，李無憂或者有把握憑智計脫身，但加上陸可人……

第七章 是非黑白

那十一名男女喜道：「是龍師兄和陸師姐來了。」大步迎了上來，將李無憂二人再次團團圍住。

龍吟霄冷哼了一聲，似乎不屑與獨孤羽言語。

倒是那女子輕啓朱唇，淡淡道：「有勞獨孤兄掛念，可人愧不敢當。不過還是請你們先將秋兒放了，其他一切好商量。」

「是不是包括我上次偷你肚兜的事也一併可以商量？」獨孤羽嬉笑道。

暈！沒看出你這小子竟然還有這愛好！李無憂覺得自己果然是遇人不淑。

「反正那次你也被龍兄打成重傷，此事略過就是。」陸可人看來溫婉，舉止也甚爲柔弱，但出語卻是大方，全無尋常女子的扭捏，「不過，那本《火羽譜》秘笈，你抄錄了副本之後，最好立時還來，否則家師怪罪下來，我可擔當不起。」

「一定，一定，作爲一個守禮誠信的君子，區區怎麼能忍心讓陸姑娘這樣的淑女爲難呢？」獨孤羽忙作揖道。

見陸可人點頭，一副篤信無疑模樣，李無憂暗自好笑：「如果獨孤羽是守禮誠信的君子，老子把頭割下來給他當球踢；如果有人說陸可人已經相信獨孤羽的話，老子就將他的頭當球踢。」

「沒事的話，獨孤兄不妨先行一步！」陸可人淺笑盈盈，一揮手間，十一名少年各自收掉兵刃，自動讓開一條道。

「好，好，我這就走。」獨孤羽一看天下有這麼便宜的事，自然不會再管李無憂這便宜師兄的死活，當即看也不看後者，掉頭大踏步朝圈外走去。

「沒義氣啊！」李無憂看這廝被陸可人三言兩語就攆走，本想大罵，話到嘴邊卻變了味道，「師弟好走，爲兄就不遠送了，不過希望明天閣下拉屎拉出血來的時候，不要怪責爲兄才好。除了爲兄之外，天下會解大腸誰先斷的人多的是，師弟大可不必放在心上……」

他口上叫人放心，說到後來自己卻已是嘆氣連連，雙目中竟然帶出了兩滴貓尿。

「啊！我忽然決定不走了！」剛走出三步的獨孤羽翻然悔悟，決定浪子回頭，「你我兄弟情深，小弟誓與大哥共生死。」

李無憂不動聲色道：「那可真是太好了，老子剛才還以爲某人會撇下我獨自逃命呢？」

「大哥，這就是你的不對了。你我二人向來肝膽相照，你怎麼可以如此誤會小弟！」獨孤羽一臉無辜道：「偷了四大宗門秘笈不忘抄一份給我的是你，我嫖妓沒錢的時候，給我付賬的是你，殺大智和尚的時候，幫我暗中放飛鏢的也是你，這些恩義，叫我如何敢忘！龍兄說得好，大丈夫當光明磊落，恩怨分明，小弟今天就要做一回大丈夫，與大哥你共生死。」

「什麼？李無憂，你果然是偷了我四宗秘笈？殺了普陀寺大智禪師的原來就是你們兩人？」

普陀寺大智禪師是龍吟霄的親叔叔，他的死是近年來江湖上有名的無頭公案，龍吟霄關心則亂，立時被獨孤羽的話唬住，握刀的手不禁一緊，看樣子只要李無憂說錯一句話，他就要立時撲上。

王八蛋，不用黑鍋壓死老子，你是不會甘心了？李無憂對獨孤羽胡言亂語的挑撥，只能暗自苦笑。一面將精神力提至極限防止龍吟霄的偷襲，一面嬉笑道：「乖徒孫，你自己沒有長腦子嗎？別人說什麼就是什麼，枉師祖我上次在樹林裏教導你那麼久，你怎麼一點都不長記性？唉！唉！真搞不清楚禪林寺那幫廢物是怎麼教你的！」言下一副恨鐵不成鋼的口氣。

李家集外樹林中被李無憂戲弄，一直被龍吟霄視爲奇恥大辱，只是後來航州再遇，天下武林大會上，龍吟霄正面被李無憂擊敗，這才服氣，心下當真懷疑後者是自己師門長輩返老還童。但最近風聞李無憂只是因爲偷盜得四宗秘笈四門皆修才得成此身神功，對前兩次的戲弄，更加視爲生平奇恥。之前一直以大局爲重，見到李無憂也作不識，此時聽到這無賴竟舊事重提，饒是他修養再好，也不禁驟失冷靜，當即便要提刀攻上。

卻見這奸猾小鬼嘻嘻一笑，將頭縮到秋兒身後，微微後仰，無憂劍立時在後者白皙的脖子上割出一道淺淺紅痕，不禁又恨又怒：「李無憂，枉你也是成名人物，不敢和我正面交手，卻以如此卑鄙手段挾持一個弱質女流，算得什麼大丈夫行徑？」

李無憂嘻嘻一笑，掉頭對獨孤羽道：「乖師弟，何爲大丈夫？昔年亞聖論到大丈夫時，是不是有句話叫『威武不能屈』？」

「對，對！威武不能屈，是有這麼句話！」獨孤羽點頭如搗蒜，「所以龍大俠提著刀用武力威脅你，你千萬不能屈服！否則就不是大丈夫了！」

「你……」龍吟霄聽獨孤羽惡人先告狀，如此曲解聖人言來攻擊自己，臉色頓時一沉，「早知你這小鬼如此奸猾，當日你來偷可人衣服時，某家就不該放你而是將你一刀砍了！」

「哎呀！乖徒孫，幸好你沒有砍！不然你就錯殺好人了！」李無憂忙擺手道：「須知亞聖說的大丈夫，除了『威武不能屈』之外，尚有兩句就是『富貴不能淫，淫賤不能移』啊，獨孤羽連陸姑娘的肚兜都敢來偷，正是淫賤之典範，當之無愧的大丈夫，和你正是同道中人，你若是將他殺了，豈不是手足相殘，徒惹天下人笑話嗎？」

亞聖孟子曾說過「富貴不能淫，貧賤不能移，威武不能屈，此之爲大丈夫」，被李無憂一番塗改，立時將獨孤羽和龍吟霄全給罵了。

在場的少年男女聽他說得有趣，都是忍俊不禁，笑了起來。

獨孤羽摸著鼻子，不置可否地笑了笑。

龍吟霄先是臉色煞白，卻不知立時又想到什麼，隨即也莞爾一笑，氣定神閒道：「之前只聽說李兄盜竊秘笈的妙手空空厲害，今日見閣下偷梁換柱的本事，雖然是管中窺豹，倒也略見一斑，果然名不虛傳。」

「龍大俠如此謬讚，真是太客氣了！其實這些都是虛名，虛名而已！虛名於我如浮雲。」

李無憂不以爲恥反以爲榮地陪著龍吟霄大掉書袋，心下卻已是叫苦不迭。這下子，老子這盜賊之名算是給坐實了，而不過區區數月，這廝功力激增不說，連煉氣修養也大進，想要對其施展擒拿秋兒的故技怕是不成了。

更頭疼的是，之前他與獨孤羽幾招拚鬥，引得本就只好了五六成的舊傷復發，方才擒拿秋兒時動用浩然正氣，更是氣血上衝，一口鮮血幾乎沒立時吐出，還好自己運氣強行壓住，才沒露出破綻，但受損的經脈卻因此傷上加傷，此時丹田元氣雖然緩慢在增長，卻速度極緩，所存功力連平時兩成都不到，很多法術武功根本就無法施展。若是力敵，不過是與秋兒扯平，但對上龍吟霄卻是絕對打不過了，更別提詭計多端的陸可人外還有那十一名少年男女虎視眈眈。要想脫身，除了緊緊抓住秋兒這張救命王牌，怕是還得借助獨孤羽的力量了，只是這傢伙，靠不靠得住還真是個問題……

奶奶的，屋漏偏逢連夜雨，老子最近怎麼這麼衰，老遇到這種高難度的問題。

李無憂沉吟之際，陸可人微微蹙眉，淡淡道：「李兄雷神之名威震大荒，武術之強，當世無幾人可與抗手，不過此際他身受重傷，功力已不可同日而語。獨孤兄又何必非要蹚這池渾水不可？刀劍無眼，若是不小心傷了閣下，實非可人所願。」說時纖手一揚，十一名少年男女劍勢再次合攏。

李無憂心下巨震，這丫頭好犀利的眼光，知掩飾已是無用，倒不如示弱，冷笑道：「不錯，老子現在是身受重傷，馬上就快斷氣了。不過，是非不分，趁人之危，爲達目的，不惜與魔道之人妥協，如此奴顏婢膝，嘿嘿，莫非這就是四大宗門，天下正道之首？」

龍吟霄是坦蕩之人，聞得李無憂言中譏刺之意句句皆實，雖知事急從權的道理，臉上也依舊略略發紅，先前直衝斗牛的怒氣再也一絲也無。

那十一少年男女聞言也是微微皺眉，畢竟他們自詡名門正派，此刻卻是許多人圍攻區區兩人，而陸師姐還不惜以言辭先分化離間，說出去並非一件光彩的事。

陸可人本猜測李無憂身受重傷，不然早已突圍而去，無須與自己等人多費唇舌，此刻聽他自己承認，卻反而不能肯定其中是否有詐。

但她城府深沉，心頭猜疑，面上卻毫不改色：「李兄所譏，句句在理。只是李兄功力之高，當世已罕有其匹，可人自問無單獨勝你把握，而我等師命難爲，事急從權也是必然。但若李兄能縛手就擒，至禪林洗心閣後，可人願以性命擔保，天下英雄面前，四宗掌門自然會給你一個解釋的機會，是非曲直，公道自在人心。至於可人不想獨孤兄捲入此次紛爭，也並非是四宗怕了魔門，只是黑白兩道平靜已久，可人不希望一時衝動，再次挑起血雨腥風而已，此中苦衷，還望李兄見諒。」

「陸可人，你當我李無憂是三歲懵童嗎？四大宗門向來門戶之見極重，四宗之間武術都向不外傳，我一人身兼四宗之長，早已是你們心頭大忌，必要除之而後快！無論事實真相如何，到了禪林寺，只要你們一口咬定老子是宋子瞻的徒弟，偷了你們的秘笈，老子一個階下囚，又能有什麼說話的機會了？是非，是非，說是就是，說非就非，皆在人口，又有狗屁的公道可言？」李無憂冷哼道。

「李兄太偏激了。」陸可人微微搖頭，「天道為公，善惡難欺。這點擔當，可人還是有的。即便你信不過我，難道連龍兄你也信不過嗎？」

「擔當？老子手下十餘萬將士生死，你擔當得起？大楚兩千萬百姓的性命，你又擔當得起嗎？」李無憂頻頻冷笑，「我信得過你又能怎樣？即便禪林寺真能主持公道，但沒有了我坐鎮，潼關被破，大楚千萬黎民就赤裸地暴露在蕭國鐵蹄之下！到時血流成河，餓殍遍野，你又擔當得起嗎？仁義，仁義，千水流赤，萬山成炭，這就是你們常掛在嘴邊的狗屁仁義嗎？」

這番話，慷慨激昂，說不出的正氣凜然，諸少年都是面色一紅。龍吟霄也是微微一嘆，獨孤羽則是眉飛色舞，只差沒鼓掌了。

唯有陸可人不見喜怒：「江湖事，江湖了。各宗門都有明訓，不能以江湖涉及江山。請恕可人愛莫能助。再者，退一步說，『天行有常，不爲你存，不爲我亡』，國家興亡，乃是自然。新楚真若滅國，也自有他滅國的道理。」

「狗屁，狗屁！」李無憂大怒，「老子改天倒要帶人去滅了你天巫，看是不是有他滅亡的道理！」

「請便！若真有那麼一天，小女子一定在寒山恭候李兄大駕。」陸可人寸步不讓，「只是這是非曲直，卻總逃不過天下悠悠眾口。獨孤兄，你是魔道中人，你倒說說，若是我們中有人會使九魔滅天大法，你們會不會千方百計將他擒回？」

《九魔滅天大法》是魔教至上寶典，傳說昔年古長天就是學成此典才得以稱霸魔道。眾人都明白，陸可人如此問，明顯是示好於獨孤羽，希望他能見機撤退。

獨孤羽尚未說話，李無憂已然冷笑道：「獨孤老弟雖然是魔道中人，卻是名真豪傑，難道真還會和你們這些所謂的名門正派同流合汙？貪生怕死，背信棄義這樣的小人行徑怎麼配做冥神的弟子？賢弟你說是不是？」

最後一句話卻是對獨孤羽說的。

「是，是，大哥說話什麼時候錯過了？」被李無憂明褒暗貶，獨孤羽不惱不怒，面上更是笑容可掬，在某人眼裏，少不得有賤人之嫌。

「聽說尊師昨日剛剛被李兄打成重傷，生死成謎，獨孤兄此時和他合作，來日尊師怪罪下來，不知獨孤兄擔當得起嗎？」

陸可人一張臉雖然依舊淺笑盈盈，落在李無憂眼裏，卻比師蝶翼尚要不如。這丫頭千方百計挑撥離間，無非是想讓老子落單，乖師弟啊，你千萬別中他的計啊！

「哦？有這回事嗎？我怎麼沒聽說？」獨孤羽一臉茫然道。

李無憂暗自鬆了口氣，龍吟霄一干人卻是皺了皺眉。

「既然獨孤兄非要蹚這渾水，那可人冒著得罪冥神的危險，少不得也要試一試了。」

陸可人一雙秀眸中卻變作了淡淡的紅色。

李無憂知道這是天巫門朱雀系法術發招前的徵兆，不禁嚇了一跳：「喂！陸丫頭，你別亂來啊，不然老子立刻讓她人頭落地！」

無憂劍在秋兒脖子上虛張聲勢地比劃起來。

「本來還想留你一命，如此不懂憐香惜玉，那是自尋死路了！」陸可人語聲未落，人已化作一道火浪，猛地捲了過來。

「烈火燎原！」獨孤羽和李無憂同時認出了這一招，前者長刀一抖，朝地上狠狠劈出一刀。林中枯葉立時被刀氣震得四散飛逸，而塵土卻朝刀尖彙聚，下一刻，塵土已經會聚成牆，將陸可人所化的火焰擋在牆外，形成均勢。

好小子，竟然能用真氣造成土系法術的效果。李無憂暗讚一聲，長劍作勢朝秋兒脖子上抹去，狠狠道：「哼！既然你們都不顧忌小丫頭的性命，那咱們就魚死網破吧！」

「哈哈，李無憂，你抱著一段枯木想威脅誰？」龍吟霄忽然大笑。

「啊！」李無憂定睛看去，懷中抱的哪裏還是人比花嬌的美女秋兒，不過是一段髒兮兮的枯大椴木而已。

糟！是李代桃僵！老子這次算是陰溝翻船。這四周原來還有正氣盟的高手！文笑？他一愣之際，龍吟霄將酒葫蘆朝巨石上一拋，人影已然消失不見，剛叫不好，一道排山倒海的刀氣已然當頭壓下——呼吸之間，龍吟霄已憑空跨過三丈之距，一刀直砍他面門。

李無憂無暇思索這招是隱身術施於前還是小虛空挪移在前，不敢硬接，心念一動間，猛地將手中椴木朝精神力感應到的虛影擲出。

才一轉瞬，那椴木已然攜帶巨大勁力呼嘯而至，近在咫尺，龍吟霄無奈接下那段木頭，原地一轉，化解其上所附勁力，李無憂卻乘勢朝左側猛遁，人劍合一朝陸可人所化的火焰撞去。

但七柄長劍不分先後地刺了過來，七道氣機牽引之下，李無憂無奈不得不改變行進路線，本如直進的彈丸一般的身體頓時一轉，劃出一道弧線，同時右手長劍向後一斬，切斷真靈二氣的鎖定，左手成印便要擊出，忽聽身後一聲大笑傳來：「李無憂你中計了。」

回頭看去，龍吟霄手中所抱椴木，又已化作了那個楚楚動人的秋兒。

「靠！障眼法！」李無憂明白過來，隨即懊惱變作了冷笑，「龍吟霄，你也中計了。」

「卑鄙！」龍吟霄怒斥一聲，將秋兒如燙手山芋一般拋出，但他見機雖快，古銅色的雙手卻已變作了碧綠色，並繼續向雙臂上蔓延。

他忙出指封了臂上穴道，碧綠色終於停止蔓延，但全身真氣卻躥了過來，一雙手臂頓時像發瘋一般，左拳右掌，猛地攻向他胸膛。

龍吟霄大駭，忙運起靈氣在胸前結下一個金剛結界。拳掌如雨點般擊在結界之上，發出「轟轟」的巨響。

「是天巫的瘋魔蠱！龍師兄不要抵抗，快運氣靜心！」秋兒忽然驚叫了出來，龍吟霄方才一擲間，已然運勁解了她的穴道。

龍吟霄依言盤膝坐下。

秋兒撿起長劍，飛身朝李無憂撲去，同時大叫：「十面埋伏！」

「是！」十一名少年男女同時叫了一聲，七柄長劍隨著她撲上，而四名少年則站在四相之位，各自施出金木水火四屬性法術，朝李無憂攻來。

劍氣排空，八支長劍呈八卦方位層層疊疊擊出，如水銀瀉地一般無孔不入，同一時間，周邊的四名少年手中彩光大作，空中頓時電閃雷鳴，風雨如晦，但詭異的是，暴雨中竟夾雜著熊熊烈火，四周地上金蛇亂走，忽然冒出無數幼苗，迅疾躥高，變大成樹，呈半球形包向李無憂。

乖乖！這丫頭真想要老子的命啊，一下子就發動了十面埋伏的第七重。李無憂叫苦不迭，將僅存的浩然正氣運轉全身，以抵抗十面埋伏的巨大壓力，同時以心有千千結心法將武術分心二用，左手不斷掐動五行法訣，以五行相生相剋之理對付四少年的法術攻擊，右手無憂劍使出文載道晚年所創的落英十三劍，與諸女戰到一處。

剎那間，場中流光溢彩，劍雨聲不絕。

另一邊，獨孤羽與陸可人的僵持卻依然沒有結果。

獨孤羽武功已臻至絕頂高手境界，但陸可人對火的運用幾已是登峰造極，兩人竟鬥了個旗鼓相當。往往是獨孤羽一蓬刀氣襲來，陸可人已然一道火光射出，將其抵消；但陸可人無論出火牆還是火羽，凝聚還是分散，每次不是被獨孤羽掌力劍風抵住，就是被他利用沙土所掩。

遠遠望去，只見火光飛舞，沙塵飛揚，不時刀光霍霍，一片狼藉。但陸可人進出其間，卻纖塵不染，恍如仙人，倒不似在與人生死相搏，反是在舞蹈一般。

一時間，十五人殺了個天昏地暗，唯有不小心中了李無憂瘋魔蠱的龍吟霄盤膝坐在戰團外，在全身用靈氣布出結界，與自己的兩隻鐵拳苦苦相鬥。

先前李無憂因為功力大減，而不小心中了陸可人的障眼法，誤以為自己中了正氣盟特有的木系法術李代桃僵，而錯將秋兒看成了木頭，龍吟霄攻得太急，也沒給他思索的間隙，但他將秋兒擲出之前，除了在她身上附上了螺旋勁道外，尚以天巫獨門法術「火盡薪傳」種下了瘋魔蠱。

這本是他愛耍詐弄險的習性使然，瘋魔蠱即便不成，尚可收回，哪知龍吟霄卻真的去接秋兒，化解螺旋勁的同時，那瘋魔蠱卻也乘勢轉移到了他身上，並迅速發揮作用。

這一著閒棋，卻沒想到成巨大助力，成功困住了龍吟霄，這才讓雙方暫時維持了一個均勢。

便這樣昏天黑地，誰也不知道過了多久。

李無憂憑一己之力與十二名四宗精銳布成的十面埋伏相抗，漸漸吃力。他雖然已經是大仙位法師，懂得五行相生相剋之秘，但此時僅剩巔峰時候的兩成功力，而那四名少年的實力卻已然接近仙級的法師，相形之下，頗有巧婦難爲無米之炊之感。

同樣，使劍的八名少女劍法甚是精妙，功力也與他相差不遠，先前他勉爲其難地維持不敗，不過是仗著自己對四宗武術爛熟於心，而落英十三劍也玄奧絕倫，但在十面埋伏的配合下，八人招式中的破綻已被互相補得趨於完美，根本無法各個擊破。支撐不久，他很快左支右絀，全身帶傷，漸漸力不從心。

下一刻，八支長劍呈八卦形狀攻來，李無憂連刺七劍，堪堪抵住其中七劍，卻無力照顧秋兒當胸刺來的第八劍，好在百忙中側身得快，這一劍才落到右肋上，身形頓時一滯，左手施出的法術便有了暫時的一頓，一道閃電立時擊在他左臂上，只將微薄的護體浩然正氣打了個四散，一直與之相持的無數木條纏了上來，將他包成了一個大粽子，而地上的金蛇也鋪天蓋地地撲了上來。

十二人大喜，齊齊施展生平絕學，擊殺過來。劍氣排空，火焰、金蛇和閃電頓時照亮了整個天地。

一番惡戰，元氣已消耗得七零八落，全身被縛，知道自己是無論如何也抵抗不住眾人這雷霆一擊，閃電近體前一刻，李無憂無奈地閉上了眼睛，心頭卻升起一種想哭的感覺，老子英明一世，沒想到今日竟然陰溝裏翻船，死在一群後輩手裏，大哥他們知道了還不氣死才怪。想起自己之所以有現在的下場，全因寒山碧而起，他卻一點也提不起恨，只是無奈苦笑：唯恐情多誤美人，老子卻是被美人誤，也許這一生，美女就是老子最大的剋星吧！

「懸星辰之力以成軸，引乾坤之氣而爲元」，千鈞一髮之際，一行字卻陡然從他腦海裏閃過。

吸星大法嗎？這又能有什麼用？易地而處，便是若蝶，也不能同時吸收掉眼前這些劍氣法力，自己初學乍練，身負重傷，僅存微薄功力，還能逆天改命嗎？

等等！正當他便要放棄之際，腦際靈光又是一閃：既然不能全都吸收，我又何必要收？吸而不收！這不是正氣盟移花接木的精髓嗎？只是以吸星大法運轉的移花接木還是移花接木嗎？

「看我斗轉星移！」一念至此，他猛然大喝一聲。

時空彷彿忽然停止了流轉。

「什麼！」下一刻，攻來的眾人失聲叫了起來。

最先攻到的閃電在碰到李無憂的肩膀上後頓時分散，變作了八條更小的閃電射向八名持劍少女，天空本是互不干擾的暴雨和火焰陡然撞在了一起，地上成千上萬的金蛇，卻撞向了包裹他的藤蔓。

這一招眾人都是全力發出，務必要將陣法威力發揮至極限，置李無憂於死地，是以並無留手，被後者以無上神通牽引下，成了彼此互拚之局。

五行生剋之下，立時便有三名少年受了重傷，而八名少女也被閃電擊中，紛紛受傷敗退，綠樹藤蔓被金蛇擊了個粉碎，而後者擊退藤蔓之後也已力盡，頓時被李無憂的吸星大法吸了個乾淨，變作了他本身元氣，十面埋伏之陣頓時亂了，一直壓制在李無憂身上的無形壓力也消失了個乾淨。

「哈哈！各位美女帥哥，小弟先走一步，不用遠送了。」李無憂哈哈一笑，身形化作藍光一晃，已然脫身圈外，朝遠處黑林投去。

「我送你一程又如何？」一聲冷喝未落，李無憂便聽到腦後破風聲襲來，知道繼續直進，必遭兵刃穿腦之厄，無奈下只得停下前掠，側身旋避，一道刀光貼著臉頰掠過，肌膚頓時一寒。

刀光走空，陡然一折，迴旋射轉直取李無憂咽喉，後者忙舉劍一封，刀尖觸及劍身卻不反彈，而是乘勢一個平轉，變作柄前尖後，刀口依舊抹向李無憂咽喉，他忙屈指一彈，刀光一頓，卻隨即一強，又劈向他後頸。

剎那間，那一柄長刀彷彿化作了千萬，在李無憂腦際盤旋，卻全不離他喉間三寸，十一男女雖然有九人再次圍上，卻誰也插不上手，只能靜靜地看著李無憂與那柄似無人驅使的長刀驚心動魄地惡鬥。

遠遠看去，李無憂藍衫飄拂，彷彿醉在一場雪中，當風而舞。只是那些雪……卻片片要人命。

「龍吟霄，中了瘋魔蠱你還這麼拚命，他媽的，難道非要和老子同歸於盡，你才甘心嗎？」

刀光的間隙裏，李無憂猛然大喝了一聲。

能以意念將禪林離手刀使得如此出神入化，纏得李無憂一時無法脫身的當然只能是龍吟霄，只是他要用靈氣和意念驅使長刀禦敵，卻再無法布成金剛結界，瘋魔蠱立時帶動雙臂毫不客氣地擊打他的胸膛。這數招之間，傷李無憂不成，他自己卻已被自己拳掌擊打得狂嘔鮮血。

「我不入地獄，誰入地獄？」龍吟霄慘笑，聲音卻說不出的鏗鏘，「只要能殺了你這賊子，四宗武術不會外傳，龍某此身何惜？」

「你還真是……可愛啊！」李無憂又是好氣又是好笑，這個徒孫雖然可惡，倒也不失可敬。

「我只當是誇獎了！」龍吟霄苦笑，卻同時又吐了一口血。

「龍師兄，我們幫你！」以秋兒為首的九名少年男女如夢初醒，八柄長劍和一道閃雷同時朝李無憂射來。

「謝了」、「不要」李無憂和龍吟霄同時大叫，不過前者是狂喜大笑，後者卻是一聲驚呼。

移花接木是正氣盟一招極其厲害的法術，可以將任何武術攻擊轉移化解，但轉移攻擊力道的大小，卻是由施法人本身功力所決定，本身法力強者，能轉移的攻擊越強。先前潼關大戰時，李無憂功力全盛時候，就是憑此招，將九萬支箭生生轉移了方向，讓兩軍士兵驚為天人。

此刻李無憂用妖術吸星大法改良移花接木，而創出「斗轉星移」這一式法術後，施展時受本身功力的限制減少，但龍吟霄離手刀刀刀離手，他根本找不到其氣脈運行之道，自然無力可轉，無力可移，因此處處掣肘，脫身不得，此時九名少年男女不知輕重，再次聯手出擊，哪裏還不讓他欣喜如狂？當下精神力運轉，默算出八名少女劍氣運行軌跡和那道閃電去向，斗轉星移施出。

借力打力下，那八柄長劍頓時撞到一起，隨即會聚，連人帶劍，帶著劍氣，呼嘯著朝正與獨孤羽僵持的陸可人射去，而那道閃電卻也偏轉了方向，射在龍吟霄遙控的長刀之上。

龍吟霄狂噴一口鮮血，再也支持不住，收回御使長刀的意念，再次布成金剛結界，護住全身。

陸可人正與獨孤羽鬥得如火如荼，已經鬥到那塊巨石之旁，眼角餘光撇到八名少女持劍氣勢洶洶地朝自己撲來，不禁嚇了一跳，但細看之下卻發現八人似乎身不由己，而劍勢已亂，劍招幾乎已不受控制，忙大叫道：「快放手！」人卻自倒退三丈讓過。

八名少女聞言猛醒，頓時鬆開長劍，人倒翻開去。

「轟！」的一聲，八柄帶著劍氣的長劍頓時射進陸可人身後的那塊巨石當中，將那巨石的一半炸了個粉碎，而八柄長劍也全數化作了頑鐵。

場中眾人都是大驚，那塊巨石乃是至堅至硬的青玉石，方圓三丈，少說也有萬斤以上，竟然被這八劍給炸去一半，這八劍之威，竟至於斯？

那八名少女目瞪口呆自是不提，陸可人也是害怕不已：方才若是躲得遲些，自己還有命在嗎？

始作俑者的李無憂也是驚得咋舌，方才逆轉八人長劍運行時，他頗覺輕鬆，怎麼這八劍聯合，竟然有如此威力？經此一役，他對十面埋伏這些陣法的輕視之心，頓時收斂不少。

眾人目瞪口呆之際，獨孤羽猛然後退，同時大叫：「可人，快退開！」

陸可人也同時大覺不妥，不及細想，人已掠開。回頭看去，剩餘的半塊巨石忽然顫抖，同時放出淡淡的墨綠光華，石身更有轟鳴聲響傳出，如雷動濤鳴，說不出的詭異。

「後退！全都趴下！」不知是誰嚷了一聲，眾人不及細想，忙都退出十丈之外，或躲到巨樹後，或藏於大石後，各自祭起罡氣、結界護體，同時趴伏在地。

失去明珠的映照，天地頓時一暗，唯有那墨綠的光華閃爍不定，陸可人隱隱覺得不妥，卻又想不出在哪裏。

「轟！」又是一聲驚天動地的巨響，剩餘的半塊巨石終於炸開。這次威力更大，碎石亂濺，方圓五丈之內，樹木全都被削平，爆炸所產生的猛烈罡風，直激得十丈之外的巨樹盡皆簌簌作響，樹後功力稍微淺薄的人更覺得臉頰生疼。

好半晌，眾人才冒出頭來，方才巨石所在，忽然冒出一個三丈方圓的巨大深坑，坑內一個三尺半徑的綠幽幽的光球在上躥下跳。

長夜寂寂，好風如水，眾人屏住了呼吸，眼珠隨著那光球上下翻動，卻誰也不敢上前。

「糟了！龍大哥呢？」秋兒忽然失聲道。

「他不是和你們在一起嗎？」陸可人大驚，四處搜索，卻見遠在巨坑彼端一塊巨石後，李無憂正朝自己擠眉弄眼，石頭的一角正露出龍吟霄的青靴。

糟糕！龍大俠怎麼落到這無賴手裏了？

方才龍吟霄正自一呆，背後已被人戳了一指，全身一軟，瘋魔蠱頓時停頓，緊接著身體一輕，被人提著飛出了十丈之外，艱難回頭，便見李無憂迷死人不償命的微笑，不禁大恨，卻緊接著就見方才立足處那驚天動地的爆炸，這才醒悟是李無憂救了自己一命，不禁又奇又疑：「你爲什麼要救我？」

李無憂嘻嘻一笑：「老子救你其實也沒安什麼好心，只是想挑撥你們四宗的關係而已！剛才陸可人分明是看見了你，卻不出手相助，你猜她是不是有心讓你送死？」

「休得胡言！方才情勢緊急，那許多師弟師妹都沒記起我，陸師妹又怎單單會看得見我？」龍吟霄冷哼道。

「呵呵，其餘人都是小孩子，聽我那聲預警，哪裏還不亂跑逃命？只是陸可人方才回身之時，正好是你的斜角，又怎麼會看不見你？」李無憂笑語宴宴，落到龍吟霄耳裏，卻字字如冰。

「也許是她功力不及，自顧不暇呢？臨危保命，人之常情，這也不能怪她！」龍吟霄還要強辯，只是聲音牽強，連他自己也不信。

四大宗門雖然同為天下正道根基，只是散布在大荒各國，除開禪林地位超然，其餘三宗這兩百年來都各為其主，明爭暗鬥無數，直到二十年前菊齋淡如菊大會四宗宗主於南山之巔，剖析天下大勢，四宗宗主這才許下了四宗不可以江湖干涉江山的諾言，並結成聯盟，共同對付大荒魔教並防止古蘭魔族的入侵。

巧的是，自二十年前王天和司馬青衫兩人一明一暗，合力大敗蕭、陳和西琦三國的聯軍，各國局勢終於穩定了二十年。四宗聯合出擊，魔教被狠狠壓制了二十多年，江湖也隨之平靜。是以二十年中，四宗雖然有更多的人加入各國軍隊和朝廷，但他們之間的關係，卻前所未有的好，各宗間的年輕弟子也多以師兄弟相稱，百曉生在說起當今江湖局勢時，甚至用了「大同盛世」四字，足見推許。

只是此時天下亂勢又起，莫非當真如李無憂所言，陸可人確實有乘機剷除自己，以削弱禪林和新楚之心？

「希望如此吧！」李無憂深明畫蛇不可添足的道理，見龍吟霄半信半疑，立時見好就收。忽聽乾坤袋裏「鏘」的一聲龍吟，嚇了一跳，一把按去，卻是倚天劍在袋子裏跳了一跳。

「神劍自鳴，必是魔物！」這個念頭才在他腦海裏一閃，場中又已生變。那團墨綠的光球忽然停止了跳動，而自最上方的極點，一點極綠的光華陡然一亮，緊接著整個球從那個光點開始裂開，變作一朵含苞欲放的巨大花骨朵。

異香撲鼻，那巨大的花骨朵陡然綻放。眾人遠遠看去，墨綠光華中間，一朵巨大的雪蓮花燦爛奪目。

「這是……」陸可人覺得眼前景象依稀在哪裏聽人說過，但一時又想不起。

下一刻，一道漆黑人影忽然掠向那朵詭異的奇花。同一時刻，一道淡得幾不可見的鳥形光影從花蕊中直沖雲霄。

但同一時刻，李無憂忽覺身後有人高喧了一聲佛號，一團金光陡然射出，狠狠砸在了那團鳥影的背部，後者發出一聲哀號，身形頓時一緩，先前那道黑影頓時騎在了鳥背之上。

一人一鳥，沖霄而去。

「影鳥畢方！」一男一女兩個聲音同時響徹全場。

卻是李無憂和陸可人。

影鳥畢方不是被封印在古蘭嗎？怎麼會在這裏？方才那騎鳥人的背影分明是獨孤羽，只是他怎將影鳥解封時機算得如此之準？

李無憂不及細想，已見那團金光飛回，也不多言，一掌便朝那金光打去。掌勢才一遞出，一道雄渾至極的罡力已當頭壓下，無奈之下，只得改變掌勢與那罡氣相撞。

「砰！」李無憂整個人被擊得飛瀉而出，狂噴一口鮮血，依稀聽見有人咦了一聲，隨即是聲「抱歉」，便昏死過去。

昏黃的燈光，發臭的帳篷，一盤滷豬耳朵，一碟花生米，一壺濁酒。盤膝坐在一片乾稻草上，寒士倫抿了一口酒，臉上露出滿意的微笑。

負責看押他的墨機憋了兩天的好奇心終於膨脹到了極限，不禁問道：「寒先生，這酒通常是來餵馬的，又辣又濁，怎麼你連飲兩天，還一副滿足的樣子？」

爲防止馬被大雪凍僵，北方的旅人冬日出門時，通常都帶有劣質燒酒餵馬，後來這一招漸漸傳至軍中，延長了軍隊每年的攻伐期。這種酒若是用於招待賓客，那絕對是代表主人視那人爲不受歡迎的惡客。

賀蘭凝霜將寒士倫拿下後，卻也並未立刻將他殺掉，而是關在這個有重兵把守的帳篷中，每日裏給他的供應，卻只有這種濁酒。只是後者每日飲之，卻如得瓊漿，歡喜非常，負責看守他的眾兵士大奇之後，多有鄙視之意，唯有這幫武士中一個叫墨機的少年好奇之心卻越來越濃，到今日終於忍不住問出聲來。

寒士倫微微一笑，不答反問：「你們今天又戰敗了吧？」

「你……你怎麼知道的？」墨機整張臉都寫著詫異兩字。

「我會算。」寒士倫笑了笑。

「您真厲害！」墨機的臉上頓時露出了敬畏神色，但隨即卻變得眉飛色舞，「那你和你們的軍師誰更厲害？」

「我們的軍師？」

「柳隨風啊！」墨機奇道：「你不會不知道他吧？他可實在是太厲害了！哈元帥私下裏甚至認為，他的用兵技巧比你們以前那個軍神王天還要高明。蕭承元帥雖然不服氣得很，但我看他也是嘴硬，心裏怕你們那個軍師比我們還要多些，不然昨天也不會非要我們西琦勇士打頭陣了！你倒說說，你和他誰更厲害些？」

墨機年少無知，卻不知他不經意間的一句話，已牽扯出了日後大陸民眾津津樂道的一個謎題。

「是啊！若我真和柳隨風對陣，究竟誰會贏？」寒士倫暗自嘆了口氣，卻笑道：「當然是柳軍師厲害多了，我不過是個小小的參謀，怎麼能和他比？」

這話略略帶過，不容墨機有思索的時間，他又已道：「若我沒有算錯，潼關那邊，蕭如故非但沒有攻下潼關，反而還受了重挫吧？」

「先生，你可真神了。」墨機讚嘆道：「按說，一面是蕭國天子御駕親征，一面是主帥失蹤，唯有一百敗將軍領著士氣低落的殘軍，勝利應該很明顯才對。但這一次，蕭國五萬強兵非但打不下潼關，更是讓自己損失慘重。先生，你說這是怎麼回事？是不是你們楚國人都像您一樣會仙術？」

「呵呵！世上哪有那麼多的仙術？」寒士倫拈鬚笑了起來，「『唯其百敗，故能百勝』。小子，記住這句話，你會受用終生的。」

「多謝先生。」墨機認真地答道。

寒士倫被這少年認真的模樣逗笑了，只是連他自己也沒有想到，自己這一句話說出的時候，一代名將已因此而生。

「墨機，快不要再和他廢話了！女王陛下今天要來巡視的！」

兩個人正自酣暢，帳篷外邊忽然有人大聲提醒道。

「啊！我差點忘了！先生，我先告辭了！」墨機彎腰朝寒士倫深深施了一禮，匆匆出帳而去。

寒士倫並沒有等多久，賀蘭凝霜果然就來了，兩日不見，她娟秀的臉頰上憑空多了些風塵之色，讓寒士倫莫名的一絲心疼。但這當然不能宣諸於口，話到嘴邊卻變作了淡淡的調侃：「女王陛下，別來無恙吧？」

「託福！還過得去。」不同於蕭如故和楚問等人，賀蘭凝霜從來是喜怒形於色，是以這樣一句客套，對她來說，素來都是辛苦的，卻不知爲何，這個楚國謀士似乎有種說不出的魅力，這兩天來，他們說話的時候，她都異常放鬆，那感覺……就像一個相交多年的老朋友。

「那便好啊……」沒頭沒腦的一句話，感嘆了一半，卻戛然而止。寒士倫第一次覺得言不由衷是一種痛苦。

沉默，寂靜的長夜，帳篷裏唯有昏黃的燈光在輕輕地閃爍，兩個影子落在地上，一般的寂寞。

誰也不知過了多久。賀蘭凝霜忽冷冷道：「寒先生，本王現在很想殺了你。」

「要殺你早殺了！」寒士倫一笑，淡淡道：「女王，有些事，是必須背負的。當斷則斷，你身後可是數百萬西琦百姓呢！」

「也許……你是對的。」賀蘭凝霜無力地點了點頭，聲音裏漸漸透露出深深的疲憊，落到寒士倫耳中，竟是說不出的悲愴，那疲倦的至深處似乎只有四個字：何不早死？

是什麼讓這個不足三十的女人猶豫難決，痛苦如斯？是她背負的宗廟社稷，還是那數百萬百姓，抑或是別的些什麼？

常恨此身非我有。在那一刻，他幾乎想衝上去將她輕輕擁抱入懷，只是理智，唉，這無聊的理智啊……

「但寒先生，本王現在很矛盾。」賀蘭凝霜忽然嘆了口氣，「背信棄義，向來不是我們草原兒女的作風，本王若是答應你，必然會遭他們唾棄。只是如果不這樣做，便有無數西琦將士屍橫遍野，血流成河。你叫本王如何說斷就斷？」

寒士倫心頭又是一疼，但這次他連眉頭也沒皺一下，只是冷冷道：「女王，我們楚國有句話叫『苟利國家生死以，豈因禍福避趨之？』退一步說，即便今日你的子民不能理解你，但青史無私，將來的人，總會知道你的苦衷。」

「苟利國家生死以，豈因禍福避趨之……豈因禍福避趨之？青史當真無私嗎？」賀蘭凝霜細細玩味，嘴角卻露出了苦笑。

「其實青史是否無私，也並不重要啊！」寒士倫循循善誘，彷彿一個智者，「在下前幾日與李元帥說起人生一世，他說我輩行事，不求青史有名、百姓愛戴，只是這俯仰之間，能不愧天地，那便是好男兒了。以此推之，其實爲君之道也一樣啊，只要對得起百姓，無愧天地，那便是好君王了，至於那些身前身後名，哪裏又能顧忌得到許多？」

「對得起百姓，無愧於天地……原來這就是爲君之道啊！」賀蘭凝霜雙眼一亮，「李無憂，本王對你越來越有興趣了，真希望快點見到你。」

桌上的燈火猛然跳了一跳，長夜將曉。

第八章　十二天士

鎖山的大霧裏，隱隱透出一片霞光燦爛。夏日本不該有霧，只是這波哥達峰頂，氣候異常詭異，瞬息萬變，誰也拿他沒有法子。

一隊俊男美女滿載晨曦露水，朝斷州方向慢慢行進。

「啊……啊嚏！」李無憂忍不住打了個噴嚏，不禁嘟囔道：「誰又在想老子了？」

「嘻嘻！不是別人，正是葉女俠我了。」一個爽朗的女聲接道。

李無憂睜開眼睛，立見一根雪白細長的鳥羽在自己鼻尖晃動，艱難側身，便看到擔架旁邊一張亦喜亦嗔的臉，正是葉秋兒。

「姑奶奶，你脖子上那條細痕我都給你去掉了，你不去調教那十二天屎，老纏著我做什麼啊？」李無憂誠惶誠恐道。

「人家奉命照顧你，當然要時刻關心你了！」葉秋兒將那「關心」二字咬得重重的，唯恐李無憂不瞭解自己是多麼用心良苦。

「無毒的三頭蛇、絕不傷人的鴻墀蟋蟀、對恢復傷勢大有用處的通靈花……天！你還是少給我些關心的好！」想起這短短兩個時辰得到的特殊照顧，李無憂依然心有餘悸。

現在這少女笑容可掬，李無憂卻絕對敢打賭她一定是又在想什麼歪主意整自己。

「十二天屎」其實是叫「十二天士」，就是那組成十面埋伏的十二名少年男女，葉秋兒正是他們的首領，龍吟霄呼作秋兒的那位。

昨夜李無憂與人交手被打昏，醒來的時候，不出意外地發現自己已落入了龍吟霄一行人的魔掌，而悲哀的是，他發現自己被一根絲條捆了個結實，下崑崙半年之後，他再次有了做人肉粽子的榮幸。

那條絲條的形狀看上去和他隨身攜帶的捆仙藍條一模一樣，唯一的差別不過是這條是紅色的而已。不用問，一定是三哥說他當年留給三嫂的捆仙紅條了。

其實李無憂這次所受內傷之重，僅遜於上次用倚天劍強使「天誅」，丹田元氣渙散，全身能用的功力不足往昔的百分之一，根本是人畜無害，只是陸可人卻堅持認爲他是危險人物，硬是從十二天士中正氣盟弟子梁世傑那裏借來了捆仙紅條，務求無驚無險地將李無憂帶到洗心閣。

龍吟霄本要阻止，但陸可人一句反問「若是李無憂功力復原，龍兄自認是他對手嗎」

就將前者的嘴堵得死死的。

初時，陸可人迂尊降貴，親自伺候他的起居。李無憂自然明白她葫蘆裏賣的是什麼藥，無論這天巫最傑出的美女如何明審暗問，旁敲側擊，他只是一味裝瘋賣傻，插科打諢，就是不肯說自己是如何「偷得」四宗秘笈，而那些秘笈又藏於何處，他連宋子瞻的汗毛都沒見一根，這便宜師父的樣貌和行蹤，他這冒牌徒弟自然也是無法說起。

陸可人大惱，拂袖而去，照顧他起居的歷史重任就義無反顧地落到了曾遭李無憂「侮辱並挾持」的葉秋兒身上，並且丟下一句「打罵隨你，只要不弄出人命就行」，而李無憂也終於瞭解到這個容易害羞的小姑娘善良可愛的另一面。無毒的三頭蛇、絕不傷人的蟋蟀、對恢復傷勢大有用處的通靈花，大致上是不錯的了，不過……

「哎呀！你似乎很有怨言的樣子？」葉秋兒撒嬌道：「三頭蛇不是給你治好了胳膊上的兩處傷痕嗎？」

「嗯，對，只不過療傷的時候，這可愛的小東西不小心在我左腕上留下了一個大大的綠包，綠包中的綠汁灑過的地方，數十條眼鏡蛇王不小心歸天而已。」

「那是意外！」葉秋葉微微害羞，「再說，鴻墀蟋蟀不是將你肩膀上的電擊傷口癒合了嗎？」

「也沒錯，只不過這條決不傷人的可愛蟋蟀，順便咬掉了傷口旁邊一塊鮮肉而已。」

「可能是之前被我不小心餓壞了。」葉秋兒覺得很不好意思，「可是通靈花不是讓你靈氣重新凝聚，你看你今天不是比昨晚精神多了？」

「是嗎？可我怎麼記得那朵味道很……特別的花差點讓我走火入魔呢？本來我還有一成功力可以療傷，現在連百分之一都不到了。而我精神好多了，只不過是因爲昨天晚上龍大俠不惜功力爲我驅毒療傷所致吧？」

「哎呀！你這人怎麼這麼挑剔啊？那些都不過是意外而已！」葉秋兒不耐，隨即從身後掏出一大把色彩鮮豔的奇花異草，笑靨如花道：「我方才剛去四周轉了轉，又發現好多好東東哦，無葉靈芝，千年犀角，天翅玄鳥，統統都是人畜無害，對傷勢大有幫助的哦……喂！又裝昏迷！想死啊？快起來！」拳頭如雨點般落下。

「停！」李無憂忽然詐死，舉起手來，「報告美女，我要撒尿！」

「粗俗！跟你說過多少次了，在淑女面前說話要委婉，懂嗎？真是狗改不了吃屎！」

「……報告淑女，我要去尋找一處密林，用手解開褲帶，釋放一下身體內多餘的水分……不知道可以嗎？」

「勉強合格！不過剛才龍大哥才陪你去過啊？」

「靠！老子天縱奇才，新陳代謝比常人快些行不行？」

「腎虛就腎虛嘛，不用說得那麼含蓄……紅什麼臉？這大荒百姓都知道的秘密啊！算了算了，看你那麼可憐，我陪你去一趟吧！」

「喂！小姐，人家是去撒尿，不是搶東西吃，你就不能稍稍回避一下嗎？」

「哼！有鑒於你在行進途中五次使用尿遁術，十次使用尿遁的不良記錄，從現在開始，無論你是拉屎還是撒尿，我都不能離你五尺，而捆仙條也只能半解！」

「天啊！還要不要人活了！」李無憂覺得世界末日到了，迅即昏迷不醒。

冰雪聰明的葉秋兒自然不會中他的詭計，笑道：「昏了最好！姑娘我辛辛苦苦才採到這許多靈藥，絕不能浪費！嗯，無葉靈芝，千年犀角，天翅玄鳥……對，還有這條超級可愛的青翠小蛇，也便宜你小子了，嘻嘻，統統給我吞下去吧！」

李無憂的嘴被撬開，一大堆好東西全數被塞了進去。

但過了一刻鐘，李無憂依然沒有醒來，反而是臉色時青時灰，變幻不定，要多詭異有多詭異。

葉秋兒這才意識到大事不好，忙叫道：「哎呀，不好了，龍大哥，這臭小子又暈過去了……」

極長的一段時間裏，李無憂覺得自己全身每一塊肌肉都快被撕裂了，而血脈中的血流也奔騰不息，彷似要破壁而出一般，只撞得他痛入骨髓，最糟糕的是小腹中波濤洶湧，時而如火山噴發，時而如玄冰凝寒，想運氣去化，卻發現丹田內空空如也，想大聲呼救，聲音至喉嚨卻恍如到了一扇鐵門，紋絲不透，端的是叫天不應叫地不靈。

這痛苦也不知持續了多久，終於有一道暖流從胸口檀中穴注入進來，在經脈中運轉，同一時刻，另一道清涼之氣又自背心傳來，全身終於大暢，全身懶洋洋間，終於沉沉睡去。

又不知過了多久，睜開眼來，果然便看到了龍吟霄和陸可人。

見到他醒轉，陸可人道：「龍兄你和他聊聊吧，我去看看秋兒他們。」說完也不管李無憂茫然的目光，掉頭去了。

龍吟霄收回緊貼在他胸部的雙掌，擦了一把汗，歉聲道：「李兄弟，你的傷本來就甚爲嚴重，我們好不容易將其控制住。但之前秋兒錯將無葉毒菌當靈芝，蟲蛇角當犀角，天龜翅當作了玄鳥……最糟糕的是，她還將竹葉青給你服了下去……，這個，她年少無知，希望你別怪她才好！」

「無葉毒菌，蠱蛇，天龜翅，竹葉青……很好啊！」李無憂先是一臉茫然，但隨即卻猛地從擔架上跳了起來，頓時摔在地上，只疼得齜牙咧嘴，猶自用一種也不知是讚嘆還是憤恨的語氣道：「天下排名前五位的至陽之毒和前三位的至陰之毒，居然全給老子服了，難怪又冷又熱的！只是這倉促之間，小丫頭竟然一下子全找到了，還真是福緣深厚啊！」

波哥達峰雖然峰高地險，毒獸橫行，和同樣處處是毒的雲龍山一樣被列爲大荒十大險地之一，但若說一下子要找到這天下排名前幾位的至毒，也確實需要幾分運氣才行。

龍吟霄聽到「福緣深厚」，頓時想起諸葛小嫣曾說過她這個寶貝師妹甚至有過將天下排名第二的至陰之毒鬼枯藤當作大補藥天仙藤熬湯的故事，不禁啞然失笑，道：「這個……秋兒對藥草的天然靈識，我們一直是很羨慕的。」過去將李無憂再次抱上擔架。

「等等，不對啊，我同時中了如此多的毒，怎麼還沒掛？」李無憂躺下之後，忽然覺得不對勁。

「你之前是不是服下了避毒珠？」

「啊！對！你怎麼知道的？」李無憂終於想起上山之前，寒山碧曾給自己服下過一顆叫避毒珠的東西，甚至還聲稱是她師門至寶。

「果然和可人猜的一樣！」龍吟霄輕輕嘆息了一聲，「連避毒珠這樣的寶物寒山碧都肯給你，你即便不是魔門中人，怕也和他們關係匪淺！」

「這個……隨便你去想吧！」李無憂覺得自己很無奈。

魔道的人，獨孤千秋、獨孤羽、任冷，全當自己是敵人，而正道的人卻又認爲自己是宋子瞻的徒弟，偷了他們的秘笈，與自己誓不兩立。罷了！罷了！老子見步行步好了，到了禪林寺，實在不行，顧不得答應大哥他們的諾言，搬出自己是大荒四奇的結義兄弟這個身分，這些人即便不信，或者也不會立刻殺了老子吧？

龍吟霄只道他是承認了，勸道：「李兄弟，佛曰回頭是岸，你此時若肯痛悟前非，交代清楚偷盜的秘笈和宋子瞻的所在，歸入我正道門下，必然是名不世奇傑，名傳千古！」

「好，好，是個好提議，不過我現在沒空，這事到了洗心閣再說好不？」

不同於陸可人那般心急，龍吟霄雖然也想弄清楚李無憂究竟是如何習得四宗秘笈的，但他卻是採取說教爲主，希望能讓後者改邪歸正，脫離魔道，主動交代一切。

李無憂覺得自己耳邊好似多了隻蒼蠅，早已不勝其煩，只是看在他對自己還算不錯的份上這才忍讓，此時一聽他又要說教，不禁嚇了一跳，忙敷衍過去，隨即岔開話題道：「徒……那個龍兄啊，我的傷勢究竟如何了？」

龍吟霄搖頭，嘆息道：「本來可人要我瞞你，但龍某卻以爲這有失磊落，你既然問起，我就告訴你吧！那數種毒藥，都是天下罕見的劇毒，中了任何一種，怕都非立時斃命不可，只是你是同時中了數種，陰陽互相制衡，以毒攻毒下，毒性已然有了減弱，你之前又服下了可解天下百毒的避毒珠，所受的傷害又已然減弱不少，經過我和可人的治療，已經差不多了……」

「哈哈！那就是老子沒事了？」李無憂表面大喜，心念卻已是電轉，聽龍吟霄的口氣，陸可人似乎是有用老子身上的毒來威脅老子的想法，那老子身上的毒，多半就是她唆使葉秋兒下的，她此時又忽然對我示好，又算哪門子事？

「不錯，不錯，是沒事了，人都死了，還能有什麼事？」龍吟霄冷笑道。

「哈哈，多謝……等等，龍兄你說什麼？『人都死了』是什麼意思？你不是說我吧？」李無憂正一邊胡思亂想，一邊打著哈哈，卻被龍吟霄的話猛嚇了一跳。

「不是你難道是我嗎？」

「龍大哥，不，龍活佛，你一定要救救我啊！小子芳華止茂，貌美如花，就這麼死了豈不是暴殄天物？」李無憂哭喪著臉，一通胡言亂扯。

「芳華正茂，貌美如花……去死！」龍吟霄又是好氣又是好笑，心頭卻升起希望，既然這小子看來其實也怕死，那就好辦多了，「可人說了，雖然你現在已經好了一些，但那只是表象。毒素其實早已侵入你五臟六腑，若無意外，兩日後你就會死。可人是天巫門下，乃是用毒的大行家，她說的話，想來你不會反對吧？」

「嗯，嗯，行家的話，當然是不會錯的了。」李無憂是無賴出身，對龍吟霄話裏之話自然是再清楚不過了：若無意外，意思就是說一定是有意外的，而這個意外正好掌握在你們手裏，而有沒有這個意外，只怕還得看自己的態度。

呵呵，小丫頭，耐心用得差不多了？終於忍不住要向老子動手了……老子要是個解毒高手就好了！

崑崙山上七年，李無憂幾乎是學盡四奇的本事，但因爲礙於天巫只傳嫡系的門規，紅袖的施毒治毒之術卻一直未得傳授。下山之時，這位四姐似乎終於良心發現，送了本《巫醫奇術》，只是下山之後，幾經波折，戎馬倥傯，除找過女兒香的解藥外，那書就只被他放在乾坤袋底，再未看過一眼，此時想來好不懊惱：「若是老子當時多看幾眼，此刻也不用受制於人了。唉，書到用時方恨少啊！」

龍吟霄道：「李兄弟是聰明人，我也不和你繞彎子了。你的傷其實也並非無藥可救，只要用我的易髓經內功替你安脈，加上可人的九火靈訣續氣，你定可以拖過十日，到時我們早已到了禪林寺，若能求得雲海和雲淺兩位師祖出手，你的傷必定可好。只不過……」

「只不過易髓經和九火靈訣都是禁制功法，極消耗功力，你們若是爲我續命，自身功力少不得要損失個七八年什麼的，我不說出這個秘密，你們就一定冷眼旁觀，是不是？龍大俠！」李無憂冷笑道。

龍吟霄正色道：「救人一命勝造七級浮屠，些許功力又算得什麼？只不過因爲嫣兒的批書，可人她對你成見甚深，她若不肯出手，我若單方施爲，於你非但無益，怕立時便要斃命……李兄弟，生死事大，切莫拿自己性命開玩笑才好。你爲人雖然浮滑，但龍某閱人無數，知你並非是奸邪之輩，嫣兒的批書未必就是確切。只是你究竟如何學得我四宗神功，一點也不肯透露，叫我如何說服可人？」

「哼，哼！說得好聽，我若不肯說出那秘笈之秘，作爲你們的心腹大患而言，你們更願意讓我就這麼死掉，而不是虛耗功力吧？」李無憂直言不諱道。

「唉！閣下既如此說，龍某還有何言？」龍吟霄無奈嘆息，聲音說不出的蕭索，「你自求多福吧！」說罷轉身欲走。

「龍吟霄，你就是這麼對待自己的救命恩人的嗎？」李無憂冷笑。

先前畢方破印而出時，李無憂曾將龍吟霄帶離險境，真要說起來，也確可算有活命之恩。

龍吟霄身形頓住，回過頭來，拜了三拜，卻說了句讓李無憂大失所望的話：「李兄救命之恩，龍某當記存今世，只是龍某生死事小，正道興亡爲大，龍某斷不敢因私廢公。李兄身亡之日，龍某自絕於天下，你我兩不相欠就是。」語罷，掉頭而去。

李無憂怒道：「你個榆木疙瘩，你那狗命又値得幾何，老子很希罕嗎？總有一日，你會死在陸可人手裏。」

但任他如何謾罵，龍吟霄卻是心意堅決，再未回頭。

十二天士詫異望了過來。

「乓！」陸可人狠狠扇了李無憂一個響亮耳光，冷聲道：「你若再挑撥我四宗關係，不必等毒發，姑娘我此刻便要了你的命！」

「今日之辱，他日必定十倍奉還！」李無憂淡淡道，聲音中卻有種說不出的冷酷和堅毅。

「那也要你有命活過今日才成。」陸可人毫不退讓地瞪了他兩眼，掉頭趕上龍吟霄，似乎商議什麼去了。

葉秋兒不知從何處轉了過來，幽幽道：「你明知道陸師姐的手段，這又何必呢？」

李無憂卻沒理她，而是一臉奸笑：「打是情罵是愛，可人是對我芳心暗許，才會出手如此之重，你一個小丫頭又懂什麼呢？哎喲，姑奶奶，你就不能輕點嗎……」

卻是他話音未落，葉秋兒的拳頭已經雨點般落在了他身上。

此後眾人繼續南行，龍吟霄和陸可人再未來找過李無憂，他傷勢果然漸漸沉重。

葉秋兒心頭有愧，屢次相勸，他卻依舊堅忍而不開口，顯是打算寧死不屈了，葉秋兒反去求龍吟霄和陸可人，龍吟霄只是嘆息，後者卻是微笑不語，表現雖然不一，卻顯然都打的是袖手的主意了。

葉秋兒破口大罵二人視人命如草芥，但二人卻均是無動於衷，只得快快而返，對李無憂道：「臭小子，對不起啊，我不知道那些東西是有毒的，你若死了，千萬別怪我哦！」

李無憂嘻嘻笑道：「不怪你，不怪你！只要你肯和爲夫同生共死！」

「別說得那麼難聽！」葉秋兒卻不惱怒，撇嘴道：「你若真的死了，人家最多賠你一條命就是了嘛！」

「你這小丫頭倒有良心，不像有些人那麼冷血。」李無憂微微奇怪，對她不免刮目相看，「呵呵，你放心吧，老子命硬得很，沒那麼容易死的！不信咱們打賭，過不了多久，他們就會轉過頭來求著給我療傷！」

「哼！陸師姐平素就高傲至極，龍大哥雖然隨和，性子卻也最是剛烈，怎麼會來求你？」

「那好，你敢不敢打賭，如果他們來求我，你就嫁給我當老婆？」

「呸！有什麼是我葉女俠不敢的？咱們走著瞧！」葉秋兒兩靨緋紅地啐道，「如果你輸了，你就將那四宗秘笈都要教我！讓我成爲天下第一女俠！」

「哈哈！你倒貪心得很，好，我答應你。」李無憂哈哈大笑，「不過，這一路上，你可別再出什麼樓子，不然我要是再被什麼蟲啊草啊的毒傷，你這天下第一女俠可就後悔莫及了哦！」

因爲顧忌李無憂的傷勢，眾人一路只能步行，葉秋兒行事如履薄冰，不敢有絲毫大意，而波哥達峰巍巍峨峨，至險處絕壁如冰，飛鳥難度，之前李無憂不過花了一個時辰的路，此次諸人共走了六個時辰，到天色黃昏時候，才又到達波哥達峰之巔。

離峰頂尚有二十丈，龍吟霄和陸可人讓十二天士和李無憂在原地等候，雙雙展開身法，朝上飛去。

一刻鐘之後，二人回轉，臉色卻都是鐵青，不理眾人，徑直朝李無憂和葉秋兒走來。

李無憂對葉秋兒嘻嘻一笑，道：「秋兒老婆，你看他們這不是來求我了嗎？」

「呸！他們臉色那麼難看，多半是來揍你的！」葉秋兒撇嘴，心頭卻不禁狐疑不定。

李無憂哈哈大笑：「不求老子，他們又怎能知道古長天的下落？」

這句話一出，只如石破天驚，十二天士人人驚愕，而龍吟霄和陸可人兩人猝不及防下，也是驚得身軀一震，齊齊停住了腳步。一時竟是誰也沒有說話。

靜了半晌，忽見龍吟霄拱手道：「請李兄不吝賜告古長天的下落！」

李無憂淡淡道：「你們這算是在求我嗎？」

「求李兄賜告！」龍吟霄忽然跪倒在地。

除陸可人和葉秋兒外，其餘諸人也相繼跪下。

李無憂哈哈大笑，轉頭對葉秋兒道：「老婆，這你可看到了？」

「哦！我明白了，原來你早知道我們到這裏來是爲了殺古長天！」葉秋兒恍然大悟，「你之前是不是已經見過古長天了？」

李無憂忽地從擔架上跳了起來，同時身體一抖，縛在他身上的捆仙紅條頓時化作一道紅光，落到他掌心，諸人都是一驚：他竟然能和雲海禪師一樣強行掙開仙繩？難道他驚世駭俗的功力已然恢復了？

趁諸人尙未反應過來，李無憂已然冷笑道：「若非之前和破陣而出的古長天打了一架，受了重傷，身爲蘇慕白的徒弟，老子又怎麼會落到你們幾個後輩的手上？」

波哥達峰頂，這個藍衫少年傲然矗立，夕陽在他身上灑下一蓬金輝，頓時讓他彷彿天神一般。神色肅穆，頓時爲他的話也添了幾分威嚴。

陸可人雖心頭懷疑，一直站而不跪，卻爲其氣勢所懾，一時竟也說不出話來。

葉秋兒卻露出迷醉神色，心頭念轉：「倒沒發現這臭小子原來是這般英俊的！」

「什麼！古長天已然破陣而出？」

「你剛才和古長天打過一架？」

「你是百年前名動天下的天驕蘇慕白的徒弟？」

昔年的正道神話，人稱「天驕」的蘇慕白竟然是李無憂的師父，而與蘇慕白齊名的「魔驕」古長天更是破陣而出，兩個人竟然還打了一架？這一個比一個震撼的消息，只將眾人都驚得張大了嘴，再不能合上。

「哼！不是古長天，你們以爲獨孤千秋那個蠢才能傷得了我嗎？若非老子之前拚盡功力將他擊成重傷，你以爲你們這些四宗弟子到此還能活命嗎？螳臂擋車，真不知道你們的長輩是怎麼教你們的！」李無憂冷笑道。

「原來您是蘇前輩的弟子，難怪您會四宗法術了。」龍吟霄恍然大悟。

李無憂冒充蘇慕白的徒弟，本是靈機一動的脫身之計，萬料想不到似乎蘇慕白竟然也會四宗功法，暗自狂喜，面上卻假裝驚奇道：「咦！你小子年紀輕輕，怎麼也知道這段往事？」

說話之際，已然暗自以一路上恢復的微薄元氣催動了玄心大法。

「回前輩的話。百年之前，蘇前輩爲對付魔驕古長天，曾遍訪我四宗，向諸位長輩要了各宗功法和十面埋伏的秘笈，當時雲海師祖正好在場，晚輩也是偶然聽祖師敘述，才得以知之。」

龍吟霄恭敬起來，稱呼也從之前的「李兄弟」轉爲「您」後，再次轉爲「前輩」，顯然已經將他當作蘇慕白弟子了。

李無憂心想：「這倒和老子所料差了些，之前還以爲困住古長天的大陣是蘇慕白聚集四宗高手所布的呢，原來是他一個人悟透四宗法術後，憑一己之力所爲的傑作了！這人端的是位蓋世奇才啊！」表面卻哦了一聲，道：「原來如此！」

「正是如此！想來前輩也知道，百年之前，令師憑無上法力將古長天囚禁在此後，卻再無力將其誅殺。前日北方有劍氣沖霄，雲海師祖夜觀天象，擔憂天變，特命晚輩等下山，除了追查您的身分來歷外，更重要的是希望聚集四宗的力量再布十面埋伏陣，加強封印力量，好讓古長天這魔頭永無出頭之日，可惜被他先一步破陣而出了！這下江湖上不知道又要掀起多少腥風血雨……」

龍吟霄全不顧陸可人在一旁猛使眼色，竹筒倒豆子一般，將此行種種全數說了出來，末了忽地眼睛一亮，「李前輩，不知道蘇前輩近來可好？若是他能再次出手，古長天這魔頭就不足為懼了！」

李無憂暗自好笑：「老子又怎麼知道？」心念電轉間，已然嘆道：「家師自百年前掛冠之後，一直四處遊歷，終於在五十年前到了崑崙隱居，我才隨他學藝不過七年，不想前些日子他卻已修成正果，得道飛升了！」

「啊！」這次更不啻於一個炸雷，只讓眾人大驚失色。

蘇慕白竟然死了！古長天卻現身江湖，這可怎麼辦？

「你在說謊！你根本不是蘇前輩的弟子！」陸可人忽然大聲道。

啊！這次眾人更是大驚，諸人眼神全望了過來。

葉秋兒不解道：「陸師姐，你怎麼知道的？」

「他如真是蘇前輩的弟子，為何之前一直不肯說？」陸可人道。

「對啊對啊，你既然是蘇慕白前輩的弟子，之前為什麼要和寒山碧、獨孤羽等人混在一起？獨孤羽又為什麼稱呼你為師兄？」葉秋兒恍然大悟。

李無憂既然敢冒充蘇慕白的弟子，自然早已能自圓其說：「家師臨去前，交代我除魔衛道，並一再叮囑我不得洩露身分。至於之前救寒山碧不過是一場誤會而已。你們想必也聽說了，潼關大戰，我幾乎就將獨孤千秋殺死，要不是寒山碧忽然現身的話……唉，這個妖女，詭計多端，我就是傷重後失手為她所擒，這才上得山來，剛剛使計擺脫她，卻又遇到了古長天破陣，和他大戰三千回合，傷上加傷，然後就撞到了獨孤羽，這小子更陰險，居然偷襲老子。放在平時，別說一個獨孤羽，就是十個百個，老子一根小拇指就將他捻死了……」

「我們都知道你雷神大人的厲害，別廢話了，快說正經的。」陸可人雖是在皺眉，言下卻已將信將疑。

「好，好！」李無憂忙道：「獨孤羽這小子因為我上次在京城壞了他的事，自然是懷恨在心，乘機就偷襲我，多虧我機靈，使計逃走，卻不想就遇到你們了。之後的事情你們都看到了。他剛才一直將手掌放在我背心威脅我，讓你們誤以為我和他是一路的，無非是想借此脫身而已。」

「你在京城壞了他什麼事？」龍吟霄奇道。

「這個……你竟然不知道？上次航州武林大會期間，朝廷三大軍團叛亂，其中黃州軍團和獨孤羽……嘿，這是朝廷機密，不能亂說的。」李無憂深明話說一半的妙處。

因爲不能干涉朝廷，一聽是牽扯到國家間的機密，眾人果然不好再追問，但也大多隱隱猜到了，不禁對他又多信了一分。

李無憂打鐵趁熱：「至於殺大智禪師嘛，呵呵，我這幾年都在崑崙習武，龍兄和陸女俠都是明白人，不會真以爲世上有分身術吧？」

「哼！即便有，你也未必就能學得會！」葉秋兒不屑道。

「就算你之前胡言亂語，只是爲了自保，但我們救了你性命後，爲何你還是一直不肯說破你的身分，而此刻性命受到威脅，卻又肯說了？」陸可人依舊有一絲懷疑。

李無憂嘆了口氣，道：「陸姑娘也是聰明人，難道認爲我真的那麼想死嗎？只是這一路上，我一直在思量一個重大的難題。現在終於想通，決定告訴你們。」

「什麼難題？」龍吟霄插口道。

李無憂一字一頓道：「家師仙去前，算出破穹刀即將現世，特交代我下山秘密尋訪倚天劍的下落，以拯救世人！」

「什麼！」聽到破穹刀現世之秘，十二天士、龍吟霄和陸可人都是齊齊色變。破穹刀竟然再次現世？

李無憂語不驚人死不休，繼續道：「此次古長天之所以能忽然破陣而出，就是因爲得到魔刀之力！」

「啊！魔刀加魔驕！」

便是鎮定如陸可人，也是花容失色！

「之前之所以不肯告訴你們，怕的是你們承受不了這個打擊。但根據我一路上的觀察，明白各位都是江湖新生代的翹楚，聰慧過人，有資格也有權利知道這件事。」李無憂悠悠道。

眾人都陷入巨大震驚中，誰也沒有發現他已邊說邊悄悄轉向，朝林中深入。

「李前輩，你怎麼跑了？」葉秋兒最先回過神來。

「死丫頭，你不叫舌頭會爛嗎？」李無憂心頭大罵，腳下卻並不停步，依舊保持向前的步伐。

「這樣就能過關，李無憂，你未免太小覷天下英雄了！」陸可人冷笑一聲，掌心忽然吐出一條丈長火龍，張牙舞爪，朝李無憂背心襲去。

火龍近在咫尺，李無憂卻似一無所覺。

「啊！李前輩小心啊！」葉秋兒驚叫起來。

但那龍撞到李無憂肩膀之前，卻陡然折轉，反以十倍之速，化作一道火電朝陸可人自己俏臉反噬過來，後者萬萬料不到，普天之下，居然有人不動間，光憑無形的壓力就能讓自己的火龍反擊回來，猝不及防下，頓時鬧了個手忙腳亂。

「破！」危機之中，龍吟霄舉刀一劈，金光暴閃，那條火龍頓時被劈成兩半，這一下硬碰，龍吟霄自己也被火龍的反噬之力震得吐出一口鮮血。

十二天士欲待追擊，卻聽陸可人道：「不必了！」回頭與龍吟霄對望一眼，彷彿都看出對方眼神裏的恐懼，齊齊失聲道：「偶失龍頭望！」

偶失龍頭望，正是昔年蘇慕白縱橫天下的《鶴沖天》內功心法中的一種，傳說此種內功可破龍系法術，無論是任何種類的召喚龍，撞到這種內功，施法者必遭反噬。

原來李無憂真的是蘇慕白的弟子！

霧影闌珊，李無憂藍衫背影漸行漸遠，說不出的瀟灑。

葉秋兒忽似想起什麼，大聲道：「喂！李前輩你等等我啊！」飛身朝李無憂的背影撲了上去。

「不要！」陸可人和龍吟霄嚇了一跳，齊齊阻止，但已然慢了一步，只抓掉一片衣襟，忙縱身追了上去。

但並沒有想像中葉秋兒被李無憂護體罡氣彈回的情形，而是只聽到一聲淒慘的「救命」，葉秋兒和李無憂忽然向下一沉，一紅一藍兩道身影同時消失不見。

「小心！」龍吟霄一把拉住陸可人，止住身形，卻見自己二人已然站在了一片懸崖邊上，足下雲濤幻滅，一道陡直的懸崖隱隱可見，不知幾許深也。

「喂！葉女俠，你再不減肥，就要變肥豬了！」李無憂趴伏在峭壁之上，艱難地向上爬了半寸，對葉秋兒抱怨道。

「呸！自個兒力氣小，反賴到我身上，你還是不是個男人？」葉秋兒大怒，但緊緊抓住李無憂雙足的手卻沒半點鬆開的意思，一雙纖足尖頗有韻律地點在峭壁上，彷彿此刻她足下踏的不是波哥達峰最陡的峭壁，而是一面大鼓。

李無憂只看得魂飛魄散，忙求饒道：「拜託，姑奶奶，你就不能安分點嗎？你不知道我攀得有多辛苦！」

「哼！誰叫你剛才撇下我想自己跑的？」

「我……我真是比竇娥還冤呢！」

李無憂這麼抱怨是完全有理由的。他好不容易悟通解開捆仙紅條其實只需將解藍條的法門逆轉，將自己裝成蘇慕白的徒弟，憑藉一路上恢復的微薄功力，再加上破穹刀和古長天出世的消息，果然將龍陸二人唬得一愣一愣的，他本意是趁眾人發愣之際，瀟灑遠去，然而一時不察，失足從這片懸崖摔下去。

之前的計畫完全順利，只是沒有想到千算萬算，少算了葉秋兒這個鬼丫頭會忽然朝自己撲過來，假摔立刻變作了真摔，本來他只需要下跌三十丈，就可避開龍吟霄施展輕功下來探視，然後將無憂劍插入峭壁以穩住下墜身形便可以了，誰知被葉秋兒這麼一鬧，直到下跌了數千息後，才終於得到機會拔劍定身。

更糟糕的，其實是剛才葉秋兒和他勉力發出的「偶失龍頭望」的護體罡氣一撞，一下子兩敗俱傷，此刻竟是誰也使不出半絲真力了。

李無憂手劍並用，爬了快半個時辰了，才勉強上升了二十丈。此時紅日穿雲，霧嵐已盡，極目上望，峭壁插雲，向下卻依舊是雲濤幻滅，不知其深淺，入手之處，正是波哥達峰的冰雪帶，堅冰如鐵，使得他每爬一步，都需付出比尋常多出數倍的力氣，這才大失風度地對一個小丫頭抱怨起來。

「嘻嘻，身為蘇慕白的弟子，沒有死在古長天手裏，反是葬身在這冰壁間，傳出去怕會貽笑江湖吧？」

也不知道怎麼搞的，從二人跌下山崖之後，葉秋兒就幾乎不放過任何損李無憂的機會。

「靠！你激老子也沒用！老子壓根就不是蘇慕白的徒弟！」李無憂冷笑道。

「嘻嘻，想騙我啊？我剛才明明聽陸師姐說你使的功法叫『偶失龍頭望』，乃是昔年蘇前輩的獨門神功！你還賴得掉嗎？」

「你愛信不信！」話雖這麼說，李無憂心頭卻也是狐疑不定，索性將雙足踏在一個大大的凹坑裏，停下休息。

因爲古長天的身分，李無憂初時尚以爲他傳給自己的《鶴沖天》功法必然是假，只是之前百無聊賴時抱著試一試的態度照著心法練了一練，誰想竟然功效非凡，傷勢和元氣恢復的速度都大大加快，他只道這是古長天的某種魔門武功，只是聽到龍陸二人叫出「偶失龍頭望」正是自己按心法中所使的某種罡氣，此時聽葉秋兒提起，不禁又奇又疑：古長天給他的《鶴沖天》莫非竟是真的？只是這老兒又怎麼有蘇慕白的內功心法？

思緒一開，頓時許多疑團漸漸浮出腦海。影鳥畢方按古圓的說法，該是在古蘭才對，怎麼竟在這波哥達峰頂出現？莫非這死禿驢騙老子？

對！之前昏迷之際和老子對掌那人，聽龍吟霄說是一個陌生的年輕和尚，不是他還能是誰？如果是這樣，獨孤羽能在影鳥破印之際就將其捕捉，那也就一點也不奇怪了！冰火紫龍，雪衣孔雀，影鳥畢方，這三大封印都已然解開，下面應該是齊斯沙漠中的沙獸赤蟒了吧……

這七大封印，到底隱藏了什麼秘密呢？老子是該去阻止他們，還是任他們妄爲？

「喂！大懶蟲，你休息夠了沒有？」葉秋兒忽然大叫了起來。

「哎呀！差不多了！」李無憂回過神來，凝聚全身力氣，繼續上爬。

越向上爬，那冰壁漸漸堅滑，能入手處越發地少了起來，之後若非葉秋兒貢獻出自己的一柄短匕，兩人幾乎是寸步難行了，饒是如此，李無憂用盡全身力氣，也不過是再上爬了三十丈，即告力盡。

葉秋兒道：「換我來吧！」

李無憂遲疑道：「你行嗎？」

「呸！怎麼說本女俠也是十二天士之首，你以爲是吃素的嗎？休息了這麼久，怎麼說也恢復了些力氣了！」葉秋兒既然這麼說，李無憂當然沒有理由不成人之美了！於是李無憂用短匕和長劍在冰壁上多挖出數個深坑立足，和葉秋兒交換了位置。

葉秋兒見他錯身向下去抓自己的雙足，不禁好笑：「你怎麼這麼笨，不會趴在我背上嗎？」

「原來你根本不介意這些繁文縟節？」李無憂一愣，「那你剛才怎麼不讓我背你？」

葉秋兒啐道：「我也是剛剛才想到的，你以爲誰都和你一樣色嗎？」

李無憂無語。

葉秋兒的體力果然是恢復了一些，不過那也有限得很，背著李無憂這樣一個昂偉男子，更是增加了她莫大的負擔，也不過上爬了二十丈，再也爬不動了，李無憂不得不和她換了過來。

就這樣，兩個人彼此互換，在這絕壁上，憑著一長一短兩柄劍，向上攀爬，在山峰間盤旋的雄鷹看去，兩個人只如兩隻螞蟻，但又似乎不是螞蟻，只是兩個微不足道的黑點。

到夕陽西下時分，兩個人都已是又饑又餓，筋疲力盡，卻只不過向上爬了不過三百丈，據李無憂暗自推算，少說還有一百餘丈。

又一次，輪到李無憂背葉秋兒了，前者忽然喜道：「秋兒，我忽然想到一條妙計可以脫困！」

「什麼妙計？」葉秋兒大喜。

「按我估計，上面大概還有三十丈，你先待在這裏，我一個人先上去，然後扔條繩了下來把你拉上去！」

「果然妙計！」葉秋兒冷笑道，「向上少說還有百丈，你若上去，沒等繩子弄好，我已經凍成冰塊！你一會兒下來，就有凍豬頭肉吃了！」

「嘿……這個……」李無憂訕訕道：「那要不，你先上去好了！」

「呸！李無憂，你當我葉秋兒是什麼人？」葉秋兒忽然大怒，「你以爲我不知道你的心思嗎？你兜了那麼大的圈子，無非是想犧牲自己讓我上去。你偉大了，讓我一個人一輩子內疚，是不是？」

暈！這丫頭怎麼忽然變聰明了？李無憂覺得有點頭疼。他本來是沒有捨己爲人這樣偉大的心胸的，只是與其讓兩個人都死在這，還不如讓其中一個人活下去。至於爲何選擇葉秋兒活而不是自己，那是因爲以他現在的體力，那是絕無可能爬上這百丈之距的，倒不如成全葉秋兒好了。

連自己都算計，這似乎才是小人的最高境界吧！他已然是兜了個彎子，萬料不到葉秋兒居然還是識破了。想來這丫頭看來雖然與小蘭相似，但就天真單純這一點，兩人還是頗爲不同的，不然她也不能被四宗的人選爲十二天士的領袖了。

葉秋兒見他沉吟不語，忽幽幽道：「李大哥，你知道我爲什麼要來追你嗎？」

「爲什麼？不會是對老子一見鍾情吧？」李無憂隱隱有了不好的預感。

「啊！原來你知道！」

「嘿……那個秋兒啊，我這人除了長得帥些，其他的其實都一塌糊塗，又不愛乾淨、又粗俗，又卑鄙，還很花心，你看……你怎麼就喜歡上我了呢？」李無憂嚇了一跳。

「李大哥，你又何必把自己說得那麼不堪呢？之前你寧願自己受困，也不肯用我威脅龍大哥陸師姐他們，正是古之名俠風範……」

「那不過是我中了龍吟霄這小子的障眼法！」

「李大哥，你又何必狡辯？你是大仙級的法師了，怎麼會受區區障眼法所困？你做了好事還不承認，有這樣光風霽月的胸懷，難怪你時刻將百姓放在心上，哪像我們這些江湖兒女，想的只是一派一宗的興亡！」

李無憂覺得頭頓時大了數倍，這丫頭的腦子是什麼做的，有時聰明得讓人恐懼，有時卻偏偏蠢得讓人……汗顏。

「之後你被我多次惡整，幾乎沒丟了性命，卻對我一點抱怨都沒有。此次也是因爲我，差點兒沒讓你葬身崖底，你非但不怪罪我，還以德報怨，爲了我，寧可連性命都不要……」說到此處，李無憂忽然覺得手背上一熱，卻是葉秋兒一滴淚珠墜了下來。

「啊！」李無憂哭笑不得，這樣也能得到佳人的垂青，老子最近是不是犯桃花了。

葉秋兒邊哭邊道：「之前和你打賭，我其實是希望你能獲勝，沒想到你真的贏了，我好高興……後來見你要走，我什麼也顧不得了，一下就撲了上來，沒想到卻害了你……李大哥，你不會怪我吧？」

「不怪，不怪！秋兒你先別哭了。」李無憂暗自苦笑，老子怪你又能怎樣，難道還能把你殺了，大夥兒同歸於盡嗎？

「那好，你可再不能趕我走了！」葉秋兒破涕爲笑，轉過頭來，梨花帶雨，水汪汪的大眼睛裏卻透出了一種說不出的堅定，「這輩子，我可跟定你了。要死咱們也須死在一塊！」

李無憂心頭一熱，緊緊將她抱住，痛吻上她的櫻唇，後者熱情回應。

第九章　大狂如聖

足下絕壁千仞，雲濤幻滅，身際罡風猛烈，動輒有粉身碎骨之險，這對曠男怨女竟然深深熱吻起來。

不知過了多久，忽聽一聲鷹唳，一陣罡風已然猛地撲了上來。

李無憂叫聲不好，忙拔出右手無憂劍朝身後刺去，不想葉秋兒正趴在自己胳膊上，他本已力盡多時，這一下頓時失了平衡，連人帶劍朝下墜去。

葉秋兒叫聲李大哥，脫離自己立足之處，也自跳了下來，果然是生死相隨了。

那隻生著翠綠羽毛的巨大蒼鷹不想這二人竟然同時下墜，一呆之際，早已失去二人蹤跡，盤旋一陣，悻悻遠去。

急墜之中，頭下腳上的李無憂猛地大叫一聲「賊老天，幫我一把」，奮起生平功力，猛地將無憂劍朝絕壁中一插。

「嗡！」深入半截的無憂劍發出一聲劇烈的鳴響，彎成了弧形。李無憂腦中也是一陣嗡鳴，右手虎口已然裂開，鮮血淋漓，但身形卻終於給定在了這陡壁之上。

尚未定下神來，眼前已是一片紅影罩來，李無憂大駭，伸出左手猛地抓去。「嗤！」的一聲裂帛之聲響起，掌心先是一重，隨即一輕，不及細想，再次拔劍，身形猛墜三尺，同時左手再抓。

謝天謝地，方才那一下雖然只是抓在葉秋兒的衣袖，但已然帶慢了他下墜之速，這次終於抓住了她胳膊。同一時間，無憂劍也再次深入絕壁。

兩個人，雙手相握，就這麼四足懸空，憑著一柄長劍吊在了波哥達峰的堅滑絕壁之上。

好半晌，兩個人終於自震驚中恢復過來，對視良久，都是一笑。這一次，誰也沒再說什麼「你放開我，自逃生去」之類的廢話，都在等著李無憂力盡，到時兩人就可以一起墜入崖下，零落成泥，死亦同穴了。

生死之際，一笑凝眸，人世間的幸福能勝過眼前的，怕也不多了吧。李無憂這樣想時，發現自己似乎已經喜歡上葉秋兒這個可愛丫頭了。

不知過了多久，葉秋兒忽道：「李大哥，你若是辛苦，不必再撐了，咱們這就下去吧！」

李無憂剛要點頭，心頭一個聲音卻讓他猛地一震：「懦夫！你怎可就此放棄？你還算是李家的後人嗎？眼前雖是絕境，難道你就不能絕處逢生嗎？」

天地洪爐中，那白衣人的身影從他心底才滑過，眼前已然是一亮：說不得，總要賭一賭了！低頭對葉秋兒道：「秋兒，你身上還有兵器沒有？」

「還有一柄軟劍，一把流星錘，一把短刀，三支短劍，十二顆霹靂彈，二十九支流水箭……」

汗！你當你是兵器商啊？帶這麼多東西，難怪你比豬還沉！

李無憂暗自抹了把冷汗，道：「你把短刀扔到我嘴邊，然後將其他的都扔了！」

葉秋兒應了，用空閒的左手掏出短刀扔了過去，李無憂用牙齒險險咬住刀柄。在葉秋兒一愣之際，他猛然將身體一側，那柄短刀已深深插入絕壁之中，隨即將兩個人身體的重量都加到了短刀上，右手拔出無憂劍，在絕壁上戳了起來。

葉秋兒先是一愣，隨即卻展開笑容道：「李大哥，你真是天才！」

「嘿！對於這一點，為夫可是從來不否認！」李無憂找到一線生機，心情立時大好，嘴裏咬著刀柄，卻依舊不肯放過油嘴滑舌的機會，只是因為全是閉口音，難免詞不達意。

「誰說要嫁給你了？亂說什麼！」葉秋兒好半天才弄清楚他說什麼，忍不住啐了一口，心下卻是一陣甜蜜。

段治打造的無憂劍果然是一柄鋒利不遜於倚天劍的神劍，切在冰壁裏面的青岡石上，也如削豆腐，二人說笑間，李無憂已然在右方的陡壁上挖出了一個夠兩人容身的小洞。

「起！」李無憂手臂用力，同時足尖在冰壁上一點，將自己和葉秋兒拉進洞去。進得洞中，兩人對視一眼，都升起恍入隔世之感，之後一笑，筋疲力盡的兩人緊緊抱在一起，不時竟沉沉睡去。

「啊！」迷迷糊糊中，李無憂忽然聽到一聲驚呼，自昏睡中醒了過來，卻見葉秋兒正將右手五指湊到嘴邊吹，無憂劍正在她腳邊不遠。

見他醒來，葉秋兒一把擰在他左臂上，怒道：「你這把是什麼破劍，怎麼忽然變成了塊火炭？」

這一下正掐在李無憂胳膊的傷口，只痛得他齜牙咧嘴，但也讓他迅即醒悟，無憂劍是天下罕見的神劍，早已通靈，非劍的主人不能使用。之前葉秋兒之所以能用它攀登，主要是因爲自己一直抓著她的身體，她使劍就等於自己在使，才沒有產生排斥，此刻她趁自己熟睡時自己動劍，自然是有得苦頭吃了，不禁笑道：

「這劍是有些古怪，以後沒我允許，你別亂動……對了，好好的，你動劍做什麼？」

「誰希罕你那破劍了？」葉秋兒委屈道：「老蜷著身子，難受得緊，我想將這洞弄大些。」

李無憂想起自己二人都是重傷之身，自己還有毒在身，即便休息得當，有沒有力氣爬上峰頂還是個問題，他之前之所以沒有深戳，一是體力已盡，二來也是覺得沒必要，此刻聽葉秋兒如此說，心頭微微苦笑：「能多得一時舒服，總是好的吧！」當即抓起劍，奮力朝石壁上刺去。

他睡了一覺，體力稍微恢復了一些，是以這一劍依稀已有往日的功力，刺到壁上，只如切在豆腐上一般，深至沒柄。

「咦！應該不是這樣的啊？」他忽然驚訝地叫了一聲。

「怎麼了？」葉秋兒一奇。

李無憂卻不答話，猛地抽回長劍，朝旁邊又刺了一劍，這一次劍方刺出，他已是面露喜色：「秋兒，我們也許有救了！」但隨即又是一沉，「不過，也許有更大的危險也不一定，你小心了。」

葉秋兒看他患得患失，正自不解，卻見後者長劍幾刺幾挖，眼前光線陡然亮了起來，不禁大奇，定神看去，無憂劍過處，竟然隱有耀眼紫光透出，同一時間，一種奇異的香味也隨著那紫光飄了出來。

不會吧？就這麼隨便一挖，竟然挖出個別有洞天？

縱笑今古，天地鬼神盡虛妄故可恃唯我。

橫眉乾坤，聖賢哲達皆糞土而君子自強。

一副對聯，深深地鐫刻在一扇石門的兩邊，如行雲流水，在紫光的映照下，看來瀟灑出塵，但那連綿不斷的筆劃卻只如醉舞長刀，隱然殺伐之意綿綿不絕。

「無論今古的世界，天地鬼神都是虛假，而聖賢哲達卻又都是狗屎，可以倚靠的只有他自己，這人好狂……但也好可憐！」葉秋兒從巨大的喜悅中恢復過來後，難得地傷春悲秋似的嘆了口氣。

「倒也未見得！」李無憂啃了一口手裏一塊如何首烏樣的紫色東西，發表了不同看法。

「這話怎麼說……喂，你都不知道那是什麼東西，竟然就敢亂吃？」葉秋兒驚呼起來。

李無憂以無憂劍戳穿石壁，後面果然別有洞天——一個十丈方圓的山洞。山洞只有一個出口，但已用石門封閉了起來。除開石門的兩邊有上述的那副對聯外，再無他物。倒是地上卻生滿了一種會發光的紫色植物。

這種植物，看上去似乎是何首烏，但卻不是以土壤爲養分，而是生在石中，植物本身還發出陣陣芳香，瀰漫了整個山洞。

以李葉二人的廣博，卻都不認識那紫色植物，深怕有毒，不敢食用，是以一開始，二人的注意力都集中在破解那副對聯，以求能深入石門後面，或者能夠尋到一些生機。

不想二人搞了一天，卻全無進展，想用無憂劍破開石門，卻根本是難動其分毫，顯然是有封印守護。李無憂久處無聊饑餓之下，乾脆不分青紅皂白，猛吃起那紫色何首烏來。

聽葉秋兒驚呼，李無憂振振有詞道：「再不吃東西，我們就要餓死在此了，即便是毒藥，做個飽死鬼總也是好的。更何況，我早已身中劇毒，也不知道能活過今天不，再加一味毒，也沒什麼了不起的。」

「說得不錯！」葉秋兒點了點頭，也用劍取了一塊那紫色何首烏，削掉表皮，啃了起來，頓時蜜汁滿口，齒頰留香，竟是難得的美味。

二人吃了數塊，並無不妥，都放心食用起來。

吃飽之後，李無憂取出南山佛玉汁，替自己和葉秋兒療傷。

葉秋兒是識貨之人，不禁驚疑道：「這不是禪林早已失傳的療傷聖品嗎？你怎麼會有這麼多？」

李無憂懶得解釋，就說是師父給的，自己也不知道。之後有什麼難題，他也一律推到蘇慕白身上，倒是省事不少。

當下二人運起微薄功力各自療傷，漸漸竟然入定。

李無憂入定醒來的時候，發現自己體內元氣前所未有的充盈，而傷勢竟已全數復原！他又驚又奇，南山佛玉汁雖然是療傷聖品，但也沒到自己一次運功就能療好那麼重的傷勢的程度吧？

正自驚奇，卻聽葉秋兒歡喜道：「太好了！李大哥，你終於醒了！」

「我入定了很久嗎？」李無憂覺得有些奇怪。

「不是很久！是非常久！」葉秋兒撇嘴道：「今天已經是第十天了！」

「什麼？十天了？」李無憂大驚，那次參悟仙凡障壁，自己也不過是靜坐了九日，這次光入定就花了十日時光，這怎麼可能？

「可不就是嗎？我入定了一會兒就醒了過來，你倒好，怎麼叫都叫不醒你，人家每次一碰到你身邊三尺，立刻就被你護體罡氣給震了開來。也不知你是不是有事，都擔心死了！」葉秋兒抱怨道。

李無憂見她眼眶深陷，形容憔悴，又是感動又是憐惜，柔聲安慰道：「秋兒，謝謝你！」

「誰要你道什麼謝了？」葉秋兒俏臉一紅，轉過了頭去。

「哈哈！不想要我謝，難道是要我香一個嗎？」李無憂哈哈大笑，猛地撲了上去，在小丫頭臉上就是一陣猛親，後者驚呼連連，又驚又慌，霎時間，什麼星河劍法十面埋伏全忘了個乾淨，雖然又打又罵，卻如何逃得出他的祿山之爪？

「……」

幾番雲雨，兩個人躺在何首烏的藤蔓上，葉秋兒忽眉間一蹙，道：「李大哥，你是蘇前輩的嫡傳弟子，豈不是比我師父還高一輩？我和你這般，似乎壞了禮法。我們的婚事，師父他們多半不會同意！」

李無憂先也是一愣，是啊，老子其實是大荒四奇的結義兄弟，居然和自己的徒孫的徒弟搞上了！哈哈，這個關係還真是複雜！要是讓四大宗門那些迂夫子知道，不知道會作何感想！真是的，生死未卜，哪裏管得了那許多？

他眼光落在那一副對聯上，不禁拊掌大笑：「秋兒你看！既然天地鬼神盡虛妄，聖賢哲達皆糞土，那什麼輩分禮法豈不更是狗屁？你我郎才女貌，正是天成佳偶，顧忌哪些鳥人作甚？秋兒你說是不是？秋兒？」

低頭，卻見葉秋兒早帶著倦意和幸福的微笑沉沉睡去。

「這丫頭……」李無憂笑了笑，抬頭，眼光卻又落到那三十二字上。

看了一陣，只覺這字狂則狂矣，其中似乎又隱含了一種寂寞蕭瑟之意：因劍指宇內，無抗手輩而寂寞；因世情看透，蒼茫天地竟無可與對話之人而蕭瑟。

越向下看，一種前所未有的悲寂出世之念，慢慢充盈了整個心中，不知覺間，他已然長身而起，拔出無憂劍，照著那縱橫捭闔的筆勢緩緩舞動開來，山洞中頓時劍氣驚雨。

他越舞越快，似有驚雷霹靂，又似有春雨淅淅，片刻之間，卻又轉成龍嘯鳳鳴。

「縱笑今古，天地鬼神盡虛妄故可恃唯我；橫眉乾坤，聖賢哲達皆糞土而君子自強」這三十二字，直如龍蛇急走，遍遊他全身一百零八大穴。每一次出劍，都似重若千鈞，又忽地輕如鴻毛。轉合之間，眉髮上指，肌膚間似有水銀流動，帶著一種入地引力，直若要將他引入阿鼻地獄。髓骨間，卻又輕氣上揚，似要帶著他乘風飛去。

初時他尚是以劍作刀，但漸漸地已經是刀劍不分，只是隱隱的一股刀意在劍中流暢。

葉秋兒被一陣時緩時急時重時細的銳風破空之聲驚醒，睜開眼來，卻見眼前瑞彩千條，霞光萬道，一人披頭散髮，藍衫飄飛，長劍咄咄，身形婉轉，縱躍飛騰，似欲乘風直上青天九萬丈。

她只覺得那劍勢時而如幽澗溪流潺潺，天上浮雲輕輕，時而卻又如奔雷急電，傾山移海，無形的壓力只將她逼得瘋狂後退，貼到牆角，運氣相抗。遠遠的，只見那個藍衫人影時而瘋狂，時而儒雅，時而憂愁，時而大笑。她忽覺得面上有蟻爬感，輕輕一摸，不知何時自己竟已淚痕滿面。

睥睨天下的傲氣，乘風歸去的逸氣，繞指斷腸的情意，交替占據了李無憂的心靈，他鬚髮皆張，彷彿有洪流在肌骨間流動，帶得他全身每寸肌膚都鼓脹起來。

「李大哥！」葉秋兒忽然驚叫了一聲。

「可恃唯我！」李無憂忽地大喝一聲，手中長劍化作一道電芒，猛地朝那石門劈去。

「轟隆！」一聲，石門成粉，眼前光華大盛。

李無憂踉蹌後退半步，支劍半跪，噴出一口鮮血，喃喃道：「好霸道的刀法！」呆立半晌，他猛然想起什麼，回頭過去，卻見葉秋兒右手捂著左臂，滿臉痛楚地倚在遠處的洞壁，詫異道：「秋兒，你沒事吧？」

「你試試讓我砍一劍，看有沒有事？」葉秋兒沒好氣道：「還不過來給我上藥？」原來是她躲避不及，竟然被一道劍氣所傷。

李無憂傻愣愣地跑了過去，替她包紮起來。

好半晌，他才搞清楚狀況，暗自咋舌，這山洞的前後少說有七丈，葉秋兒居然還被自己劍氣的餘波所傷，這套刀法的威力實在是驚天地泣鬼神了。

葉秋兒聽他說起那三十二字竟是一套絕世刀法，也凝目觀看，模擬那刀意流動，卻剛看了幾字就覺得頭昏腦脹，怒道：「哪裏是什麼刀法了？分明是整人的妖法嘛！」

「暈！明明是你功力不夠，還在這強詞奪理？」李無憂氣結。

葉秋兒自知理虧，吐了吐舌頭，笑道：「可能是吧！別管它了，我們進去看看，裏面說不定有寶貝也不一定呢！」

「等等！」李無憂停下腳步，使了個法術，毫不客氣地將那些紫色何首烏全數收歸乾坤袋中。這些都是寶物，不拿百不拿。

葉秋兒見他小小一個袋子竟然能裝下那許多東西，頓時想起什麼，疑道：「這莫非就是我玄宗開山的青虛祖師隨身的乾坤袋嗎？」

「可能是吧！我也不清楚，據師父說，大概四十多年前，他有次去崑崙後山散步的時候，遇到一個很邋遢的道士，非要將這袋子送他，倒沒想到裝東西倒確實好用。」李無憂胡扯道。

「啊！那多半就是青虛祖師了！」葉秋兒大喜，「那……那他後來再見到那道士沒有？」

「沒有了！不過那道士倒是傳了他好多玄宗的武功法術，有空我教你啊！」李無憂隨口敷衍道。

「好啊！好啊！你現在就教我吧！」葉秋兒雀躍道。

暈！這丫頭怎麼聽到風就是雨。李無憂這麼說，只是爲以後自己使出某些失傳的玄宗密法做鋪墊，但此時引火焚身，無奈下只得傳了她三招星河劍法的補遺。

葉秋兒長劍一挽，方踏出一步，卻忽然悶哼了一聲，再不能上遞一步。

李無憂忙上前攙扶住她，詫異道：「秋兒，莫非你腳也傷了嗎？」

葉秋兒沒好氣道：「還不都是你幹的好事！」

李無憂一愣，隨即賊賊地笑了起來。處子新破，自然不良於行。

葉秋兒又羞又氣，又掐又打。鬧了一陣，終究是不能立時行動，二人就又休息了一天。

翌日，葉秋兒便開始學武，那三招星河劍法很快被她學得似模似樣，讓李無憂也不禁唏噓。自己所遇人中，除開自己，怕就數這丫頭資質最高了，難怪四宗願意選她做十二天士之首。

二人的傷勢既已全好，以李無憂強得變態的大仙武聖身手，要從絕壁下去已是不難，但石門已開，自不能入寶山而空手了。

石門之內，卻是一座氣勢恢弘的宮殿。殿長寬約莫都是二十丈，高五丈，總共由十二根巨大的大理石柱撐起，天花板以藍色水晶爲背景，上方鐫刻有黃金和鑽石造就的日月星辰，端的是巧奪天工。

四面的牆壁上各懸有三顆雞蛋大小的明珠，地面以名貴的水彩石鋪就，在珠光映照下，顯得富麗堂皇。

整個大殿，除了那道石門外，似乎再無別的出入口。正對石門的方向，有一玉雕白龍巨椅，除此外，就只有大殿的中央有一個三丈方圓的四方水銀池，並無其他大的物件。

倒是從石門到龍椅，有一條鑽石綴成的大道，道旁次第擺了四個巨大楠木箱。楠木雖是貴重物品，但在這金碧輝煌的所在，就顯得有些寒磣了，能擺在這裏，顯然是因爲箱子裏的物品貴重異常了。

「李大哥，這裏似乎是個寶庫！」葉秋兒滿臉喜色，回頭卻根本沒見李無憂的影子，再轉過頭，卻發現李無憂已然打開了第一口箱子。

「乖乖！」隨著李無憂這一聲驚叫，那打開的箱子中射出了耀眼的寶光。

葉秋兒步上前去，卻只見那箱子中全是珠玉寶石，任何一件，不是自己出生以來所僅見，便是自己想也未想過。

李無憂正握著一塊純紅的巨大寶石細細把玩，見葉秋兒上前，忙挑出一串雪白明珠，戴到她脖上，一時人面明珠兩相映，說不出的動人，只將李無憂看得癡了。

葉秋兒嗔道：「死色狼，看什麼看，沒見過美女嗎？」語聲雖是潑辣，人卻嬌羞無限，低頭弄髮。李無憂乘勢手掌虛虛一抓，箱蓋合上，而那一箱珠玉卻已全部都被他放進乾坤袋中。

「啊！」葉秋兒正自沉浸甜蜜，卻聽李無憂又叫了一聲。

第二個箱子中，放的卻是一箱竹簡和古畫，葉秋兒隨便抽出一冊，卻見書上文字像蟻爬蚯走，說不出的難看，自己全然不懂，再抽出一張畫，上面卻只歪歪斜斜地畫了三個人，很是難看，不禁惱極，揚手就朝地上砸去。

「饒命啊！」李無憂嚇了一跳，出手如電，將那畫撈到手中，「姑奶奶，失傳幾達五百年的《三皇會雨圖》要是毀在你手裏，你可就成了我大荒的千古罪人！」

「呸！又不是武功秘笈，有什麼好緊張的？」葉秋兒撇嘴，自朝第三個木箱行去。

李無憂忙將那一箱書簡收入袋中，合上箱蓋，緊步相隨，深怕這姑奶奶又惹出什麼事來。

「哈哈！原來這個是神兵箱！」葉秋兒手持一把通體紅亮的長劍，歡喜地叫了起來。原來那第三個寶箱裏放的卻是一箱子的神兵利器，李無憂用精神力掃描過去，頓時動容，那柄紅劍非但看起來漂亮，質地更是難得的東海寒鐵混合南山血泥而成，鋒利程度絕對不讓無憂、倚天二劍，不禁駭然。

再掃描箱子中其餘物品，除了一柄藍色大刀外，質地雖都次了一等，但也都絕對當得吹毛斷髮，削鐵如泥了，而那把大刀，看來薄如蟬翼，卻鋒利至極，李無憂猜測這刀定然可以殺人不見血。

葉秋兒又挑了幾柄漂亮的短刃，李無憂按舊例收了餘下的刀劍並合上箱蓋。二人來到最後一口木箱前。

葉秋兒就要去揭箱子，李無憂忽地將她手拉了回來，笑道：「秋兒，你猜這裏邊是什麼？」

葉秋兒道：「珠寶、古玩和神兵都有了，用膝蓋想也知道，這第四個箱子當然是武術秘笈了！」

「呵呵！那你可就錯了！建築這大殿的可是一代奇人，常人所能想到的，他也想到，那豈不是太沒面子了？」

「這也有理！既然不是武術秘笈，想必裏面也沒有附贈的血書，要我們替他清理門戶報仇雪恨什麼的了，那應該也不是法寶，不是增加功力的靈藥，應該是……一件嫁衣！對了！就是一件嫁衣！這位前輩是位情種，將他妻子的嫁衣當作最寶貴的物品保留了起來！這裏面或者還有些曾經滄海、破鏡難圓、此恨綿綿什麼的！」

葉秋兒托著腮幫，浮想聯翩。

「這個……也不是沒有可能！」李無憂覺得這丫頭有時候也很花癡，「要我說，這裏面什麼都沒有，整個箱子就是一個機關！你一開箱子，就有大量的毒箭毒煙什麼的射出來，而整個山洞也會迅疾崩塌，你和我都會被埋在這裏！」

「切！你以爲每個人都像你那麼奸詐的嗎？」葉秋兒口頭不屑，卻也不敢去開箱子。

二人退後三丈，李無憂默運功力，右手朝箱蓋虛虛一托，「嘎吱」一聲，箱蓋委地。

「哈哈哈哈哈！」一陣大笑聲從箱子中傳了出來！

不是吧！這破箱子中竟然藏著個人？

李葉二人都是一驚，各拔兵刃，蹭地倒退一步。

「哪裏來的縮頭烏龜在這裝神弄鬼？快出來！」葉秋兒喝道。

那人依舊大笑，卻不回聲。

「哎呀！秋兒，你怎麼一點淑女風範都沒有？說話那麼不斯文，人家怎麼會出來？」李無憂語重心長道。

「那要怎樣說？」

「操你娘！哪個龜兒子在這頂著鍋蓋扮太監，還不給老子滾出來？小心老子找到你拔了你的皮做皮靴，抽了你的筋當鞋帶！」李無憂大喝完畢，回頭對目瞪口呆的葉秋兒道：「這樣就差不多了！你看他馬上準冒出頭來。」

但那箱中人似乎根本不欣賞他的幽默，依舊毫不客氣地縱聲大笑。

李無憂覺得很沒面子，蹭的一聲，舉劍就劈了過去。葉秋兒怕他有事，如影相隨。

但李無憂這一劍卻沒刺下去，因爲他人剛飛到箱子上方的時候，那笑聲頓時戛然而止。葉秋兒詫異望向箱中，裏面竟是空空如也！

「李大哥，這人的隱身法好生厲害，連我天生的水青瞳都找不到他的影子！」葉秋兒滿臉都寫著詫異。

生具水青瞳的人可以看透包括隱身術在內的大多數幻術。

李無憂暗自一凜，收回長劍，裝出一副悻悻神色道：「天下哪裏有這麼厲害的隱身法？這裏邊根本就沒有人！」

「沒有人？那剛才誰在笑？」

「這是一種將聲音封存起來的法術！似乎是叫……千年傳音！我也只是在一本古書上聽說過而已！沒想到世上竟然真有這樣的神奇法術！」

「千年傳音？那這裏應該是一個古代的宮殿了！」葉秋兒恍然，「封印聲音，居然只是爲了和我們開個玩笑，這裏以前的主人還真是個妙人。」

「妙人嗎？剛才嚇得老子小心肝撲通撲通亂跳呢！」李無憂不滿道。

葉秋兒懶得和他囉唆，細細將整座宮殿打量了一遍，隨即喃喃自語起來：「這地方真是有趣，我回去之後，一定要將這裏的遭遇一一記錄下來……喂！李大哥，你爬那麼高做什麼？」

不知何時，李無憂已飛身上了那張龍椅，聽到葉秋兒問詢，哈哈大笑道：「這裏的主人是個妙人，我又怎麼能讓他失望？你轉過頭去，我就要在這給他留點紀念！」

「爲什麼要轉……」葉秋兒剛說了一半，已然羞得滿臉通紅，轉過頭去了。

淅瀝水響，卻是李無憂脫掉褲子，竟在那龍椅上撒起尿來。

這傢伙簡直是個超級無賴！拿了那麼多好東西，竟然還要弄髒別人的地方！更重要的是，他對一旁的淑女完全視若無睹！葉秋兒想不通自己怎麼會愛上這樣一個人。

李無憂一面迅速摘下龍椅上一件東西，一面哈哈大笑道：「吃喝拉撒，人生四件大事，半點馬虎不得！在龍椅上撒尿真是太爽了！老子回去，一定要叫手下人造一個龍椅……奶奶的，誰知道這地方的名字？老子回去定作一篇遊記，流芳千古，那就完美無缺了！」

「問我嗎？不就是紫寰殿了！」忽有一個略帶戲謔的聲音從身後響起。

李無憂萬料不到竟然真的有人應聲，大驚之下，不及回頭，飛身前掠，草草繫住腰帶，同時無憂劍出鞘，浩然正氣遍布全身。

但這番功夫卻是多餘，身後並無人偷襲他。

他站到葉秋兒身邊，驀然回首，龍椅前空空蕩蕩，哪裏有什麼人？

「老子莫非是見鬼了？」李無憂微微一驚，這人不是內功深湛，就是會類似梵音佛唱的惑音術了，心頭猛地一動，再次回頭，只見石門口果然已多了一長冠儒衫的冷面老者。

「紫寰殿？那是什麼地方？」卻聽葉秋兒奇道。

「紫寰，應該是皇帝用的地方了，難怪這麼氣派！」李無憂答道。

「可是皇帝的宮殿不是該在京城嗎？爲什麼要大費周章修在這裏？」葉秋兒更奇。

「笨哦！很顯然這裏是個茅房嘛！」

「茅房？」

「當然了！你沒看見……你沒看見……」李無憂四處張望，終於看到了那個池子，立時大喜，「你沒看見那裏邊都是皇帝撒的尿嗎？」

「可是皇帝撒的尿爲什麼是白色的？還閃閃發光呢？」

「那個……這個……啊哈，剛才我搞錯了，這該是皇帝的廚房！」

「剛才還是茅房，這麼快就變廚房了？」

「對啊！你看那些白白的液體，不是大家常說的瓊漿玉露又是什麼？」

「哦！我明白了……原來皇帝撒的尿就是瓊漿玉露啊！」

「……你還真是冰雪聰明！」

「你們倆有完沒完啊？」老者忽然大吼一聲，打斷了二人的夫唱婦隨。

李無憂心道：「老王八，你也老大不小了，還吼那麼大聲，你當發春嗎？」卻見這老傢伙一吼，只震得四面牆壁嗡嗡亂響，已然肯定他是名內功高手，並非什麼鬼怪，心下大定，嬉笑道：「完了！前輩有屁可以放了！」

「你這小子……」老者不怒反笑，手指的方向忽然落在葉秋兒脖子的明珠項鍊上，「咦！這串明珠怎麼這麼眼熟？」

「臭強盜，你不是想搶我的項鍊吧？」葉秋兒嚇了一跳，頓時拔出紅劍，打算和這個老強盜拚命。

「這不是我的赤影劍嗎？」老者叫了起來，向葉秋兒踏出一步。

葉秋兒立時被一種無形壓力幾乎透不過氣來，知道動手是免不了了，一面忙運氣相抗，一面拔出剛才從神兵箱中得到的一把碧綠短匕來加強威力。

「你竟還偷了綠翠！」老者神色肅穆起來，又向前跨了一步。

「啊哈，江湖規矩，見者有份，前輩你想分一杯羹就明說嘛，何必裝神弄鬼呢？」李無憂看透這老傢伙的企圖，邊說邊從乾坤袋裏掏出一塊磨盤大小的白玉，遞了過去，「呵呵，這個留給您養老，你看如何？」

「和氏璧！」老者眼神越發冷酷。

「不會吧？這東西少說也值十萬兩了，還嫌少？」李無憂覺得這傢伙有些貪得無厭，但能善了的，他是不會動武的，忙又掏出一把珠玉。

「這些東西……」老者臉色鐵青。

「不是吧？還嫌少……啊，我明白了，前輩是讀書人，原來是想要古玩字畫，你看這幅《春樹秋香圖》怎樣？絕對是袞羽真跡，乃收藏必備啊！」李無憂趕忙又掏出一幅古畫。

「這麼大方，小夥子不錯嘛！」老者忽然笑了起來，「碎玉、琅寰、神機三個箱子你都開了，不用說，第四個秘笈箱你也開過了，箱裏的《天刀秘笈》也在你手上了吧？那東西深奧得緊，你二人功力淺薄，看也看不懂，不如還給我，等老夫學會了教你。」

「碎玉、琅寰、神機，《天刀秘笈》？都是些什麼玩意？」李無憂滿頭霧水，心頭隱隱有了不好的預感。

「呵呵！大家都是聰明人，小兄弟你又何必裝糊塗呢？」老者笑容可掬，「你能摸進我紫寰殿來，想必是柳逸塵柳老弟的後輩吧？」

「空空神偷柳逸塵？」李無憂有點搞不清楚狀況了。

老者笑道：「小兄弟，你若再裝，就未免有點不夠光明正大了吧？我知你空空門人出手絕不落空，但你們空空一派的內功走的是陰柔路線，與我殺天九刀的至陽至剛完全不同，《天刀秘笈》你拿去又有什麼用？不如還給我，那些金玉神劍什麼的就都送你好了，權當是你此次行動的彩頭，你看如何？」

「前輩你大概是誤會了，我不是柳逸塵的弟子……」李無憂還想辯駁什麼，但隨即嘴張了老大，半天合不上來，「等等，殺天九刀，您老人家不會就是與劍神齊名的刀狂厲笑天厲前輩吧？」

「不才正是！」那老者微微一笑，「這裏也正是蝸居紫寰。」說這話時，他陡然挺直了身體，一股沛然的氣勢頓時從他身上散發了出來，布滿了整個紫寰殿。

「不會這麼巧吧？」葉秋兒也終於回過神來，「您的意思是說，這是您的家？那殿裏的所有東西，豈不都是你的？」

「還有外面那些紫玉首烏，也是費了我十年心血才養成，便也順便送給你們了吧。」厲笑天道：「這紫寰殿我已經封閉了十年，你們若非老柳的弟子，又怎麼能找上來？若沒將他的隨意囊練至化境，又怎能將這許多東西都裝到身上？呵呵，後生可畏，老柳教的好徒弟啊！」

啊！李無憂和葉秋兒面面相覷，只覺得自己身入冰窖。二人這番險死還生，本以爲是因禍得福，到了一處古代神殿，尋得了大批寶物，正自意氣風發，萬萬料不到竟是跑到正氣譜第二高手厲笑天的家裏偷東西來了！

「靠！賊老天，你竟如此捉弄老子！」李無憂恨恨罵了一聲，但隨即卻笑了起來，心想：「以前看武俠小說，凡有人墜崖落谷，定是大難不死，必有後福！或逢世外奇人，或遇秘笈重寶，因此功力大增。若有佳人共同墜崖，則更大妙，易仇爲親，陰陽雙修，從此縱橫江湖，天下無敵！老子陰陽雙修是有了，但絕食武功，寶物神器很明顯是不適合了嘛。畢竟連大荒四奇這樣的絕頂高手，老子都已然在上次墜崖的時候會過了，這次上天總不能再安排李太白和藍破天躲在懸崖下面的某個老鼠洞裏苦等了幾千年，非逼著傳授絕食武功給老子吧？」

想通此節，李無憂笑道：「厲前輩，我們真不是柳前輩的弟子。您也別說反話了，我們拿了你的東西，全還給您就是。只不過那本什麼《天刀秘笈》，我們是真的沒見，您就不要爲難小輩了吧！」

他話聲未落，卻見厲笑天微微一抬手，那四口木箱同時打開，裏面自然都是空空如也。

厲笑天掃了那四口木箱一眼，笑道：「呵呵！空空門下，果然是來也空空，去也空空。小兄弟，事實就在眼前，你還要狡辯嗎？厲某的功夫雖然不怎樣，但在江湖上多少有點名聲，和你師祖也算是有些交情，也不想落個欺負後輩的名聲。只不過那本秘笈卻是家師留給在下唯一可以睹物思人的東西，還望兩位能夠璧還，否則……」

雖然依舊在微笑，但他眼神裏已經透出了殺機。

「喂！厲前輩，你怎麼不講道理啊？那個破箱子裏本來就什麼也沒有，只有你留下的一陣『哈哈哈』的鬼笑聲，哪有什麼見鬼的秘笈啊？」

葉秋兒本來一直是尊重前輩的，此時也終於忍不住了。

「只有大笑聲？」厲笑天微一遲疑，隨即臉色變冷，「這個木箱老夫雖然一直沒有開過，但家師臨去前明明交代裏面有殺天九刀的秘笈在，他老人家又怎麼會騙我？看來你們是不見棺材不掉淚了！」

「喂！你別亂來啊！」李無憂剛驚呼一聲，一柄大刀已然當頭劈來。

這一刀倒也不甚急，也不是刀身未見而刀氣已至，只是這幾與江湖賣藝人相似的尋常一刀才劈至一半，李無憂已覺身周空氣頓時被抽了個乾淨，而刀勢再進一分，那尋常一刀的氣勢卻陡然一變，彷彿是挾山超海的天地之威，沛然而不可抗。

好霸道的一刀！

李無憂頓時將呼吸斂去，轉爲先天內呼吸，本想用出落英十三劍相抗，但心頭猛地一震：這一刀威力雖弱，但和那石門上的三十二字刀法怎的如此相像？心念才一轉，手中無憂劍已然作刀勢應了上去，無巧不巧，正將厲笑天的刀勢抑住，並隱然有了一種反擊之勢。

「咦！你怎麼會這招縱笑橫眉？」厲笑天大驚，但隨即恍然，「小子好高的天分，竟然這麼快就從秘笈中學會刀法！好，我倒要看看你學了多少！」人猛地騰空而起，長刀一轉，從上而下劈出。

這一次，一刀劈下，卻依舊平平無奇。李無憂卻更加謹慎，將長劍舞成一團圓，身周彷彿是有了一個透明的光罩。

果然，厲笑天一刀尙只劈下三分，那光罩之上已然是金鐵交鳴之聲。

金鐵聲響畢，那刀也只不過劈下了四分，而厲笑天這一刀卻再也劈不下來，頓時大笑：「哈哈！果然天資聰穎，我這招破碎今古就是不發而至，後發先至，至而不發，就是要讓對手在時間差裏移動，但你能用斷續乾坤破解，已深得這套刀法的要旨！比我那蠢徒弟強多了！來，再看我這招天地不仁。」

李無憂看他收刀回鞘，廢話連篇，本以爲他起了憐才之意，哪知這傢伙最後話鋒才一轉，大刀已然毫不客氣地再次砍了過來，暗罵一聲老狐狸，使要舉劍相迎，卻見這一刀鋪天蓋地而來，猛然想起什麼，龍鶴步轉動，連連後撤。

厲笑天大喝道：「小子，你想死嗎？天地不仁，以萬物爲芻狗，你越是躲避，這招天地不仁的威力就越大！」刀勢卻半分也不停下。

李無憂轉到葉秋兒身旁，一掌擊打在她身上，喝道：「別運勁！」後者驚呼一聲，身不由己地如箭後射，剎那間已至殿壁，眼見要撞上牆壁，身體卻一個弧線急轉，從那石門射出，再飛三丈，恰巧落到洞外。

飛行十餘丈，由始至終，她都是人如疾箭，卻都是憑了李無憂那一掌之力，自己卻並未用過自己半分力氣。人懸空中，雙足猛地運勁在絕壁上一撐，頓時斜飛三丈，手中赤影劍洞入絕壁，險險定住身形。

卻聽「轟」的一聲驚天動地的巨響，方才那洞穴所在彷彿有人引爆了千萬炸雷一般，碎石金玉從那洞中洪流一般衝了出來。

「李大哥！」她慘呼一聲，手中長劍頓時把持不定，心中只是一片空白，身體輕飄飄的朝山下墜去。

第十章　淫賊公會

「喂！臭丫頭你別裝死啊，你要死也要等給我生個大胖小子再死不遲！」迷迷糊糊中，葉秋兒覺得有人在猛烈地搖自己。

她掙扎著坐了起來，卻見一對魔爪正在自己豐滿胸部撥弄，魔爪的主人一張英俊得變態的臉上偏偏是嬉笑神情，一副痞賴模樣，卻不是李無憂又是誰來？不禁又喜又悲：「李大哥，原來我們做鬼了都還能在一起呢！」

「去！大吉大利！老子有千條命，哪那麼容易死？再說，真的死了，整個大荒的百姓能答應嗎？即便他們沒良心，但廣大讀者們能答應嗎？」李無憂輕輕捏了捏她臉頰，笑了起來。

「可我剛才明明看見你和厲前輩……」

「唉！你這丫頭有時候聰明得我都害怕，有時候卻又笨得要命！像我這麼貪生怕死的人，怎麼捨得和那老傢伙同歸於盡？」李無憂嘆了口氣，「我只不過要和他印證一下刀法，怕讓你受了波及才把你先推了出來，沒想到你看到爆炸就嚇成那樣，連劍都抓不穩，要不是山腰上有棵松樹阻了你一阻，而我又及時出現，你就徹底辜負老子的一番苦心了。」

「對……對不起！」葉秋兒紅了臉，羞怯起來。這個時候，她彷彿又是山頂初見的那個葉秋兒了。

「呵呵！算了，沒事就一切好說！不過，下次你一定要對我有信心，不論多麼艱險，沒有你老公我戰勝不了的！」

「嗯！」葉秋兒頷首應了，一低頭卻發現脖子上的明珠猶在，自己已然在波哥達峰山腳的一處密林中了，好奇心起，問道：「你和厲前輩後來怎樣了？」

「哈哈哈哈！」李無憂放聲大笑，「那老傢伙就是會吹牛，真要打起來，也不過是堆爛泥。和他硬拚一招，竟然將整個殿都給拆了，老子當時就火了，這殿雖然是他的，但建的人多不容易是不？當即使出殺天九刀中的一招『唯我可恃』將他打得跪地求饒，屁滾尿流，末了還死皮賴臉地要拜我爲師，我看他資質雖然差點，但一把年紀還有這麼虔誠的求學之心，爲配合夫子有教無類的大慈悲精神，就勉爲其難地收下了他，以後江湖相逢，他少不得要奉上熱茶，恭謹地稱你一聲師娘就是。哈哈哈哈……哎喲……」

葉秋兒聽他吹了半天，最後一笑幾乎是沒笑岔了氣，顯然是牽扯到某處內傷，哪裏還不瞭解真相，又是好氣又是好笑，卻不揭破，只道：「哎喲！那可不好，多了個輩分這麼高的徒弟，我的輩分豈不還是在我師祖之上了？」

「笨！」李無憂狠狠敲了一下她的頭，「是他得管你叫師祖，但你師祖還是你師祖，你師祖則是他師祖的師祖……什麼亂七八糟的，別說了，我肚子有點餓了，我們趕快回潼關去。」

葉秋兒點點頭，忽然眼光落在李無憂的衣服上，不禁大是詫異：「李大哥，你原來的衣服呢？這件衣服黑漆漆的，胸口還繡了朵金色牡丹，未免也太沒品味了吧？」

李無憂嘻嘻笑道：「剛才在洞裏和老厲一場惡戰，衣服早變成丐幫的制服了。我擔心丐幫的人會不會向我收專利費呢，也不知道從哪裏冒出個倒楣鬼要搶劫我！」

「妙啊！居然有人敢打劫雷神！來而不往非禮也，他打劫不成反被你打劫了吧？」葉秋兒拊掌笑了起來。

「呵呵！好句『來而不往非禮也』！只不過這小賊奸猾得很，被我打成重傷，居然硬是趁我不注意偷了我的乞丐制服給跑了。」

李無憂雖然這樣說，葉秋兒卻知道他定是擔心自己，不然以他的輕功，還能被一個蟊賊逃掉？她心下感動，卻也不揭破，只是皺眉道：「不過這衣服上似乎有濃濃的脂粉味，該不會是個女賊吧？」

某人忙發誓賭咒，諛辭如潮，只將小丫頭弄得心花怒放這才甘休。

二人邊說，邊朝潼關方向走去。一別數日，也不知道那邊戰況如何了。王定，你可千萬別讓老子失望才好！呵呵，要是讓小蘭和秋兒這兩個活寶待一起，不知道會不會將潼關鬧個天翻地覆。

想起慕容幽蘭，李無憂頓時記起小丫頭一直嚷著要到波哥達峰捉一隻此地特產的翠羽雄鷹，只是兵凶戰危，自己擔心她的安全，一直沒有放行，此時夜色籠暮，群鳥歸巢，自己既然就在此處，不如順便捉一隻回去，既討得了她歡心，又報了當日懸崖上那畜生幾乎讓自己和秋兒喪命之仇，何樂而不為？

與葉秋兒說時，他當然是筆削春秋，略去前面的重點不提，小丫頭對當日之事正耿耿於懷，哪裏有不同意的道理？於是兩人放緩腳步，細細搜索起來。

過了不久，葉秋兒忽然低呼道：「李大哥，你看那邊！」順著她手指的方向，一棵巨樹之巔，一隻翠羽鷹熟睡正酣。李無憂大喜，迅快地在她額頭一吻，扶搖直上。

此時他功力非但盡復舊觀，經歷這一連串生死邊緣遊蕩後，更有精進，輕功更已是登峰造極，人雖向上如箭直衝，卻不帶起半絲風聲，黑夜裏，儼然一個幽靈。玄宗的掌門太虛子常誇葉秋兒是百年不遇修習輕功的奇才，她平素也頗爲自恃，見此卻不禁嘆爲觀止，江湖成名，果非僥倖。

「撲！」翠羽鷹天生的敏銳讓牠還在李無憂近牠三尺的時候發現了敵人，身上百分之一的羽毛忽然脫出身體，如箭一般朝李無憂射來，而雙翅卻猛地撲騰，掙扎著欲圖飛走。

「靠！你竟然還有這麼一手！」李無憂笑罵一聲，一式掬波手已然虛虛地抓了過來。青虛子私下裏曾引用一位武學名家的話，對李無憂這套自創的擒拿掌法評價說「三尺之內，死生由他」，嘉許之高，由此可見。至於他這隨手一式，更是掬波手中的精華，別說是一隻蒼鷹，就是菩葉某次過招時，也曾不小心敗在這招掬波看淚之下。

自然而然的，融合了萬流歸宗手法的掬波手將那數百根羽毛無一例外地沒收，而那翠羽鷹也毫無意外地落在了李無憂另一隻手裏。

但就在李無憂暗自得意之際，一串清脆的鈴聲響徹整個密林。鈴聲方自未絕，奇奇怪怪的鳥叫聲陡然從密林深處響起，此起彼伏，讓李無憂生出自己重臨當日封狼山頂百鳥朝鳳的錯覺。

「李大哥，我們好像中了埋伏！」葉秋兒叫了起來。這個時候要是遇到龍師兄他們，叫人家怎麼好意思?不是好像，根本就是。

打開天眼的李無憂很快發現了端倪，暗夜裏，黑壓壓的一片人流從四面八方朝自己這方會聚，而那些鳥叫聲正是這些人發出的。原來這隻鷹鳴就是暗號!

只是埋伏的策劃者怎麼知道我要來捉翠羽鷹?莫非潼關還有內奸?這些人的輕功都是一等一的好，又是哪方的人?四大宗門還是蕭國天機?

他愣了一愣，隨即興奮起來，奶奶的，老子正等著你們呢!當即落到地面，將那隻已經被點了穴的翠羽鷹交給葉秋兒，柔聲道:「不用驚慌，一切有我!」

這極為平常的一句話，落在葉秋兒耳裏，卻有種說不出的威力，心緒頓時平和，只覺便有萬千風浪，亦可閒庭信步了。

很快，人流就在他二人四周匯集。群鳥鳴叫聲止，三百餘條身著夜行衣的漢子，各持一個圓筒狀的古怪兵刃，靜靜地站在他二人丈許之外，黑壓壓的，彷佛是一群鬼魅。

「李大哥，這些人，我怎麼一個都不認識呢!」葉秋兒忽然興奮地叫了起來。

「暈，這些兔崽子每個人都身著古蘭的名牌夜行衣，唯一露出的眼睛上還戴著一副齊斯那邊流傳過來的高檔墨鏡，你能認出才怪了。」李無憂不知道這丫頭是因為不用面對四大宗門而高興，幾乎沒被她氣死。

聽到李無憂的話，那些人頓時有了些騷動，六百餘隻眼睛裏的火焰彷彿要透過墨鏡噴了出來，足下微動，立時便要動手。

兵法有云：敵不動，我不動；敵欲動，我先動！李無憂驀然大喝一聲：「去！」勁力運至右手掌心，也不如何作勢，那數百根鳥羽已化作滿天綠光。

這一式漫天花雨使出，那是正式撕破臉了，葉秋兒也拔出了赤影劍。三百餘人同時身形一矮，向前一倒。那些鳥羽本都是射向諸人的胸部要害，這下全都擦著頭皮激射過去。

「好厲害！這些傢伙每一個人竟然都有洞悉先機的本事不說，行動居然如此整齊，身手也還都是這般敏捷！今天少不得有場惡戰了。」李無憂只嚇出一身冷汗。

「撲通！」所有的人全都跪倒在地。

「啊！這是什麼陣法，竟然全都要跪倒在地施展？」李葉二人大驚之餘又是莫名其妙。

下一刻，那三百餘人同時以頭搶地，手中圓筒射出各色光華，朝李無憂射來。

「原來是暗器陣！」這個念頭才在李無憂心頭掠過，他已然帶著葉秋兒拔地而起，但他隨即發現那滿天光華居然全是朝著空中噴射。

好厲害！這些人的領袖簡直是神了，每一步都洞悉先機，完全堵死老子的退路。說不得，只有硬拚了！

「小弟拜見大哥！」三百餘人同時開口，聲響如雷，只震得林中樹葉簌簌發響。

同一時間，刺鼻的硫磺味鑽入李無憂鼻來，他暗叫不好，莫非有炸藥埋伏？但見那些彩光衝上約莫十丈，頓時散開，化作五顏六色的各類圖形，有造型奇趣的各式肚兜，款式新穎的女式內褲，還有李葉二人完全不認識的各類古怪圖形。各類圖形中間是一行大字：

恭祝大哥金槍不倒永霸御林！

葉秋兒見那些圖案，先是啐了一口，隨即悄悄問李無憂道：「金槍不倒？大哥，正邪兩榜上都沒有以使槍聞名的好漢吧？我只聽過武林，這御林是什麼地方，稱霸這裏很有意思嗎？」

李無憂幾乎沒暈眩過去，這丫頭……還真是張白紙啊！

正要說話，卻見空中流光溢彩已然全數煙消雲散——那些圖案居然全是煙花組成！那麼，這些人手裏的圓筒就不是什麼暗器而是裝煙花的竹筒了……

三百人將墨鏡齊刷刷向後一拋，拉去頭罩，露出廬山真容，隨即將手中圓筒置地，同時振臂高呼道：「恭祝大哥金槍不倒永霸御林！」

這一次聲音更大，幾乎沒將李葉二人耳膜震破。

李無憂見這些人一個個不是油頭粉面就是獐頭鼠目、面目猙獰，顯然不是什麼好人，但都是面露喜色，全無半絲敵意，而且個個神情振奮，看自己的眼神彷彿是浪跡天涯的遊子在他鄉遇到可以給他們當家做主的親人一樣，暗道：「莫非是一場誤會？」忙道：「那個……那個各位兄弟，有什麼事，你們先起來再說成不？」

「起來了，起來啦，會主大哥叫你們起來呢！」一個手持白紙扇的年輕書生首先站起，招呼眾人起身。

眾人起身後，各自後退，呈方隊整齊站好。唯有那書生和另外手捧包裹的四名油頭粉面的傢伙留在原地，似乎是領頭的人。

「大哥，這是小弟今年的成績單的說，請大哥驗收！」四人中，一名白衣中年人媚笑著遞上了手中包裹。

李無憂知道這些傢伙多半是認錯人了，也不說破，右手虛虛一按，已是隔了丈遠一爪抓了過來。

「哎呀！各位兄弟，大家這次真是有福了！會主大哥今年非但露出廬山真面目讓我等瞻仰，甚至還表演了他的成名絕技翩翩採花手，真是不虛此行啊！」那書生立時大聲喝彩。

立時地，彩聲大作，馬屁不絕。

那獻包裹的中年人大聲道：「有人說我們公會成立十年，能在名門正派邪魔歪道之外，獨樹一幟，至今屹立不倒，全仗了會主大哥這一手一臉。小弟初時還不信地說，今日得見大哥絕世姿容和這手無敵神功，這才心服口服地說。嗚嗚，真是天佑我會，降以英才啊！」

那書生輕搖摺扇，笑道：「花兄這番話可是說到大夥兒心坎裏了。小弟曾聽人說，自會主創會以來，天河南北不知有多少少女做夢都在盼著我們會主光臨呢，她們說了，不爲別的，只要能同會主共度一次春宵，便是立刻死了也心甘情願。小弟當時聽了就大爲不服，心說會主他也是人，難道還能比我玉蝴蝶俊俏幾分不成？呵呵，各位兄弟別笑，那是小弟以前沒見過世面時候的妄想。今日見了大哥，我才知道大哥他簡直不是人！」

「嗯？」所有人同時大怒。

「各位兄弟別生氣！」玉蝴蝶忙道，「小弟的意思是說，大哥他根本不是人，卻是上天謫下的仙人啊！什麼潘安、宋玉，見了他全都得靠邊站，小弟不自量力想和他比，那還不是找死——羞愧而死嗎？」

「哈哈哈！」眾人放聲大笑，都誇他說得好，說出了自己的心裏話云云。

正自開懷，玉蝴蝶忽大聲道：「各位，大哥他老人家容貌絕世，神功無敵，但這都不是我最佩服他的地方！」

「大哥他樣樣出類拔萃，乃大荒三千年精氣所鍾的說，自然是讓人敬佩不完的。玉兄，不知你最佩服他哪裏呢？」那姓花的中年人問道。

「當然是他老人家的大仁大義了！」玉蝴蝶大聲說時，又朝李無憂拜了下去，那神情好像佛教徒見了釋迦牟尼，小道士見了李耳。

「靠！少拍馬屁了！」李無憂忽然對自己現在的身分開始感興趣了，一面去打開包裹，一面笑罵道：「你倒是說說，老子怎麼個大仁大義法？」

「有個性！大哥，我就是欣賞你這份敢說粗話的爽直的脾氣的說！」花姓中年人憋著一張馬臉在一旁噁心兮兮做感嘆狀，卻讓葉秋兒毛骨悚然：這傢伙難道有那種愛好？

卻聽玉蝴蝶大聲道：「大哥，這可是你逼我誇你的！大荒三八五五年，您不忍見兄弟們終日受官府的通緝，那些所謂白道大俠的追殺，魔道中人的欺壓，響應廣大淫民的呼聲，以『有妓同嫖，有妞同泡，有花同採』的三同思想爲指引，聯合大荒諸國飽受欺壓的廣大淫民，提出『均春藥，平迷藥，共用採花資源』的先進口號，於七月十二子時，廣大淫民還沉浸於溫柔鄉的時候，在天河中的一艘畫舫中，與花蝴蝶花兄、翠蝴蝶翠兄等元老先驅一起，秘密成立我淫賊公會。從此以後，採花界的前輩後輩、中輩平輩、小字無字輩們，盼星星盼月亮，終於盼來了自己的組織啊！」

「淫賊公會?!」李無憂聽到這裏，頓時停止了打開包裹的動作，「奶奶的，老子怎麼莫名其妙地鑽到這個江湖中知名的邪教裏來了？」

正自沉吟，胳膊上頓時傳來一陣鑽心的疼，知道是某淑女的傑作，心頭大叫冤枉，卻不敢吭聲，甚至連臉上笑容都不敢減一分。

眾人自沒發現這個小插曲，繼續和玉蝴蝶一起陶醉於他的口沫飛濺中：

「次年的七月十二，大哥你就在此處再會盟六國英豪，召開了第一屆淫賊大會，在會上，你將每年的七月十二定為『淫賊日』，從此廣大的淫兄淫弟終於有了自己的節日！在會上，您還精闢地闡述了作為一個淫賊的生存價值，歷史使命，以及我們今後的發展方向，並提出了『集團化、商業化』的前瞻理念。這十年來，在你的偉大指引下，我們的事業蒸蒸日上，每日裏不計其數的無知少女和良家婦女落入我們的淫爪。更關鍵的是，我們滿足了無數思春蕩婦的空虛，慰藉了她們寂寞的心靈，從而穩定了社會，促進了各國經濟的大發展；使得她們的男人可以沒有後顧之憂地放心在戰場上打仗，士氣大振，從而產生了許多經典戰役，增加了大荒百姓的精神食糧，為廣大說書人提供了素材；同時使得男妓這個醜惡行業從此銷聲匿跡，淨化了社會空氣。大哥您看，您這許多偉大措施，既活絡了經濟，繁榮了戰爭，又淨化了社會空氣，同時使我們覺得自己活得像個人！我可以負責任地說，您，李不淫，正是上蒼賜給我大荒的淫賊中的聖人，大仁大義的英雄！各位，爲我們能在這樣英明神武的大哥的領導下而歡呼吧！」

「說得好啊！」、「玉大哥說出了我們的心聲！」、「玉大哥真是廣大淫民的代言人啊！」、「感謝玉大哥的精彩演出，各位，知道他爲什麼能說得如此好嗎？因爲他昨天晚上服用了我唐小淫的獨門金槍藥……」

掌聲如雷，彩聲不絕，說什麼的都有。

李無憂哭笑不得，忽聽葉秋兒的聲音傳入耳來：「李大哥，我想起來了，聽說他們淫賊公會就是以牡丹爲記的，帶頭大哥李不淫異常神秘，常年到頭都是黑布罩面，而且常以假聲示人，除了死在他手上的女子，從來沒有人見過他的真面目。剛才在山腳下打劫你的那人會不會就是李不淫？」

李無憂正自詫異，聽她這麼一說，頓時大悟，傳音道：「這就對了！那傢伙長得也確實不錯（雖然比起我來不夠好看），剛才也口口聲聲說他有好幾萬會眾，早晚要來找我報仇什麼的！這麼想來，果然就該是他了！」

「嗯！你看這隻鷹，牠的雙腳上都綁著一對金牡丹呢！這多半就是李不淫召集他們的信物！」

李無憂餘光瞟去，翠羽鷹雙足上果然有一對金牡丹，同時記起剛才自己捉鷹時，似乎看見那鷹足踩在一根極細的絲線抖動，接著就是鈴聲不絕，想來是自己一捉鷹就引發了召喚機關吧，不禁又是好氣又是好笑。

奶奶的！老子最近都是走什麼運了？在絕壁上隨便挖一個洞就挖到厲笑天的家，在山下隨便遇到個強盜就是淫賊公會的會長，而在樹上亂抓一隻鷹卻抓出一隻淫鷹。

葉秋兒又傳音道：「李大哥，既然誤打誤撞到了這裏，顯然是天意，不如你就乘勢爲民除害吧？」

「說得好啊！」李無憂大聲說了一聲，隨即傳音給葉秋兒道：「我自有分寸，一會兒你別多事，只看戲就行了。」

卻見花蝴蝶深施一禮，說道：「大哥，諸位兄弟對您的敬仰之情，猶如土地爺撒尿，連綿不絕的說，那是說個百八十年也說不完的……您是不是先對小弟今年的成績給個評價啊？」

「啊哈！聽到兄弟們如此擁戴區區，差點把正事給忘了！」李無憂打了個哈哈，伸手解開那個包裹，一堆款式各異的手絹露了出來，奇特的是，這些手絹雖然手工不一，幾乎都是通體雪白，偏於中心處有一灘形狀不定的嫣紅。

「嗯，不錯。」李無憂心頭詫異，搞不清楚這傢伙搞什麼飛機，表面卻是矜持地點了點頭，「不過，這些東西和往年相比……」

「大哥英明！一眼就看出來了。」花蝴蝶滿臉堆笑道，「今年小弟除了在破處數目上有了長足的進步，在品質上也是精益求精。這些處女血呢，不是富家千金就是一方女俠，精氣充足的說，是以處理後才能長時間保持色澤鮮豔。」

「果然！果然！」李無憂表面讚許，心頭卻是大怒：「奶奶個熊，這疊手絹少說也有百來張，這麼多如花少女都被你採了，還要不要老子活了？」

正自動念，忽覺身畔真氣激動，忙用精神力緊緊將葉秋兒鎖定，同時一個「片葉須彌」使出，後者頓時覺得千斤壓體，舉步維艱，本是前掠的身形頓時變作了向前微微移步，誰也沒覺。

李無憂一面狠狠地將花蝴蝶讚許了一番，一面傳音給葉秋兒道：「秋兒，別衝動！」

葉女俠終於從義憤中醒悟過來，滿臉羞慚。落到一干淫賊眼裏，只道大哥就是大哥，連開會都要帶個雛兒來，真是我輩楷模，敬仰更生。

緊接著，其餘四人也相繼獻上今年的成績單。李無憂慢慢才搞清楚，原來獻包裹的四人正是各國淫賊公會的分會長，那叫玉蝴蝶的來自天鷹，而花蝴蝶是平羅的代表，其餘叫青蝴蝶、紅蝴蝶和冷蝴蝶的三人分別是楚國、西琦和陳國的代表。檢閱完畢，諸人席地而坐。

在請示了李無憂後，玉蝴蝶主持了每年的例會，先是爲那些因公殉職或者致殘的淫賊發放了一筆數目不菲的慰問金，緊接著大家詳細探討了公會的發展方向，無非是如何提高採花技巧，如何逃脫官府和白道中人的追殺，如何加強和黑道的關係，會上玉蝴蝶提出了「但使『幼有所教，壯有所用，老有所養』」這一集培養淫賊、集中使用淫賊、保障淫賊的老年福利爲一體的長遠淫賊戰略，深得李無憂和各國淫賊的好評。

只是可憐葉秋兒一張臉幾乎沒脹成個番茄，而李無憂的背上也多了無數介於擰和掐之間的瘀痕。

末了，李無憂笑道：「各位兄弟今年的成績都不錯，我很滿意，只是蕭國的淫賊事業……」

他不知道爲何沒有蕭國的代表，所以這話只說一半，既不說誇獎也不說遺憾，只等人接下去，那便半點破綻也不露了。

果然，精乖的玉蝴蝶立時接道：「大哥時刻不忘關心邊遠山區的兄弟，這種大慈大悲的國際互助精神，真是讓人感動啊。不過塞外乃苦寒之地，蕭如故那廝對我們的打擊近年來又連本加利，我們公會根本無法在那邊立足啊！可憐啊，我們每日裏醉臥溫柔鄉，蕭國的兄弟們卻惶惶不可終日，每每念及……我，我就肝腸寸斷，痛不欲生啊！」

說到後來，竟掬了一把同情之淚，那模樣倒好似剛死了爹娘的孝子。

頓時群情沸騰，應和不斷，對蕭如故的譴責此起彼伏。

卻聽來自西琦的紅蝴蝶道：「這還不算。蕭如故這狗娘養的，好好的不在皇宮裏待著，還非要跑到潼關來打什麼鳥仗！害得眾兄弟來的路上十室九空，根本就無花可採不說，還緊閉憑欄關，不讓進出，害得眾兄弟們硬是翻山越嶺，繞了好遠的冤路，許多輕功差的兄弟都因此未能成行，往年的三千人大會現在卻成了三百人會。更可氣的是，他在這潼關一駐紮就是一個月，害得老子今天上山的時候硬是砍翻了好幾隻天機的狗，才上得山來。」

這話立時引來眾淫賊一致讚嘆：「紅大哥了不起啊，連天機的人都敢殺！」只搞得這廝得意揚揚。

李無憂心中的一塊石頭卻也落地了，看樣子，蕭如故果然還沒攻下潼關。

楚國代表青蝴蝶道：「蕭如故這廝實在太可惡，可惜我們雷神李元帥會寒山碧姑娘去了，不然有他在，他早就丟盔棄甲了，哪裏還敢在潼關耀武揚威這麼久？」

「對！對！」玉蝴蝶忙接過話題道，「雖然淫賊不分國界，但我還是得說，你們楚國的李無憂實在是位了不起的大英雄啊！」

葉秋兒對李無憂眨了眨眼，神情古怪，那意思是說：看不出來嘛，你的名聲原來這麼響亮，連眾淫賊都推崇你。

李無憂聽到眾人如此推崇自己，立時知道沒有好話，暗自白了葉秋兒一眼，笑問道：「這個李無憂到底有什麼本事，竟然能得小玉你如此推崇？」

玉蝴蝶忙道：「大哥你近年來隱居山林，潛心習武，自然是不知道了。這個李無憂比起大哥你來自然是螢火之光，難與日月爭輝，但是這人實是我淫賊界的一顆新星啊！」

李無憂暗自打了個寒戰，老子怎麼這麼快又成淫賊界的新星了？

玉蝴蝶自然沒有察覺會主大哥的神情不對，繼續口沫飛濺道：「要說李無憂這個少年啊，年紀輕輕就已是大仙位高手，更掌管著創世神留下的四大聖獸，精通黑白兩道四大宗門、三大魔門的武術，官拜楚國無憂公，統領百萬楚軍精銳，楚問那老兒見了他也少不得要行個禮的。最了得的是他出道還不到半年，已然將江湖上正邪兩道知名的幾位美女給採了！」

「這麼厲害？」李無憂只聽得一愣一愣的。四大聖獸，三大魔門，百萬楚軍，我靠，太離譜了吧？

「可不就是！」玉蝴蝶的眼神充分說明他對李無憂是多麼的崇拜，「寒山碧，就是白曉生妖魔榜排名第九、十大美女排名第三的那位，大哥你知道吧？聽說被他一出山就收了。慕容幽蘭，大仙慕容軒的掌上明珠，十大美女第五名，被他略施小計就搞得服服貼貼，如影隨形。朱盼盼，絕代才女，十大美女第七，近日神秘失蹤，據我可靠的內部消息，呵呵，也是他金屋藏嬌所致。除此之外，金風玉露樓的第一美女殺手唐思，敝國的芸紫公主，楚國的清蘭公主，都曾在他胯下承歡。聽說他最近更是在四大宗門的什麼十面埋伏的鬼陣裏，帶走了玄宗老道士太虛子的五弟子葉秋兒。呵呵，怕也是難……哎喲……」

他正說得高興，冷不防一枚石子如飛射來，根本無從閃避，被正中門牙，頓時鮮血長流。

出手的自是葉秋兒，暗器射出後，拔出赤影就要上前宰了這隻胡言亂語的色蝴蝶。

李無憂忙喝道：「小秋休得胡鬧！小玉說的如是實情，這個李無憂若真比我強，我去請他來當會主就是了，你強出什麼頭？還不給我退下！」

葉秋兒恨恨退了下來。

玉蝴蝶頓時醒悟，壞了，自己把李無憂說得那麼優秀，自然對會主大哥的位置造成了威脅，他定是疑自己有聯合李無憂造反之意，這還了得?頓時嚇出一身冷汗，忙跪伏上前道:「會主大哥恕罪，小弟對您忠心耿耿，只是想爲本會補充一些新血，絕無半絲其他意思，請大哥明鑒!」

「請大哥明鑒!」齊刷刷地跪倒一片，看來這玉蝴蝶在眾人中還很有威望，而葉秋兒剛才的表現也多多少少激起了他們的不滿。

「玉蝴蝶這廝平素花言巧語，其實早有反心，乃淫賊中的敗類，大哥聖明，終於洞燭其奸!請大哥清理門戶，還我淫賊公會一個江湖清譽!」說這話的卻是花蝴蝶，這廝翻臉簡直比翻書還快，見李無憂的手下對玉蝴蝶出手，頓時以爲李無憂是要清除異己，立時落井下石。

「死花癡!你說什麼!」「明明是你們想謀反，還誣賴我們!」「殺了這老烏龜!」立時跪在地上的人群情激憤。

「怎麼了，想做官府的內鬼又不敢承認啊?」「老子早看你們不順眼了!」花蝴蝶的人立時反唇相識。一時劍拔弩張，便要打起來。

「都給我住手！」李無憂忽然喝了一聲，聲音也不甚大，但場中人人聽得清清楚楚，更奇怪的是，每個人都只覺得這聲音中有種說不出的威力，彷彿是上天的命令，再不敢有半絲忤逆之心。卻是李無憂用上了玄心大法的天心地心境。

李無憂虛虛抬了一下右手，玉蝴蝶頓時感覺一股沛然不可抗的力量頓時讓自己站了起來，正自驚恐會主的功力這一年來竟是精進如斯，卻聽李無憂已和顏悅色道：

「小玉別多心，你對我的心意，我還不明白嗎？小秋是我新收的手下，對我忠心得有些變態，而且爲人也很有些脾氣，你別放在心上。這裏有瓶治傷靈藥，你先服下。」

「謝過大哥！」玉蝴蝶忙從李無憂手中接過一個小玉瓶，千恩萬謝地下去了。

「小秋！給諸位兄弟賠個不是，然後到旁邊安靜地待著！沒我的命令，不許開口，不許動手！」

李無憂嚴厲地盯了葉秋兒一眼道，後者恭恭敬敬地給玉蝴蝶諸人賠了個禮，剛一轉頭，卻朝李無憂吐了吐舌頭，做了個可愛的鬼臉，再轉頭，卻已然滿臉嚴霜了。

李無憂暗自苦笑，卻無暇收拾她，看眾人情緒已經平復，當即語重心長道：

「各位兄弟，我常跟你們說，淫賊是一種主張，淫賊是一種風格，淫賊是一種時尚。古蘭魔族一旦再次入侵，誰能挽狂瀾於既倒？那些白道的僞君子們，還是那些懦弱的各國政府?不!只有靠我們淫賊啊!因爲只有淫賊,才是社會的棟梁,是大荒的未來,是人類的希望,而你們,這些淫賊中的精英,更是肩負著振興淫賊事業的歷史使命,任重而道遠啊!怎麼可以爲了這麼一點小小的誤會,就兵戎相見呢?」

眾淫賊自然不記得李無憂說過「淫賊是一種主張,淫賊是一種風格,淫賊是一種時尙」這樣的經典語句,也搞不清楚自己爲何竟然是人類的未來和希望,只是聽他說得鄭重和誠懇,都是慚愧地低下了頭。

立時,花蝴蝶誠懇地向玉蝴蝶道歉,後者欣然接受,相互深深擁抱,又是談笑風生,儼然生死之交的好兄弟。雙方人馬也立時怒貌換欣顏,各自客氣一回,又是喜笑顏開,好像方才只是下了場暴雨,現在已然雨過天晴。

「各位兄弟!」李無憂大聲道:「近年來,我們公會的各項事業都是蒸蒸日上,欣欣向榮,但一直沒有能夠在蕭國生根,這不能不說是一件非常遺憾的事!在座的各位兄弟都是才智過人之輩,想必都知道其中原因吧?」

既然都是才智過人之輩,大家剛剛又才探討過,眾淫賊當然沒有不知道了,立時高呼道:「蕭如故!」

「不錯!就是蕭如故這個狗賊!」李無憂咬牙切齒道,「這個狗賊簡直是天生的賤人啊！想我七十二歲那年……」

「等等大哥，你七十二歲那年？你今年貴庚？」人群中忽然有人嚷了一聲。

「九十八！」李無憂隨口道。

「哎呀！大哥你不會是騙我吧？你看來最多十八，嘖嘖，內功深湛，駐顏有術，老當益壯啊！」那人大聲又道。

李無憂聽著話聲頗為耳熟，凝目過去，找了好久，終於在人群中看到一個奇特的中年駝背。

這傢伙頭大眼凸、鼻歪口斜，一雙豬耳朵，臉上痲子成群，更難得的是脖子細柴、肚大腰闊、腿短足跛，一開口說話，一口黃牙參差不齊。

哈哈！他鄉遇故知，這廝可不就是七年前，崑崙山上將自己逼入懸崖，而被自己暗自命名天下第一醜的那中年漢子嗎？不知什麼時候開始從事淫賊這份很有前途的職業了。

事隔七年，李無憂早已從一垂髫童子變作一翩翩美少年了，這人自然不認得，還拿李無憂當年哄他的話反用過來討好李無憂。

聽到李無憂說他竟然已經近百歲，眾人先是惶恐，隨即將敬仰之情化作滔滔口水，連綿不絕起來。當即就有一百人要學李無憂的內功，一百人堅持認為李無憂之所以如此年輕，是因爲採陰補陽術高明，要學採花術；另外一百人卻直接要求李無憂下次採花的時候，一定要帶上他們觀摩學習，不然兄弟都沒得做。

李無憂啼笑皆非，安撫眾人後，問道：「這位兄弟怎麼稱呼？」

「浮雲山唐鬼！」

「哦！原來是唐兄！我記得你了！」李無憂點了點頭，看著天色，隨即話回正題，「話說我七十二歲那年，有次深入蕭國皇宮去採蕭如故他老娘……」

他話剛說一半，立時就引來眾淫賊陣陣興奮的尖叫，顯然是被會主大哥的構想搞得有些熱血沸騰。

李無憂揮手示意眾人安靜，神情安詳，似乎陷入甜蜜的回憶當中：「當時夜黑風高，淅淅瀝瀝的小雨，桃花滿樓，天上一輪明月皎潔無瑕，我踏著月色，打著火把，闖進了獨對軒……」

「慢！大哥，當時到底是夜黑風高還是明月皎潔？當時究竟是下著雨，還是你根本沒帶火把？」唐鬼大聲嚷了起來。

靠！幾年不見，這廝好像越來越蠢了，明知道老子只是在製造浪漫氣氛，竟然還敢深究細節？李無憂暗自恨得牙癢癢，卻道：

「當天晚上呢，確實是有月亮，但是大家都知道皇宮裏的建築真的是非常高，非常多，遮天蔽日啊，他們白天一般都是點著燈的，何況晚上呢？還有，我們高級淫賊用的火把當然必須是防雨的。唐兄弟看來是職業化程度不夠的新手啊，記得以後多看點書，虛心向前輩後輩們請教，不恥下問，這樣我們的事業才能成功嘛！至於這些比較幼稚的常識問題，希望你能在下去後，去請教你們的分會長玉兄弟，相信他定能給你詳盡的解釋。好了，不要再打斷我。」

眾人雖然知道世上有法師能製造防雨的火把，但絕大多數沒有去過皇宮，而偶爾有一兩個像玉蝴蝶這樣去過的人，也只是晚上到外宮打過轉，自也搞不清楚皇宮裏是不是白天也要點燈，聽李無憂如此說，都是暗自慚愧，慶幸自己沒有問這樣的幼稚問題，一面卻覺得自己見了世面，對李無憂更加高山仰止，崇拜得別說五體，甚至連小弟弟都快投地了。

各自將唐鬼狠狠訓斥一頓，又催促會主大哥繼續朝下說。

「話說我以絕世輕功避開皇宮守衛，進了獨對軒。軒內只有蓉妃，就是蕭如故他老娘了，她一個人正獨對孤軒，淚流不止，那個情形，嘖嘖，真可說是『煢煢孑立，形影相弔』，各位兄弟，你們也知道我是性情中人，最看不得有美女痛苦，少不得要掬一把同情之淚，便要上前滿足她空虛肉體、慰藉她寂寞的心靈。」

「應該的！大哥辛苦了！」眾人趕忙表態。

「但你們猜，這個時候都進來了什麼人？」李無憂故作神秘。

「皇宮侍衛？」「宮女還是太監？」「蕭沖天那老兒？」「不是空空神偷柳逸塵吧？」「嘿嘿，應該是又進來十幾個皇妃，大哥爽翻了！」「李無憂？」「普希金？」「孫悟空，牛魔王？」「李奧納多？」淫賊們不可救藥的想像力開始氾濫，一時間說什麼的都有。

「不對！不對！」李無憂連連搖頭，最後石破天驚道：「你們絕對想不到吧，是我們的前輩──大荒四大淫俠！唉！都怪我當時神功未成，在這幾人面前，我可是一點辦法都沒有，趕忙躲了起來，眼睜睜看著蓉妃被四人蹂躪，卻不能上前加入……唉！四人去後，我本打算上去接著安慰一下她，可是這個時候，又進來一個人！你們猜是誰？」

這次所有人都不敢貿然亂猜了。

李無憂瞥了一眼天色，接道：「唉！就是蕭如故自己了！接下來的情形，簡直可以說是峰迴路轉，讓人髮指。蕭如故當時只有五歲，但這個畜生說的話你們絕對想不到。他竟然指著他的母親冷笑著說『是不是很爽啊？淫婦！』蓉妃淚流滿面，幾乎不敢相信這是自己的兒子，那畜生又說，『六年前你出訪楚國，和楚國宮裏那個未閹乾淨的太監做醜事的時候，有沒有想過我的感受？』」

「啊！」所有人都是大吃一驚。聽蕭如故話裏的意思，難道他竟然是蓉妃和楚國皇宮裏某個假太監的種？

葉秋兒暗自幾乎沒將肚皮笑破，同時心頭卻也有了幾分寒意：「李大哥真是陰損得可以，他之前那麼多胡言亂語，其實就是爲了說這番話，然後經這幫淫賊一傳播，蕭如故怕是再也沒臉見人了。還好自己是他的女人，要是和他爲敵的話……」她再也不敢想下去。

「哎呀！大哥，我明白了！」唐鬼忽然冒了一句出來，「怪不得蕭如故那麼憎恨淫賊，原來他是個太監淫賊所生的雜種，陰陽人嘛。他苦心急慮想打下楚國，原來不是爲了江山社稷，而是想殺進楚國皇宮，去找他親生父親算賬！」

這次你腦子倒轉得快！李無憂暗自大喜，卻欲擒故縱，故意皺眉道：「按說蕭如故也是一代人傑，不會爲了一己私欲，而讓生靈塗炭吧？」

「大哥，你有所不知啊！」玉蝴蝶似乎也想通了其中關節，頓時來了精神，「當日天下傳聞蓉妃忽然病故，我就覺得蹊蹺，此時聽大哥一席話，這才想明白，多半是被蕭如故給逼死的！」

「對，對，算算時間，蓉妃的死也就是大哥你去過皇宮後不久，非常吻合啊！」花蝴蝶也道。

李無憂心道：「老子專門推算過了，能不吻合才怪！」卻裝出一副驚訝至極的神情道：「哎呀，原來如此啊！」隨即臉露怒色，一掌拍在身側一棵兩人合抱粗細的大樹上，憤然道：「不殺蕭如故此賊，我公會難以興盛，大荒百姓沒有好日子過！」

「喀嚓」一聲，那大樹竟然被他一掌震得斷了，轟然倒下，樹幹隨即碎裂成片，射到地上，正組成一個殺氣騰騰的「殺」字。

一掌之威，竟至於斯！眾淫賊都是瞠目結舌，隨即歡聲雷動。

玉蝴蝶裸出雙臂，振臂高呼：「誓殺蕭如故！」

「誓殺蕭如故！」群情洶湧，應聲如雷。

李無憂朗聲道：「各位兄弟，沒來這裏之前，我得到絕密消息，楚國的李無憂元帥經過斡旋，已經與西琦和陳國達成和議，下午已然回到潼關，今夜就要對蕭國軍隊襲營並發起圍攻！此乃擒殺蕭如故振興我淫賊公會的千載良機！各位兄弟，我們現在就出發，和李無憂爭一爭這場大功勞吧！」

「好！擒殺蕭如故，振興公會！」眾淫賊興奮得大叫。

明白真相的葉秋兒卻頓時對李無憂肅然起敬：「原來他不是要讓這些人四處傳播謠

言，而是直接去軍營送死，爲民除害。忍辱負重如此，這才是大俠胸襟啊！難怪蘇慕白前輩會收他爲徒。」

這個念頭才一轉過，卻聽李無憂的傳音已然鑽入耳來：「你帶上我的權杖，立刻去潼關，找到王定，就說……」

「啊！你……」葉秋兒這次是徹底傻眼了，腦中不斷轉著一個念頭：這人究竟是君子還是小人？」

蕭如故最近比較煩。他弄不明白，堂堂三十多萬聯軍，非但攻不下那彈丸之地的庫巢，還被柳隨風牽制住，半點動彈不得。

更糟糕的是，這十幾天裏，自己三次都是差那麼一線就能攻下潼關了，但對面城中那個曾兩次敗在自己手中的王定卻硬是在缺兵少將的情形下擋了下來，雖然說有兩次都是因爲大雨，而另一次是因爲自己的士兵誤食巴豆而集體拉肚子。

不可否認楚軍的幸運，但反過來豈不是說自己的運氣不夠好嗎？此次出兵自己謀劃已久，一開始本來也是勢如破竹，甚至拿下了憑欄關，殺了楚國的軍神王天，眼見勝利在望，誰也想不到卻殺出個李無憂和他的無憂軍。

「報，飛鴿傳書！」天機頭子蕭天機忽然闖了進來。

竟然是蕭天機親自帶密函來，蕭如故直覺沒什麼好事，但他依然不動聲色地吐出一個字：「念！」

「楚軍張承宗昨日破雷州，蕭田將軍殉國，十萬士兵全數戰死。臣將列陣鵬羽河外，與楚軍決一生死，望陛下勿憂！耶律楚材！」

蕭如故先是一愣，隨即笑了起來：「上次是星越和谷瓶，今天又是雷州！蕭田啊蕭田，你當朕給你的是十萬稻草嗎？給我傳令耶律楚材，讓他放棄鵬羽河，退守煌州，只許堅守，不准出擊！」

「是！」一名親衛帶信去了。

蕭如故揉了揉太陽穴，不無苦澀道：「天下人都說朕有煙雲十八騎，可謂人才濟濟，但你看看，都是些什麼廢物？倒是李無憂，手下雖然就那麼幾個人，但隨便站出一個來，都能頂起半邊天。柳隨風和王定不說，一個不知名的匹夫夜夢書竟也能將馬大刀收拾得服服貼貼，搞得朕精心布置的這步妙棋才走一半就斷了後路。」

蕭天機道：「當日陛下若肯聽我的，將馬大刀換成蕭人，哪裏會讓豎子成名？張承宗又怎敢不顧後方而去攻我本土？」

蕭如故愣了一愣，隨即笑了起來：「整個蕭國，敢這樣跟朕說話的，怕也只有你了……只不過『塞翁失馬，焉知非福』，有些事，你還是不懂的。」

蕭天機暗自點頭，蕭如故別的好處沒有，但即便是憤怒到了極處，他都能保持微笑，心中永遠充滿了樂觀，並感染他身邊每一個人。

正自思忖，忽又有親衛回報：「陛下，獨孤門主求見。」

「那個連一個女人都打不過的廢物終於回來了？」蕭如故哂笑起來，「就說我在休息，讓他下去候著！」

親衛微微遲疑：「可是他說他有緊急軍情！」

「這樣啊……好吧，請。」

蕭如故如此冷淡是有原因的。當日潼關大戰，獨孤千秋被李無憂擊敗，之後躲進深山修煉了七日後重返蕭軍。眼見李無憂已然失蹤，而國師卻能安然返回，蕭軍頓時士氣大振，蕭如故也以爲自己看到了勝利女神的微笑。

誰想次日再次大戰，獨孤千秋到城前挑戰，卻被若蝶當眾再次擊敗，自己元氣大傷不說，還搞得蕭軍士氣更加低落。回來後，蕭如故一天沒給他好臉色，次日就將他派去庫巢助攻，誰想到了那邊後，這傢伙更是嚇得戰場都不敢上，每日只知和他弟弟獨孤百年飲酒作樂，蕭承回書說「陛下莫非是嫌軍中糧草太多，專養廢物嗎」，只氣得蕭如故差點想立刻就廢了這個所謂冥神，卻終究記起這廝是個大仙位高手，得罪不得，這才又將他召回來，希望能廢物利用一下。

現在人到帳外，蕭如故卻又想不起該怎麼利用他，乾脆就避而不見，免得彼此難堪。這廝現在卻來找自己，莫非是有了什麼破敵之計嗎？

「陛下，請恕臣死罪！」獨孤千秋剛一進門，便跪了下來。

蕭如故見他衣衫染塵，滿臉漆黑，眉毛鬍子都有被灼燒過的痕跡，不禁笑道：「國師你太不夠意思了吧，和清姬玩了火燒騰甲兵都不叫我？」

清姬是獨孤千秋的寵妾，當日蕭未被刺，蕭如故下令處死所有姬妾，卻獨獨留下了她，以收獨孤千秋之心。

聽到蕭如故的玩笑，獨孤千秋卻半絲也笑不出來，只是哽咽道：「陛下莫要說笑，兵……兵敗了！」

「什麼？」蕭如故一時沒反應過來。

獨孤千秋一字一頓道：「賀蘭凝霜臨陣叛變，聯合楚軍作亂，臣和蕭承將軍誓死抵抗，但終究寡不敵眾，蕭承將軍戰死，十三萬蕭國將士七萬殉國，六萬被俘！」

蕭天機失聲道：「這怎麼可能？」

「但千真萬確！」獨孤千秋的話打破了蕭如故最後一點幻想，「昨夜子時，我正準備休息，忽然……」

「停！」蕭如故忽然打斷了他的話，「你只需要告訴我楚軍和西琦人的傷亡就可以了！」

「我軍拚死反撲，西琦騎兵損失約莫五萬，楚軍損失不足三萬，他們能從庫巢趕來的人數大約……」

蕭如故擺了擺手：「夠了。」回頭對蕭天機道，「天機，發動藍色風暴吧！」

冷酷如蕭天機者依然嚇了一跳：「陛下三思，這最後一招有傷天和，還是……」

「我也不想，只是四面楚歌，形勢逼人啊！」蕭如故嘆了口氣，眼前彷彿看見一片藍色的海洋。

請續看《笑傲至尊5鳳舞九天》

笑破蒼穹 ④ 十面埋伏 (原名：笑傲至尊)

作　　者：易 刀
發 行 人：陳曉林
出 版 所：風雲時代出版股份有限公司
地　　址：105台北市民生東路五段178號7樓之3
風雲書網：http://www.eastbooks.com.tw
官方部落格：http://eastbooks.pixnet.net/blog
信　　箱：h7560949@ms15.hinet.net
郵撥帳號：12043291
服務專線：(02)27560949
傳眞專線：(02)27653799
執行主編：朱墨菲
美術編輯：吳宗潔

法律顧問：永然法律事務所　李永然律師
北辰著作權事務所　蕭雄淋律師
版權授權：蔡雷平
初版換封：2015年3月

ISBN：978-986-352-126-6

總 經 銷：成信文化事業股份有限公司
地　　址：新北市新店區中正路四維巷二弄2號4樓
電　　話：(02)2219-2080

行政院新聞局局版台業字第3595號
營利事業統一編號22759935
©2015 by Storm & Stress Publishing Co.Printed in Taiwan

定 價：280元　特價：199元
版權所有　翻印必究
◎ 如有缺頁或裝訂錯誤，請退回本社更換

國家圖書館出版品預行編目資料

笑破蒼穹 / 易刀著. — 初版. —
臺北市：風雲時代, 2014.12
冊；　公分

ISBN 978-986-352-126-6 (第4冊：平裝)—

857.9　　103024454

有華人的地方就有
龍人的作品